E-Z DICKENS SUPERHELDEN: BUCH VIER:

AUF EIS

Cathy McGough

Stratford Living Publishing

Was Leser sagen

Inhalt

Widmung

Für alltägliche Superhelden.

Epigraphik

"Wer nie aufgibt, ist einfach nicht zu schlagen."
Babe Ruth

PROLOG

Der nächste Tag war ein Schultag, aber angesichts des bevorstehenden Weltuntergangs hatten weder E-Z noch Lia die Absicht, hinzugehen.

"Ich habe ein sehr schlechtes Gefühl", sagte Lia.

Es war Frühstückszeit und sie und E-Z waren allein. Sam und Samantha schliefen noch, ebenso die Zwillinge Jack und Jill.

"Was für ein schlechtes Gefühl?", fragte er und löffelte noch mehr Müsli in seinen Mund.

"Weißt du noch, als ich gestern Abend dachte, ich hätte etwas gehört?"

"Ja, aber Sie sagten, es sei ein falscher Alarm gewesen. Dass die Geräusche verschwunden sind und alles wieder normal ist."

"Es gab sie und es gab sie nicht. Es ist schwer zu erklären. Ich hörte Rosalie nach mir rufen, dann hörte sie auf. Sie hat es nicht wieder versucht, also dachte ich, alles sei in Ordnung. Aber jetzt mache ich mir Sorgen, weil ich versucht habe, sie zu erreichen und es nicht geschafft habe. Sie hat auf keine meiner SMS geantwortet. Ich denke, wir sollten gehen und nach ihr sehen. Nur für den Fall. Es wird mich beruhigen, das zu wissen. Sonst schaffe ich es heute nicht, etwas zu erledigen."

"Vielleicht schläft sie aus? Oder ihr Handy-Akku ist leer." Er trank sein Glas Orangensaft aus und entfernte sich vom Tisch. Er räumte das Geschirr in den Geschirrspüler.

"Vielleicht. Aber ich würde sie trotzdem gerne sehen."

"Lass uns zu ihr gehen, um dich zu beruhigen", sagte er, während er ein Taxi rief. "Ich hoffe, sie lassen uns rein. Immerhin sind wir nicht verwandt."

Sie machten sich auf den Weg durch die Stadt und fragten an der Rezeption nach Rosalie. Die Frau fragte: "Seid ihr zwei eine Familie?" Beide sagten, sie gehörten nicht dazu. "Setzen Sie sich bitte", sagte sie.

"Siehst du", flüsterte Lia. "Sie sah verschlossen aus. Als ob sie etwas verbergen würde."

"Ja, das habe ich auch gesehen. Aber vielleicht bilden wir uns das nur ein, weil wir uns Sorgen um Rosalie machen. Wir können nur warten und versuchen, uns zu beschäftigen. Wir sind hier und rühren uns nicht von der Stelle, bis wir sehen, dass es ihr gut geht."

Dreißig Minuten später warteten sie immer noch und wurden mit fortschreitender Zeit immer unruhiger.

Lia stand auf. "Ich kann nicht mehr warten."

E-Z sagte: "Whoa! Moment mal." Sie setzte sich wieder hin. "Lass uns noch dreißig Minuten warten, bevor wir durchdrehen."

"Was bedeutet es denn, wenn man auf die Straße geht?" fragte Lia.

"Oh, ich vergesse immer wieder, dass du nicht von hier bist. Es bedeutet, dass man etwas mit allen Waffen angreift. Als letztes Mittel. Das ist natürlich nur eine Redewendung. Obwohl einige Postbeamte es wörtlich genommen haben."

"Ich wette, wenn wir erwachsen wären, hätten sie schon mit uns gesprochen. Manchmal hasse ich es, ein Kind zu sein."

"Es hat seine Vorteile", sagte E-Z. "Versuchen Sie, ein Spiel auf Ihrem Handy zu spielen oder ein Buch zu lesen. Das vertreibt die Zeit, und sie sind hilfreicher für uns, wenn wir geduldig sind."

"Ich wünschte, ich hätte meine Kopfhörer dabei. Ich hätte mir die neuen Songs von Taylor Swift anhören können."

"Hier", sagte er. "Du kannst dir meine ausleihen."

Weitere dreißig Minuten vergingen, und E-Z kehrte in aller Ruhe zum Schalter zurück. Lia blieb zurück und hörte Musik. Er warf einen Blick zurück. Sie hatte ihre Augen geschlossen. Sie hatte nicht einmal bemerkt, dass er weg war.

"Wissen Sie, wann wir Rosalie sehen können?", fragte er.

"Tut mir leid, es kommt jemand, um dich zu sehen. Sie weiß, dass Sie hier warten." Die Frau klickte auf ihrer Tastatur. Als E-Z sich nicht wegbewegte, unternahm sie einen zweiten Versuch, ihn dazu zu bewegen. "Ich habe mit meiner Managerin persönlich gesprochen. Sie wird sich so schnell wie möglich mit Ihnen unterhalten. Bitte begleiten Sie Ihren Freund." Sie winkte mit der Hand in Richtung von Lia, die mit ihrem Telefon beschäftigt war.

E-Z kehrte nur widerwillig an Lias Seite zurück. Er beobachtete die Menschen, die sich hier tummelten. Einige waren Bewohner, die Gehhilfen schoben. Einige saßen in Rollstühlen, die von Pflegern geschoben wurden, während andere selbst an ihren Rädern rüttelten. Die meisten Bewohner lächelten in seine Richtung, ein paar winkten. Er fragte sich, wie viele von ihnen regelmäßig Besuch bekamen. Er hoffte, dass die meisten das taten.

Als sich die Türen öffneten und schlossen, stieg ihm der Geruch des Mittagessens in die Nase und sein Magen knurrte. Er fragte sich, welche Köstlichkeiten die Bewohner heute zu sich nehmen würden. Vielleicht Fisch und Chips. Vielleicht eine kleine Torte a la mode. Er wünschte sich, er hätte mehr gefrühstückt, als Lia ihm die Kopfhörer zurückgab.

"Konnten Sie die Dinge beschleunigen? Ich bin am Verhungern!"

"Ich auch, aber nicht wirklich. Sie sagte, dass der Manager bald bei uns sein wird, aber ich verstehe nicht, warum Rosalie nicht einfach rauskommt und uns selbst besucht. Was ist denn so schlimm daran?"

"Ich spüre ihre Anwesenheit hier nicht", sagte Lia. "Es ist, als wären wir nicht mehr miteinander verbunden. Die Musik hat mich für eine Weile abgelenkt, aber jetzt denke ich wieder daran und habe Hunger. Keine gute Kombination."

"Ich höre Sie", sagte E-Z, als eine große Frau mit einem Ausweis des Geschäftsführers auf sie zuging und sich vorstellte.

"Mein Name ist Eleanor Wilkinson und ich bin die Geschäftsführerin hier." Sie schüttelte ihnen die Hand. "Ich habe gehört, dass Sie beide mit Rosalie befreundet sind. Haben Sie sie schon einmal hier besucht?"

"Nein, wir waren nicht hier", sagte Lia. "Aber wir sind mit ihr befreundet, enge Freunde. Und wir machen uns Sorgen um sie. Sie hat nicht auf meine

SMS geantwortet und ist auch nicht an ihr Telefon gegangen."

Frau Wilkinson sagte: "Es tut mir leid, Ihnen das zu sagen, aber Rosalie ist irgendwann in der Nacht gestorben. Wir warten auf die Ankunft ihrer Angehörigen. Sie wohnen nicht in der Nähe.

"Ich entschuldige mich, dass ich Sie so lange habe warten lassen. Aber ich musste erst mit ihnen sprechen, bevor ich mit Ihnen sprechen konnte. Sie verstehen schon. Wir haben Regeln zu befolgen."

Lia ließ sich wieder auf den Stuhl fallen und brach in Schluchzen aus, während E-Z ihre Hand in die seine nahm und sie einige Sekunden lang still dasaßen, bevor er fragte: "Was ist mit ihr passiert?"

"Es wird untersucht", sagte Wilkinson. "Tut mir leid, mehr kann ich Ihnen nicht sagen. Es sei denn, Sie gehören zur Familie. Mein Beileid für Ihren Verlust.

"Sie bedeutete die Welt für mich", sagte Lia.

"Wie haben Sie sie kennengelernt?" fragte Wilkinson. "Sie war eine große Dame. Wir haben uns über einen Freund kennengelernt", log Lia.

"Interessant", sagte Wilkinson, "in Anbetracht Ihres Altersunterschieds".

"Du meinst, weil ich ein Kind bin und sie nicht? Ich meine, war nicht", fragte Lia wütend. Sie stand auf.

"Entschuldigung, ich wollte Sie nicht verärgern. Natürlich würden sich viele Bewohner hier über Freunde freuen, mit denen sie sich unterhalten können. Vor allem interessierte Kinder wie ihr, denen sie ihre Lebensgeschichten erzählen können. So werden sie nicht vergessen, wenn sie nicht mehr da sind."

"Wir werden uns immer an Rosalie erinnern", sagte E-Z.

"Können wir sie sehen, um uns zu verabschieden?" fragte Lia.

"Ich fürchte, das kommt nicht in Frage. Wir haben Verfahren. Aber wenn Sie Ihre Daten und eine Telefonnummer am Schalter hinterlassen, können wir Sie anrufen. Um Ihnen mitzuteilen, wann der Besuch und die Beerdigung stattfinden werden."

E-Z hinterließ seine Telefonnummer an der Rezeption. Sie wollten gerade in ein Taxi steigen, als er sich an das Buch erinnerte.

"Warte hier", sagte er. "Ich bin gleich wieder da."

Er näherte sich der Rezeption.

"Es tut mir leid, aber wir können den Tod unserer Freundin Rosalie nicht akzeptieren. Nicht bevor nicht wenigstens einer von uns sie gesehen hat. Ms. Wilkinson sagte, wir könnten nicht reingehen, aber könnte ich meinen Kopf kurz in den Raum stecken? Ich würde nicht lange bleiben. Ich kann also meinem Freund sagen, dass ich Rosalie gesehen habe und bestätigen, dass sie nicht mehr bei uns ist? Sie hat so viel durchgemacht, weil sie ihre Augen verloren hat und so. Es würde sie beruhigen, von jemandem, den sie kennt und dem sie vertraut, Gewissheit zu bekommen."

"Ach, armes kleines Ding. Ich verstehe. Kommen Sie mit mir", sagte die Frau. Als sie auf der anderen Seite des Schreibtischs war, bat sie einen Kollegen, sie zu vertreten. "Ich bin gleich wieder da", sagte sie.

E-Z folgte ihr tiefer in das Innere der Seniorenresidenz. Es war hell, nicht deprimierend, wie er gehört hatte, dass diese Art von Heimen sein kann, aber sehr ruhig. Wahrscheinlich, weil alle in der Cafeteria zu Mittag aßen. Sein Magen knurrte wieder.

"Alle sind im Speisesaal", sagte die Frau, als wüsste sie, was er dachte. "Heute ist Fish and Chips-Tag mit roter Götterspeise und Schlagsahne zum Nachtisch. Ein äußerst beliebtes Gericht, bei dem jeder mitessen möchte. An jedem anderen Tag wäre es unmöglich, Sie hereinzulassen, weil zu viele Leute herumwuseln würden."

"Es riecht wirklich gut", sagte E-Z. "Und danke für deine Hilfe, ich, wir, wissen es wirklich zu schätzen."

Sie blieb stehen und riss die Tür auf.

"Das ist Rosalies Zimmer. Ich warte hier. Du hast zwei Minuten oder weniger, falls mich jemand sieht."

"Nochmals danke", sagte E-Z, als die Tür hinter ihm zufiel. Es roch merkwürdig, als hätte es ein Lagerfeuer gegeben. Er sah sich in dem Raum nach Kameras um. So weit er wusste, gab es keine.

Unter dem weißen Laken war ihr Freund von Kopf bis Fuß bedeckt. Er ging näher heran und kämpfte gegen den Drang an, zu fliehen, aber er musste es mit eigenen Augen sehen. Er zog das Laken zurück und sah zu, wie es wie ein Geist zu Boden fiel.

Sofort drang ein Geruch in seine Nasenlöcher. Wie von einem Grill. Verbranntes Fleisch. Und er sah Rosalies Arm herabhängen, übersät mit Verbrennungen und Blasen. Was war mit ihr geschehen? Wer hatte ihr diese schreckliche Sache angetan und warum?

Er schob seinen Stuhl beiseite und sah sich in dem Zimmer um, das makellos war und keine Anzeichen eines Feuers aufwies. Hier konnte es nicht passiert sein. Wenn nicht, wo dann? Haben sie sie danach in dieses Zimmer gebracht?

Die Frau an der Tür klopfte. "Bitte beeilen Sie sich!", sagte sie.

Er öffnete ihre Nachttischschublade. Da lag es. Das Buch, von dem Rosalie ihnen erzählt hatte. Das Buch, in das sie die Informationen über die anderen Kinder eingetragen hatte.

"Die Zeit ist um", sagte die Frau.

E-Z stopfte das Buch hinter seinen Rücken. Er drückte den Knopf, damit sich die Tür öffnete, und sie kehrten zur Rezeption zurück.

"Danke", sagte er. "Von meinem Freund und mir. Sie haben uns Frieden geschenkt. Bitte lassen Sie uns wissen, wann die Beerdigung und der Besuch stattfinden werden. Oh, noch etwas: Ich habe gesehen, dass sie Verbrennungen am Körper hatte. Wurden andere Bewohner bei dem Brand verletzt?"

"Oh je", sagte die Frau. "Ich weiß es nicht. Ich habe nichts von einem Feuer gehört. Ich habe die Leiche nicht gesehen, ich meine Rosalie selbst. Man hat mir nur gesagt, dass sie gestorben ist. Über die Einzelheiten weiß ich nichts."

"Es ist okay", beruhigte E-Z sie. "Ich werde nichts sagen. Ich weiß zu schätzen, was du getan hast. Ich danke Ihnen."

"Hier ist kein Feuer ausgebrochen", sagte sie. "Soweit ich weiß, wurde kein Alarm ausgelöst. Es wurde kein Löschzug gerufen. Ich... Oh je."

E-Z winkte und entfernte sich von der Theke. Die Frau plapperte immer noch vor sich hin. Er hielt es für das Beste, wenn er von dort wegging.

Der Fahrer half E-Z, neben der wartenden Lia auf den Rücksitz zu steigen, und verstaute seinen Rollstuhl im Kofferraum des Fahrzeugs.

"Das hat ja ewig gedauert", beschwerte sich Lia. "Was ist das?"

Sie wollte nach dem Buch greifen, aber E-Z hielt es fest. Er bemerkte, dass die Gebühr auf dem Taxameter bereits mehr Geld war, als er bei sich hatte.

"Es ging nicht anders. Ich habe einen Blick auf Rosalie geworfen. Und ich habe mir das hier geschnappt. Es ist das Buch, von dem sie uns erzählt hat. Wir sehen es uns an, wenn wir zu Hause sind." Er flüsterte: "Hast du Geld dabei?"

Zusammen hatten sie nicht genug Geld, um die Taxikosten zu bezahlen.

"Du musst deine Mutter oder Onkel Sam bitten, uns zu helfen", sagte er, als der Fahrer vor dem Haus anhielt.

Der Fahrer half E-Z zurück in seinen Stuhl, während Lia hineinlief. Sie kam mit genug Geld heraus, um den Fahrpreis zu bezahlen, und der Fahrer fuhr davon.

"Sam hat mir das Geld gegeben."

"Hat er gefragt, wofür es war?"

"Nein, aber ich erwarte, dass er es tut."

Drinnen liefen Sam und Samantha in der Küche herum. Sie versuchten, in aller Eile das Frühstück zuzubereiten, während die Zwillinge ihnen mit hungrigen Schreien ein Ständchen brachten.

"Warum bist du nicht in der Schule?" fragte Sam.

"Das erkläre ich später. Äh, können wir helfen?"

"Nein, aber danke", sagte Samantha. Sie begann Jack zu füttern.

Sam nickte und machte sich daran, Jill zu füttern.

E-Z und Lia gingen in sein Zimmer und schlossen die Tür. Alfred las gerade die Zeitung.

"Rosalie ist tot", platzte Lia heraus, dann fiel sie auf die Knie und schluchzte, während E-Z seinen Arm um sie legte und Alfred zu ihr eilte. Die Drei umarmten sich und weinten, bis sie keine Tränen mehr übrig hatten.

"Was hast du denn da?" fragte Alfred.

"Ich habe mir das Buch geschnappt."

Lia hob es auf, stand dann auf und drückte es an ihre Brust, als würde sie ihre Freundin umarmen, stattdessen sah sie alles. Rosalie im Weißen Zimmer. Die Furien im Weißen Zimmer mit ihr. Brennende Bücher. Umstürzende Regale. Überall Feuer.

Lia sank auf ihre Knie.

"Sie war so tapfer. So sehr tapfer."

"Du hast das Feuer gesehen?" fragte E-Z. "Was ist passiert?"

"Sie wussten von dem Feuer?"

Er nickte.

"Warum hast du es mir nicht gesagt?" Sie kannte die Antwort auf diese Frage bereits. Er wollte sie vor der Wahrheit schützen. "Als ich das Buch berührt habe, habe ich alles gesehen. Rosalie war im weißen Zimmer. Und die Furien waren mit ihr dort. Sie wollten, dass sie ihnen von uns und den anderen Kindern erzählt. Sie haben sie gefoltert, aber sie hat nicht nachgegeben."

"Warum hat sie uns nicht angerufen?"

"Sie hat es versucht. Ich wusste nicht, dass es um Leben und Tod ging. Es ging weg, also dachte ich, alles sei in Ordnung."

"Es ist nicht deine Schuld", sagte E-Z.

"Sie starb allein, unter den Bücherregalen, während um sie herum die Bücher brannten. Sie hat es nicht verdient, so zu sterben. Niemand verdient es, so zu sterben." Sie schluchzte in ihre Hände.

"Die arme Rosalie", sagte er. "Sie hätte mich herbeirufen können. Sie hat es schon einmal getan. Warum hat sie mich nicht herbeigerufen?"

"Weil sie dich in Gefahr gebracht hätte. Sie ist gestorben, um uns zu schützen."

"Die Furien haben also versucht, unsere Namen und die Namen der anderen Kinder aus ihr herauszubekommen, und sie hat sich geopfert, um uns zu retten? Um unser Geheimnis zu bewahren. Was für eine erstaunliche Frau Rosalie doch war. Wir werden sie nie vergessen - niemals", sagte Alfred, während er die Tränen zurückschlug. "Sie verdient eine Medaille. Eine Ehrenmedaille."

"Moment mal, vielleicht haben sie sie daran gehindert, uns anzurufen?" sagte E-Z.

"Sie hat mir ein SOS geschickt, aber das hat sie schon öfter gemacht. Einmal hat sie es gemacht, als der Tee im Heim ausging und sie sich darüber Luft machen wollte. Ich wusste nicht, dass dieses SOS bedeutete, dass ihr Leben in Gefahr war.

"Du konntest es nicht wissen. Keiner von uns konnte das. Wir können uns keine Vorwürfe machen." Alle drei waren still. "Wartet einen Moment, lasst uns das Buch anschauen."

"Es ist genau so, wie sie es uns gesagt hat. Eine vollständige Liste, mit Details über alle Kinder, die wie wir sind. Zum Glück haben die Furien das nicht in die Finger bekommen!"

"Hey, warte mal!" sagte E-Z. "Allein der Gedanke, dass sie sie gefoltert haben, um Informationen über uns und die anderen herauszufinden, bedeutet, dass die Furien wissen, dass wir alle existieren. Das bedeutet, dass diese Kinder da draußen sind, ganz allein, und sie wissen nicht einmal, was auf sie zukommt!

"Wir müssen zuerst zu ihnen gelangen. Denn es ist nur eine Frage der Zeit, bis - wie auch immer sie von uns erfahren haben, sie - herausfinden, wo sie sind."

"Aber was ist, wenn das eine Falle ist, damit wir die Furien direkt zu ihnen führen?" erkundigte sich Alfred.

"Ich glaube nicht, dass sie wissen, wo wir zu finden sind, sonst wären sie doch hier, oder?" fragt E-Z. "Ich meine, sie hatten das Überraschungsmoment. Indem sie Rosalie töteten, haben sie ihre Hand verraten. Sie haben uns wissen lassen, dass sie etwas wissen... wahrscheinlich, um in unsere Köpfe zu kommen, weil wir die Verantwortung tragen.""Was ist mit den anderen Kindern?" fragte Lia. "Wie sollen wir an sie herankommen, ohne uns selbst zu verraten?"

"Hadz? Reiki?" rief E-Z. "Wenn du mich hören kannst, wir brauchen deinen Beitrag und deine Hilfe."

POP.

POP.

"Weißt du etwas über Rosalie?", fragte er.

"Ja, das tun wir, und es ist eine traurige, traurige Geschichte", sagte Hadz und wischte sich mit ihren Flügeln die Tränen weg. "Sie haben hier im Weißen Zimmer gefoltert. Und als ob das nicht schon schlimm genug wäre - sie haben ihn und alles darin völlig zerstört. All diese schönen, geflügelten Bücher - weg. Rosalie, weg. Verschwunden." Sie konnte vor lauter Schluchzen nicht mehr sprechen.

"Na, na", sagte Reiki. "Und das ist noch nicht alles. Wir wissen nicht, was mit Rosalies Seele passiert ist."

"Moment, ihr Körper liegt doch in ihrem Bett in ihrem Zimmer im Seniorenheim am anderen Ende der Stadt. Vielleicht ist ihre Seele dort bei ihr?" fragte E-Z.

Reiki sagte: "Hast du irgendetwas versiegelt, verschlossen, von der Luft, von allem? Wenn ja, geh bitte sofort hin und hol es - dann werden wir nachsehen, ob Rosalies Seele bei ihr ist. Wir werden sie überreden, in den Behälter zu gehen - vorübergehend - bis wir herausfinden, wo ihr Seelenfänger ist. Ich hoffe, diese Furien haben ihn nicht mitgenommen."

E-Z eilte in die Küche, wo Sam und Samantha damit beschäftigt waren, die Zwillinge zu füttern. "Haben wir noch diese große Thermoskanne?"

"Ja, es ist im Schrank über dem Kühlschrank", sagte Sam und rief seinem Sohn zu.

"Danke", sagte E-Z, als er sich auf den Weg zurück in sein Zimmer machte. "Reicht das?"

Sie brauchten beide, um den Container zu tragen.

"Warte!" rief Alfred, gerade noch rechtzeitig, um sie aufzufangen, bevor Hadz und Reiki auftauchten. "Vielleicht kann ich helfen? Ich habe heilende Kräfte. Nehmt mich mit. Lasst es mich versuchen. Bitte."

POP

POP

FIZZLE

Und die drei verschwanden und landeten in Rosalies Zimmer.

"Da ist sie", sagte Alfred und hüpfte auf das Bett, wobei er darauf achtete, nicht mit seinen Schwimmhäuten auf sie zu treten. Mit seinem Schnabel hob er das Laken an, während Hadz und Reiki in der Nähe schwebten.

"Was wird er tun?" erkundigte sich Reiki.

"Schhhh", sagte Hadz.

Alfred legte seinen Schnabel auf Rosalies Stirn und berührte ihr Herz mit einem seiner Flügel. Nichts geschah.

"Lass mich etwas anderes versuchen", sagte der Schwan. Diesmal schwebte er über Rosalies Körper und drückte seine Stirn gegen ihre. Wieder nichts.

"Du hast dein Bestes versucht", sagte Hadz, "jetzt müssen wir ihre Seele sichern. Komm heraus, komm heraus, wo immer du bist."

Und einfach so schwebte Rosalies Seele zu ihnen.

"Hier drin bist du sicher", sagte Reiki, während die Seele in den Behälter geschoben und der Deckel fest verschlossen wurde.

POP.

POP.

FIZZLE.

"Konntest du ihr helfen?" fragte Lia, aber sie kannte die Antwort bereits aus Alfreds Augen. Sie umarmte ihn: "Ich bin sicher, du hast dein Bestes gegeben."

"Das hat er wirklich", sagte Hadz.

"Ihre Seele ist hier sicher... niemand sollte sie öffnen. Sie muss sicher verwahrt werden, bis der Seelenfänger bereit ist, sie zu holen."

"Vielleicht solltest du es bei dir behalten?" sagte Alfred. "Und danke, dass ich es versuchen durfte."

In E-Zs Zimmer schmiedeten *die Drei* einen Plan, um die anderen Kinder zusammenzubringen. Es wurde beschlossen, dass E-Z nach Australien reisen würde, um Lachie - auch bekannt als der Junge in der Box - zu holen. Alfred würde sich auf den Weg nach Japan machen, wo er Haruto, den im Wald ausgesetzten Jungen, abholen würde. Zu guter Letzt würde Lia quer durch die USA reisen, um Brandy zu holen, das Mädchen, das wieder zum Leben erwachen konnte.

Ihre Missionen waren klar - was sie tun würden, wenn sie dort ankamen, war nicht klar. *Die anderen* waren verschiedenen Alters, verschiedener Kulturen und Sprachen. Einige würden die Erlaubnis ihrer Eltern benötigen, andere nicht.

"Ich frage mich, was Rosalie ihnen über uns erzählt hat?" fragte Lia.

"Wir können sie fragen, wenn wir sie sehen", schlug Alfred vor.

"In der Zwischenzeit müssen wir Koffer packen und planen. Ich werde mich mit meinem Stuhl dorthin begeben, aber Sie beide haben die Wahl. Entscheiden Sie, was für Sie am besten ist, und setzen Sie Ihren Plan in die Tat um. Ich vertraue darauf, dass ihr die richtige Entscheidung trefft, denn die Zeit drängt."

"Ich bin froh, dass du das sagst", sagte Lia, "denn ich bin mir nicht sicher, ob ich mit dem Flugzeug hinfliegen will. Ich denke, Klein-Dorrit wäre die beste Lösung, aber ich bin mir nicht sicher, ob sie davon begeistert sein wird. Sie wird mit einem Passagier hinfliegen und mit zwei zurückkommen."

"Da bin ich mir auch nicht sicher", sagte Alfred. "Ich könnte von mir aus hinfliegen - aber da Haruto noch recht jung ist, müsste ich ihn im Flugzeug begleiten - es sei denn, seine Eltern kämen auch mit. Außerdem muss ich mich vor schlechtem Wetter fürchten - und es ist ein weiter Weg."

"Wie ich schon sagte, entscheidet ihr beide, was für euch am besten ist. Alfred, wenn du dich entscheidest, mit dem Flugzeug zu fliegen - bitte Onkel Sam, die Details für dich zu regeln."

Die Drei bereiteten sich darauf vor, alle Kinder zusammenzubringen. Dann würden sie einen Plan schmieden - um diese bösen Furien zu besiegen. Auch wenn es der letzte Plan war, den sie je schmiedeten.

KAPITEL 1

AUSTRALIEN

E-**Z** war der erste des Teams, der Nordamerika verließ. Er flog in seinem Rollstuhl über den Himmel und genoss die Freiheit, die ihm die freie Luft bot.

Allein die Vorstellung, seinen Rollstuhl im Flugzeug einzulagern, machte ihm Angst. Was wäre, wenn er verloren ginge? Oder zerstört wird? Das war es nicht wert, ein Risiko einzugehen. Würde Batman sein Batmobile aufgeben? Niemals.

Allerdings war er sich ziemlich sicher, dass er mit Lachie ein Flugzeug zurücknehmen musste. Es wäre nicht richtig, den Jungen allein fliegen zu lassen. Vielleicht würden sie eine Ausnahme für ihn machen und ihn in seinem Rollstuhl fliegen lassen? Es würde sich lohnen, danach zu fragen. Er würde diese Brücke überqueren, wenn er sie erreicht hatte. Außerdem wollte er nicht einmal an das Essen im Flugzeug denken. Zum Glück hatte er jetzt ein Lunchpaket dabei.

Er spielte mit den Wolken Autoscooter - und fuhr ein- oder zweimal direkt durch sie hindurch. Aber er musste sich konzentrieren. Schließlich lag Australien auf der anderen Seite der Welt.

Rosalies Notizen über den Jungen in der Kiste waren nicht so hilfreich, wie er gehofft hatte. Er hatte im Internet über seine Geschichte gelesen. Das, was ihm am meisten auffiel, war, dass der Junge jetzt Tiere den Menschen vorzog. Das machte Sinn, nach allem, was er durchgemacht hatte.

Der arme Junge war so zugerichtet, als sie ihn fanden, dass er vergessen hatte, wie man spricht. E-Z wusste, dass es Grausamkeiten in der Welt gab, aber das hier war unaussprechlich.

E-Z hatte viele Fragen, auf die er hoffte, Antworten zu finden, zum Beispiel: Wo waren Lachies Eltern? Wer fütterte und reinigte seinen Käfig? Wer hat ihn dort hineingesteckt? Und warum?

In dem Artikel hieß es, man habe Reporter losgeschickt, um Fotos von dem Jungen zu machen, um zu sehen, wie es ihm geht, aber die Tiere ließen sie nicht an sich heran. Selbst als sie versuchten, ein Teleobjektiv zu benutzen. Die Elstern griffen sie an und bombardierten sie. Er sah sich ein paar Clips von Elsternangriffen an - es war wie in dem Hitchcock-Film *Die Vögel*. Schließlich flog eine der Elstern mit dem Objektiv des Reporters davon. Danach ließen sie den Jungen in Ruhe.

E-Z hoffte, dass es ihm gelingen würde, das Vertrauen des Jungen zu gewinnen. Und dass auch seine tierischen Freunde ihm vertrauen würden. Wenn nicht, wäre seine Reise sinnlos. Nun, nicht wirklich sinnlos, wenn er den Jungen traf und mit ihm sprach. Würde er anderen helfen wollen, so wie er behandelt worden war? Das würde nur die Zeit zeigen.

Er flog über den Atlantischen Ozean. Diese Strecke war er schon einmal geflogen, und dort hatte er Alfred zum ersten Mal getroffen. Sein Handy in der Tasche vibrierte - er schaute nach, und es war eine Nachricht von Lia.

"Ich wollte Sie nur wissen lassen, dass ich mit Klein Dorrit unterwegs bin."

"Sie haben sich entschieden, doch nicht zu fliegen - in einem Flugzeug -?"

"Klein Dorrit ist aufgetaucht, und sie steht auf meinem Terminplan."

"Klingt nach einem Plan." Er schickte ein Daumen-hoch-Emoji.

"Wo bist du?", fragte sie.

"Direkt über dem Atlantik. Wasser, Wasser und noch mehr Wasser."

Sie trennten sich, und er nahm das Tempo wieder auf und durchquerte Afrika, wo er Robben Island entdeckte - das Gefängnis, in dem Nelson Mandela fast dreißig Jahre lang gefangen gehalten wurde.

Sein Magen knurrte; er hatte keine Lust auf das Sandwich in seinem Rucksack. Also landete er in Kapstadt und hoffte, dass er mit seiner Bankkarte etwas zu essen bekommen würde. Er entdeckte ein Schild für ein Lokal, das "Traditional Fish and Chips" mit britischer Flagge verkaufte und Bankkarten akzeptierte. Er nahm seine vorbereitete Mahlzeit mit und flog zum Lion's Head hinauf. Nachdem er seine köstliche Mahlzeit verzehrt hatte, machte er ein Selfie und setzte dann seine Reise fort.

"Wecken Sie mich in zwei Stunden", sagte er zu seinem Rollstuhl, der vibrierte und sich dann beschleunigte. Als er wieder erwachte, überquerte er gerade den Indischen Ozean. Durch die vielen Sterne um ihn herum fühlte er sich irgendwie weniger allein. Er fuhr weiter und war triumphierend, dass er fast am Ziel war, als er am Horizont die Sonne sah, die sich am Himmel emporschob, um den neuen Tag einzuläuten.

Und dann war es da, direkt vor ihm - die Küste Australiens war zu sehen. Aufgeregt, weil er sie selbst sehen wollte, beschleunigte er sein Tempo und fuhr auf sie zu. Als er merkte, dass er sehr durstig war, griff er in seinen Rucksack und zog eine Wasserflasche heraus, die er leerte. Er steckte die leere Flasche zurück in seine Tasche, um sie später zu entsorgen, und obwohl er noch ziemlich voll war von dem Fisch und den Pommes, die er vorhin gegessen hatte, beschloss er, den Rest zu essen. Er beschloss, das Schinken-Käse-Sandwich, das Onkel Sam eingepackt hatte, zu essen.

Er flog über Westaustralien, und da er die Hitze spürte, zog er sein Sweatshirt aus und steckte es in seinen Rucksack. Er flog weiter in das Outback im Northern Territory und fragte sich, wo genau er landen sollte, als ein winziger Vogel mit Federn in verschiedenen Blautönen und einem schwarzen Ring um den Hals auf ihn zu flog.

"Folge mir, E-Z", sagte sie. "Ich habe auf dich gewartet."

"Äh, was bist du?", fragte er.

"Ich bin eine Zaunkönigin", sagte sie. "Komm schon, er wartet."

Eine Gruppe von Bussarden begleitete sie.

"Mach dir keine Sorgen", sagte die Zaunkönigin. "Sie sind unsere Begleiter."

Er beobachtete die einzigartige Form, in der sich die weißen Streifen der Schwarzbrustbussarde bewegten. Er hatte von Poesie in Bewegung gehört, und jetzt wusste er genau, was dieser Ausdruck bedeutete.

Dann entdeckte er den Jungen. Er war unter ihnen und winkte. E-Z winkte zurück. Abgesehen von der Tatsache, dass er auf dem Rücken eines außergewöhnlich großen Vogels saß, sah er aus wie jedes andere Kind.

"Willkommen in Australien", sagte er. "Es wird bald dunkel, also folgen Sie mir. Oh, und übrigens, du kannst mich Lachie nennen."

"Schön, Sie kennenzulernen, Lachie! Ich kann es kaum erwarten, mehr von deinem fabelhaften Land zu sehen. Ich wünschte nur, ich könnte länger bleiben."

"Das sind die Savannenwälder", sagte der Junge. "Atme tief ein und du wirst den Duft des Eukalyptus wahrnehmen."

"Ja, es riecht wunderbar", sagte E-Z.

Sie fuhren weiter, durch Steinland, über die Flussauen und die Billabongs. Schließlich erreichten sie ihr Ziel in The Outliers.

"Hier lebe ich", sagte der Junge. "Der Kakadu-Nationalpark ist mit über 20.000 Quadratkilometern der größte terrestrische Nationalpark Australiens. Ich lebe hier mit den Pflanzen und Tieren." Die Zaunkönigin landete auf seinem Kopf. "Oh, du bist schon wieder müde", sagte der Junge mit einem Lächeln. Dann zu E-Z: "Sie braucht oft eine Mitfahrgelegenheit."

Als sie an einer Stelle ankamen, die einem Campingplatz ähnelte, sagte der Junge: "Willkommen in meinem Zuhause."

"Danke", sagte E-Z. "Ich könnte eine Dusche oder ein Bad gebrauchen, und ich muss pinkeln."

"Ich habe ein Klo ausgegraben, dort drüben hinter dem Baum. Da bist du sicher genug. Dann zeige ich dir, wo der Wasserfall ist, damit du dich frisch machen kannst."

"Ein Wasserfall, ja? Gibt es da auch Krokodile?"

"Hier gibt es Krokodile... aber die sind daran gewöhnt, dass ich den Wasserfall benutze. Wenn du willst, kann ich dich beim ersten Mal begleiten."

"Nein, ich habe Flügel, und mein Stuhl hat auch welche. Wir werden wegfliegen, wenn wir ein heftiges Platschen hören!"

"Gut", sagte der Jüngste. "Schwebe einfach im fallenden Wasser - lande nicht - und es sollte dir gut gehen. In der Zwischenzeit sammle ich etwas zu essen. Wenn du Hilfe brauchst, rufst du einfach und ich komme gerannt."

Als er sich dem Wasserfall näherte, bemerkte er Schilder - und zwar jede Menge davon mit den Aufschriften GEFAHR und WARNUNG. Auf einem stand, dass es hier sowohl Salzwasser- als auch Süßwasserkrokodile gab. Igitt.

"Rauf, nach oben!", wies er seinen Stuhl an. Er ging direkt ins Wasser, mit dem Gesicht voran, und genoss es, wie es über ihn hinweg und um ihn herum fiel. Am Anfang war es kalt, aber als er sich daran gewöhnt hatte, fühlte es sich gut an.

Als er sich umsah, dachte er an den Emu, auf dem der Junge ihn getroffen hatte. Es erschien ihm seltsam, dass ein Vogel von seiner Größe - mit diesen enormen Flügeln - nicht fliegen konnte. Er las im Internet über Vögel, die nicht fliegen konnten. Er war überrascht, dass neben Emus, Straußen, Pinguinen, Kasuaren und Nashörnern auch Kiwis auf der Liste standen. Im Internet hatte er gelesen, dass sich die DNA der

Ratiten verändert hatte und sie nun nicht mehr fliegen können. Er fühlte sich ein wenig schuldig, dass er, ein Junge, fliegen konnte, während diese schönen Vögel es nicht konnten.

Als er sauber und neu gekleidet war, machte er sich auf den Weg zurück zu dem Jungen, der gerade dabei war, das Essen zuzubereiten.

"Das ist eine Ziegenbockpflaume."

E-Z nahm einen Bissen. Es schmeckte erstaunlich.

"Das ist ein roter Buschapfel und das sind schwarze Johannisbeeren."

E-Z hat alles gegessen und fand es toll.

"Das war unser Nachtisch, ich muss jetzt das Hauptgericht zubereiten." Der Junge grub und grub, dann kam ein Topf zum Vorschein, der zu heiß war, als dass er ihn hätte anfassen können. Als er den Deckel mit einem Stock entfernte, ließ der Geruch des Gekochten E-Z das Wasser im Mund zusammenlaufen.

"Das sind Muscheln", sagte der Junge und legte einige davon auf ein Blatt.

"Sie sind wirklich gut. Ich habe noch nie Muscheln probiert."

Die Sonne fiel aus dem Himmel. "Zeit zu schlafen", sagte der Junge.

"Nochmals vielen Dank, dass ich mich so willkommen fühle." E-Z gähnte. Bis dahin hatte er nicht bemerkt, wie lange er schon wach war.

"Du schläfst da oben", zeigte er auf einen Baum, in dem ein Baumhaus stand und eine Strickleiter nach unten führte. "Du kannst hinauffliegen und deine Bremse anziehen, damit du dich im Schlaf nicht bewegst. Mein Zimmer ist dort drüben", zeigte er auf einen anderen Baum, an dem ein Seil nach unten führte und an dessen Spitze ein Baumhaus stand.

"Schlaf jetzt", sagte Lachie. "Morgen früh werden wir uns über alles klar werden.

KAPITEL 2
JAPAN

Alfred hätte auf seinem Weg nach Australien von E-Z abgesetzt werden können. Stattdessen beschloss er, auf die traditionelle menschliche Art zu fliegen - in einem Flugzeug.

Es bedurfte einiger Verhandlungen seitens Sam, um die Fluggesellschaft davon zu überzeugen, dem Trompeterschwan einen Sitzplatz zu geben. Ganz zu schweigen von einem Platz in der ersten Klasse. Sam nutzte seine Beziehungen bei der Arbeit, um Alfred zu einem stilvollen Flug zu verhelfen.

In der Kabine, mit Kopfhörern und seiner Glücksfliege, fühlte sich Alfred sofort wie zu Hause. Er war entspannt, und der Flugbegleiter war sehr aufmerksam. Trotzdem konnte er es kaum erwarten, in Japan anzukommen. Und den Jungen namens Haruto zu treffen.

Alfred hatte seinen Rucksack in der Nähe verstaut und darin ein paar Snacks. Er würde warten, bis er wirklich hungrig war, bevor er in seine Tüten mit wildem Reis und wildem Sellerie griff. Neben den Lebensmitteln hatte er auch einen Ersatzakku für sein Telefon und Sams Kreditkarte mit einer Einverständniserklärung für ihn dabei.

Während er aus dem Fenster schaute und die Wolken vorbeiflogen, dachte er an Haruto. Nach Rosalies Aufzeichnungen war er viel jünger als die anderen Kinder. Und sie hatte keine Ahnung, welche Kräfte er hatte - vorausgesetzt, er hatte Kräfte.

Alfreds Plan war es, zuerst Harutos Eltern alles zu erklären und sie hoffentlich mit ins Boot zu holen. Dann sollte er mehr Details darüber verraten, wie Haruto helfen könnte, sobald er sein Fachgebiet bestätigt hatte, d. h. welche Kräfte er hatte.

Der schwierige Teil würde darin bestehen, sie davon zu überzeugen, ihren kleinen Sohn ins Ausland reisen zu lassen. Die Bezahlung war kein Problem - Sam sagte, er solle dafür seine Kreditkarte benutzen. Aber sie dazu zu bringen, einem Schwan zu erlauben, ihr Kind nach Nordamerika zu bringen, das würde einige Überzeugungsarbeit erfordern.

Er lehnte sich im Sitz zurück, der sich daraufhin zurücklehnte.

"Möchten Sie irgendetwas?", erkundigte sich die hübsche Dienerin.

Es war gut, dass die Menschen ihn jetzt verstehen konnten. Es machte sein Leben so viel einfacher, da er keinen Übersetzer mehr brauchte.

"Eine Tasse Tee wäre jetzt genau das Richtige", sagte Alfred. "In einer Schale", fügte er hinzu. "Es ist schwierig, diesen Schnabel in eine Teetasse zu bekommen."

Die Angestellte lächelte. Wenige Augenblicke später kam sie mit einer Schale, einem Teebeutel, Zucker, Milch und einer weiteren Schale mit kühlerem Wasser zurück. "Für den Fall, dass der Tee zu heiß ist", sagte sie.

"Wirklich sehr aufmerksam", sagte Alfred.

Er ließ den Tee abkühlen und schaute weiter aus dem Fenster. Es war so schön, sich zurücklehnen und die Aussicht genießen zu können. Ohne sich Gedanken über starke Windböen, Schnee, Regen oder Raubtiere machen zu müssen.

Schließlich trank er seinen Tee mit ein wenig Milch und Zucker und schlief dann ein.

Er wachte durch die Durchsage auf, dass die Flugbegleiter die Passagiere auf die Landung vorbereiteten. Er hatte den ganzen Flug über geschlafen!

Durch das Fenster hatte er einen guten Blick auf den Flughafen Haneda. Um ihn herum sah er jede Menge frisches Gras, das er essen konnte. Er würde ein wenig davon probieren und seinen Reis und Sellerie für später aufheben.

In der Ferne waren die Umrisse des höchsten Berges Japans zu sehen - des Fuji. Sam hatte Recht gehabt, auf der linken Seite des Flugzeugs zu sitzen war der beste Platz, um das so genannte Herz Japans zu sehen.

"Wussten Sie, dass es im fünften Stock eine Aussichtsplattform gibt? Von dort aus haben Sie vielleicht einen besseren Blick auf den Berg Fuji", sagte der Angestellte zu Alfred.

"Ich wünschte, ich hätte mehr Zeit, aber danke. Vielleicht auf dem Rückweg."

Die Flugbegleiter ließen ihn zuerst aussteigen. Sie standen Schlange, um sich von ihm zu verabschieden, als wäre er ein Rockstar.

Da Alfred nur sein Handgepäck dabei hatte und Schwäne keine Pässe haben, machte er sich auf den Weg zum Flughafen, um ein Taxi zu finden.

Vor der Reise hatte er im Internet nachgeschaut, wie man in Japan ein Taxi mietet. Die Informationen besagten, dass er nach einem roten Aufkleber in der unteren rechten Ecke der Windschutzscheibe eines Taxis Ausschau halten sollte. Dieser rote Aufkleber bestätigte, dass das Taxi zu mieten war.

Als er einen mit dem Aufkleber fand, war er überglücklich. Er flog zum offenen Fenster und gab dem Fahrer mit seinem Schnabel einen Zettel. Auf dem Zettel stand, wohin er fahren musste. Der Fahrer war freundlich und hatte nichts dagegen, einen Schwan als Fahrgast mitzunehmen. Er drückte einen Knopf am Lenkrad, der die Hintertür öffnete, so dass Alfred einsteigen konnte. Der Fahrer schloss die Tür, und sie fuhren los.

Haruto und seine Familie lebten in der zweitgrößten Stadt Japans, Yokohama. Obwohl er versuchte, sich die Sehenswürdigkeiten, einschließlich der Skyline, anzusehen, konnte er nur daran denken, wie er Haruto und seine Familie davon überzeugen konnte, sich am Kampf gegen die Furien zu beteiligen.

Das Telefon in seinem Rucksack vibrierte. Er griff hinein; es war eine Nachricht von E-Z.

"Jetzt mit Lachie. Wie geht es dir in Japan?"

Er tippte mit seinem Schnabel, ein Kunststück, das er sich selbst beigebracht hatte, als er allein nach Japan reiste. Er war auch schnell und machte nicht viele Tippfehler.

"Mit dem Taxi fast bis Yokohama. Ich hoffe, dass ich bald bei Haruto ankomme."

E-Z schickte ihm ein "Daumen hoch"-Emoji.

Alfreds Sohn hatte es geliebt, Gundam-Roboter zu bauen. In Yokohama wurde gerade ein riesiger Roboter gebaut. Nach seiner Fertigstellung würde er 59 Fuß hoch sein, erfuhr er, als er im Internet darüber las. Sein Sohn wäre gerne nach Japan gereist, um ihn zu sehen. Seit ihrem Tod versuchte Alfred, nicht mehr an sie zu denken, denn es machte ihn traurig. Heute jedoch, hier in Japan, beschloss er, alles zu sehen, was er konnte, als wäre seine Familie an seiner Seite. Das Leben war zu kurz, selbst als Schwan, um ständig traurig zu sein.

Der Fahrer hielt vor einem Gartenhaus mit einer Treppe und Blumen auf beiden Seiten des Geländers. Der Fahrer öffnete seine Tür und Alfred stieg aus. Er ging ein paar Stufen hinauf, blieb stehen und naschte vom Gras, das auf beiden Seiten der Treppe reichlich vorhanden war. Die Luft war kühl und wohlriechend, und der private Garten an der Vorderseite des Hauses war wunderschön. Als er fast oben angekommen war, bemerkte er, dass die Vorderseite des Hauses sehr einladend war, mit einem Eulen-Wasserspiel auf der linken Seite in der Nähe des Eingangs. Am Haus selbst waren jedoch alle Jalousien heruntergelassen, als wäre niemand zu Hause. Er hoffte sehr, dass jemand da sein würde, um ihn zu begrüßen. Er hatte Lust auf einen Snack und ein wenig Ruhe.

Er klopfte mit seinem Schnabel an die Tür. Eine Stimme ertönte aus einem Kasten in der Mitte der Tür, den er nicht erreichen konnte, ohne die Flucht zu ergreifen - was er auch tat.

"Mein Name ist Alfred", sagte er.

Die Tür öffnete sich und eine ältere Frau winkte ihn herein. Er folgte ihr und fragte sich, ob jemand aus dem Team die Familie kontaktiert hatte, um sich vor seiner Ankunft vorzustellen.

Er folgte ihr weiter, denn das Geräusch seiner Schwimmhäute auf dem Parkettboden war das einzige, was er hörte. Das Innere des Hauses war voll von Holz - und duftende Orchideen erfüllten die Luft. Die ältere Frau führte ihn in den Wohnbereich, der mit Möbeln, meist aus Leder, ausgestattet war. Die Jalousien auf der Rückseite des Hauses waren geöffnet - er konnte den Blick auf das üppige Grün des Gartens genießen. Sie wies auf einen Stuhl und er setzte sich hinein.

Er hatte es sich gerade erst gemütlich gemacht, als die Frau mit einem Tablett mit dampfendem, heißem Tee und einigen Kuchen ins Zimmer zurückkehrte. Es war fast so, als hätte sie ihn erwartet - entweder das oder die Wasserkocher brauchen in Japan viel weniger Zeit, um zu kochen.

Hinter ihr stand ein kleiner Junge, der sich an ihrem Bein festhielt und sich dahinter versteckte. Der Junge war im richtigen Alter, um Haruto zu sein, aber ich hatte gelesen, dass man Japaner nicht mit ihrem Vornamen ansprechen sollte, wenn man nicht die Erlaubnis dazu hatte. Ab und zu warf der Junge einen Blick auf Alfred und versteckte sich dann wieder. Er sah aus, als wäre er höchstens vier oder fünf Jahre alt und trug ein Optimus Prime-T-Shirt, kurze Hosen und Hausschuhe an den Füßen.

"Magst du Optimus Prime?" fragte Alfred.

Der Junge lächelte, dann kehrte er in sein Versteck zurück.

Die Frau scheuchte ihn weg, damit sie den Tee servieren konnte.

Alfred hatte einen Übersetzer auf seinem Handy installiert. Er las die Worte "Hallo" auf seinem Bildschirm und sagte: "Kon'nichiwa". Er entschuldigte sich für seine schlechte Aussprache.

"Er ist Brite", sagte der Junge, woraufhin die ältere Frau tadelte.

Alfred war überrascht, wie gut dieser junge Mann Englisch sprach. "Ah, du sprichst Englisch. Und ja, das bin ich. Sie sind schlau, dass Sie meinen Akzent bemerkt haben."

Der Junge sah die Frau an, bevor er diesmal sprach. Sie nickte.

"Vater und Mutter sind bei der Arbeit", sagte er. "Das ist mein Sobo" (was übersetzt Großmutter bedeutet) "und mein Name ist Haruto."

"Hallo", sagte die Frau, ebenfalls auf Englisch. "Sie sollten später wiederkommen."

"Mein Name ist Alfred. Darf ich dich Haruto nennen?" Der Junge nickte, dann zu der Frau: "Wie soll ich dich nennen?"

"Sobo", sagte sie, "alle nennen mich Sobo, denn ich bin Harutos Großmutter, ich bin jedermanns Großmutter. Er ist glücklich, mich zu teilen."

Alfred nickte: "Ich freue mich sehr, Sie beide kennen zu lernen."

"Hat Rosalie dich geschickt?", fragte der Junge.

"Erinnerst du dich an Rosalie?" fragte Alfred. Er war hocherfreut, dass sie diese Verbindung hatten - obwohl ihm das Wissen, dass Haruto Englisch sprechen konnte, vielleicht einige Sorgen erspart hätte. Trotzdem beschloss er, dem Rat der Frau zu folgen und erhob sich, um zu gehen.

"Mein Vater arbeitet in der Nähe", sagte Haruto.

"Ich muss eine Unterkunft finden. Können Sie mir einen Ort in der Nähe empfehlen?"

Harutos Großmutter gab Alfred eine Adresse mit einer Wegbeschreibung, wie man zu Fuß dorthin kommt.

"Ich werde unseren Freund anrufen, der das Hotel leitet. Er wird Ihnen helfen, sich einzurichten, und Sie können später mit meinem Sohn ins Café gehen."

"Danke", sagte Alfred.

Der Weg zum Hotel war kurz und er genoss die frische Luft. Er probierte sogar etwas japanisches Gras, das ziemlich gut schmeckte, und nahm auch ein paar Schlucke aus den Springbrunnen.

Das Zimmer war klein, aber mit allem ausgestattet, was er brauchte, und es war außergewöhnlich sauber und gut eingerichtet. Auf dem Nachttisch stand eine Lampe, deren Sockel die Form einer Eule hatte. Er knipste sie an und aus und bemerkte, wie die Augen aufleuchteten. Er duschte, zog sich eine andere Fliege an und machte sich dann auf den Weg zu dem Café, in dem er Harutos Vater treffen würde.

Sein Telefon surrte; es war wieder eine Nachricht von E-Z.

"Wie ist Japan?"

"Schön", schrieb er zurück und benutzte seinen Schnabel zum Tippen. "Ich habe Haruto und seine Großmutter getroffen. Sie sprechen Englisch. Er ist sehr schüchtern, aber er kannte Rosalie. Er war auffallend jung - vielleicht vier oder fünf. Es könnte schwierig sein, seine Familie zu überzeugen, ihn nach Nordamerika kommen zu lassen."

"Rosalie wusste, dass er Kräfte hat - aber ja, er ist jünger, als ich dachte", sagte E-Z. "Es ist gut, dass sie Englisch sprechen. Wo bist du jetzt?"

"Ich gehe in ein Café, um Harutos Vater zu treffen. Übrigens, ich glaube, Rosalie hatte keine Zeit, ihre Notizen über Haruto zu aktualisieren oder zu vervollständigen. Sie bezeichnete ihn als Baby."

"Ich bin mir nicht sicher, wie besorgt wir zu diesem Zeitpunkt sein sollten, aber ich habe im Internet gelesen, dass die Furien jede Form annehmen können. Ich gebe nur die Information weiter. Da wir sie nicht erkennen können, müssen wir vorsichtig sein, wenn sie von uns erfahren."

Alfred schickte einen Daumen-nach-oben-Emoji.

"Ich muss jetzt gehen", sagte E-Z.

KAPITEL 3
BAD DREAMS

E-Z schlief und war wach. Das heißt, er konnte die Decke über seinem Bett sehen und die Matratze spüren, die seinen Rücken stützte. Und doch kreischten in seinem Kopf drei Banshees:

"Sag uns, wo du bist!"

"Sag es uns!"

"Sagen Sie es uns JETZT!"

"Nooooooooooooooo!" he screamed.

Dann befand sich über seinem Kopf an der Decke ein Spiegel. Aber die Person darin, die sich in ihm spiegelte, war nicht er selbst. Stattdessen war es sein Onkel Sam. Und in der Reflexion schrie sein Onkel Sam und krümmte sich vor Schmerzen.

"Onkel Sam ist in unserer Höhle!", kreischte die erste Hexe.

"Und er wird nie wieder herauskommen!", riefen die beiden anderen unisono.

Dann brachen die drei in eine Art Lachen aus, wie er es noch nie gehört hatte. Die Laute waren hyänenartig, guttural, animalisch.

"Sprich!", forderten die bösen Hexen und stießen Onkel Sam an, als wäre er ein Stück Fleisch, das vor dem Backen zubereitet wird.

"E-Z", sagte Onkel Sam, wobei seine Stimme zitterte, als würde er sich in seinem Körper spiegeln. "Was auch immer sie wollen, gib es ihnen nicht. Egal, was sie mit mir machen, gib nicht nach."

"Wenn du ihm wehtust", sagte E-Z, "werde ich, werde ich..."

"Sag uns, wo du bist, wo sie alle sind, und wir lassen ihn gehen", sangen sie gemeinsam mit einer Stimme, die auch im Hades nicht fehl am Platz gewesen wäre.

"Alles, was wir brauchen, sind ein oder zwei Hinweise", sagte der zweite.

"Klären Sie uns auf, wer wer ist", sagte der erste.

"Oder wir beseitigen Sie wissen schon wen", sagte der dritte.

Dann haben sie gelacht. Ihre Stimmen in seinem Kopf taten ihm so weh. Aber er hatte nur geträumt. Er musste sich selbst aufwecken - JETZT.

"Ahhhhhhhhhhhhhhhhhh!" Onkel Sam schrie.

Mehr Lachen.

E-Z wachte auf und merkte schnell, dass er mit Lachie in Australien war und nicht zu Hause in seinem eigenen Bett. Er überprüfte sein Telefon, hatte aber nur einen Balken. Er würde weiter nachsehen, bis er genug Balken hatte, um Onkel Sam anzurufen. Um sich zu vergewissern, dass es ihm gut ging. Dass es nur ein Albtraum gewesen war und nichts weiter.

Unterhalb des Baumhauses konnte er Lachie hören, der sich bewegte. Wahrscheinlich machte er Frühstück. Es war schön, das Leben des Jungen zu sehen. Wie er sich nach allem, was er durchgemacht hatte, wieder aufgerappelt hatte. Menschen waren schon bemerkenswert.

Was auch immer Lachie kochte, es roch gut, und sein erster Gedanke war, sofort zu ihm zu fliegen und ihm von seinem Albtraum zu erzählen. Aber etwas in seinem Hinterkopf sagte ihm, dass er es für sich behalten sollte - vorerst. Schließlich konnten die Furien unmöglich wissen, wo er wohnte. Wo sie alle wohnten. Er überprüfte noch einmal die Balken auf seinem Handy - dieses Mal war es nicht einmal ein Balken. Er steckte es in seine Tasche und flog hinunter.

"Hast du gut geschlafen?" fragte Lachie und löffelte Flüssigkeit aus einem Topf, der über einem Feuer stand, in eine Schüssel.

E-Z akzeptierte es. "Ich hatte einen seltsamen Traum, aber sonst, ja. Es ist schön da oben. Danke, dass du so zuvorkommend bist."

"Keine Sorge. Hier draußen gibt es viele Geister. Und ungewohnte Klänge für dich. Wenn du über den Traum reden möchtest, kannst du das gerne tun", sagte Lachie.

"Vielleicht später."

"Okay, dann hau mal rein. Ich hoffe, du magst Pilze."

"Ich liebe sie", sagte E-Z, während er eine große Menge der heißen, dampfenden Suppe in seinen Mund schaufelte. "Sie ist sehr gut."

"Oh, warte mal, ich habe den Dämpfer vergessen - das ist Brot." Er öffnete eine Alufolie, die in der Mitte der Feuerstelle lag, riss sie in Viertel und gab E-Z den ersten Teil.

"Das ist das beste Brot, das ich je gegessen habe! Wie hast du gelernt, so zu kochen?"

"Einige Einheimische haben es mir beigebracht. Schön, dass es dir gefällt."

Sie saßen schweigend da, während die Sonne von hoch oben auf sie herablächelte. E-Z versuchte, nicht an seinen Albtraum zu denken. Er zog das Telefon aus der Tasche und überprüfte erneut die Balken. Gerade noch einer. Er liebte Technik - wenn sie funktionierte.

"Jetzt, wo Sie sich den Bauch vollgeschlagen haben, lassen Sie uns darüber reden, warum Sie hier sind", sagte Lachie. "Und vor allem, wie ich dir helfen kann."

E-Z sagte nichts, stattdessen schaute er wieder hoffnungsvoll auf sein Telefon. Lachie schien das nicht zu stören, denn er riss ein weiteres Stück vom Dämpfer ab. Schließlich riss er sich wieder zusammen und konzentrierte sich auf die Angelegenheit.

"Tut mir leid, ich war mit meinen Gedanken ganz woanders."

"Das ist kein Problem. Willst du mehr Dämpfer?"

"Nein, es geht mir gut. Also, ich würde gerne wissen, was Rosalie dir über uns drei erzählt hat. Ich meine, Alfred, Lia und mich."

"Ja, sie hat mir alles über euch drei erzählt. Es war, als wäre sie hier bei mir und würde mir eine Gute-Nacht-Geschichte erzählen. Je mehr sie erzählte, desto mehr wollte ich euch kennenlernen, um euch zu helfen."

"Es freut mich zu hören, dass Sie helfen möchten. Lassen Sie mich Ihnen aber erst die Details erklären, bevor Sie sich festlegen. Es wird für keinen von uns ein leichter Weg werden."

"Ich habe keine Angst vor einer Herausforderung", sagte Lachie. "Was hat Rosalie dir über mich erzählt?"

"Um ehrlich zu sein, hat sie mir nicht viel erzählt, aber ich habe im Internet über Sie gelesen. Hast du jemals herausgefunden, was mit deinen Eltern passiert ist?"

"Nein, und das will ich auch nicht. Ich bin hier glücklich, autark. Ich brauche niemanden."

"Jeder braucht Freunde", sagte E-Z.

"Vielleicht."

"Hat Rosalie dir von den Furien erzählt?"

"Nein, aber sie sagte, du würdest mich eines Tages rufen, wenn du meine Hilfe im Kampf gegen das Böse brauchst. Und sie erwähnte die Furien - von denen ich bereits gehört hatte."

"Wirklich? Was hast du gehört?" erkundigte sich E-Z.

"Die Ureinwohner, von denen ich jedes Mal etwas Neues lerne, wenn ich bei ihnen bin, wissen alles über die Furien. Sie haben es auf die Ursprünglichen abgesehen, versuchen sie zu bestrafen und vertreiben sie von ihrem Land."

"Lachie stand auf, schüttete etwas Wasser auf das Feuer und vergewisserte sich, dass es vollständig erloschen war.

"Ich für meinen Teil glaube, dass das Böse existieren muss, damit das Gute überleben kann - aber es muss eine Art Kodex geben - und sie folgen keinem Kodex. Alles, was sie tun, dient ihrer eigenen Selbsterhaltung, und das ist keine Art zu leben."

"Das sind weise Worte für ein Kind in deinem Alter", sagte E-Z. Nachdem er es gesagt hatte, fühlte er sich ein wenig verlegen, als ob er sich zu sehr bemühte, weise zu sein, da er der ältere der beiden war. "Ich glaube, du bist sieben oder acht, habe ich recht?"

"Ich glaube schon, aber ich bin mir nicht sicher, wie alt ich wirklich bin. Als man mich fand, gab es keine Unterlagen, die das beweisen konnten. Ich schätze, wenn sich meine Stimme verändert, werde ich es besser wissen." Er lachte.

"In der Zwischenzeit können Sie Ihr Alter selbst bestimmen", schlug E-Z vor.

"Als ob ich meinen Namen selbst gewählt hätte", sagte Lachie. "Wie auch immer, was auch immer du von mir willst, ich bin dabei."

"Was mit den Furien passiert, ist, dass sie das Internet nutzen. Du kennst dich mit dem Internet aus, ja?"

"Ich schon. In der Bibliothek gibt es W-LAN. Ich liebe es zu lesen. Mythologie ist ziemlich cool. Sci-Fi auch."

"Die Furien benutzen Online-Multiplayer-Spiele, um die Kinder in die Falle zu locken. Die meisten Kinder spielen Spiele, auch ich", sagte E-Z.

"Spiele sind Zeitfresser", sagte Lachie. "Das haben mir die indigenen Lehrer beigebracht. Das Leben ist zu kurz, um es mit sinnlosen Ablenkungen zu vergeuden."

"Aber alle lieben Spiele", sagte E-Z. "Ich könnte Ihnen weltweite Zahlen nennen, aber die Hauptsache ist, dass die Furies dieses Phänomen ausnutzen. Es ist, als ob jedes Kind, das spielt, ihnen Zugang zu seinen Herzen und seinem Verstand verschafft hat."

"Wie das?"

"Um im Spiel aufzusteigen, müssen Sie eine Liste von Aufgaben erfüllen. Das ist die einzige Möglichkeit, im Spiel voranzukommen. Wenn Sie nicht tun würden, was von Ihnen verlangt wird, hätte das Spiel keinen Sinn. Und doch verstößt das, was von Ihnen verlangt wird, im wirklichen Leben oft gegen das Gesetz."

"Gegen das Gesetz! Was zum Beispiel?" fragte Lachie.

"Wie das Töten."

Lachie schüttelte den Kopf.

"Es ist ein Spiel, also tut man, was man tun muss, um die nächste Stufe zu erreichen".

"Ok, ich glaube, ich habe es verstanden. Die Aufgabe der Furien war es, diejenigen zu bestrafen, die Verbrechen begangen haben und ungestraft geblieben sind. Sie verdrehen diesen Auftrag, um Kinder zu verletzen, die ein imaginäres Spiel spielen."

"Das stimmt, Lachie. Ganz genau. Und wenn die Kinder sterben, stehlen sie ihre Seelen."

"Wozu?"

"Haben Sie schon einmal von Soul Catchers gehört?"

"Nein", sagte Lachie.

"Wenn du stirbst, hat deine Seele einen Ort der ewigen Ruhe. Man nennt ihn Soul Catcher. Aber diese Kinder sollen nicht sterben, wenn die Furien sie holen, also gibt es keinen Seelenfänger, der auf sie wartet."

"Woher weißt du das alles?" fragte Lachie.

"Die Erzengel haben es mir nicht nur gesagt, sondern auch gezeigt. Ich war ein paar Mal in meinem Soul Catcher. Sie haben mich dorthin gerufen. Ich wusste nicht einmal, wie er heißt, bis das alles aufkam. Das ist nichts, womit sich Menschen beschäftigen sollten. Die meisten denken, wir kommen in den Himmel oder in die Hölle."

"Wenn dein Seelenfänger bereit war, und du bist nur ein Kind, warum sind ihre nicht bereit?"

"Gute Frage. Daran habe ich noch nicht gedacht. Ich habe wohl angenommen, dass ich ein besonderer Umstand bin", sagte E-Z. "Aber ich weiß, dass die Erzengel etwas vermasselt haben. Etwas, über das sie nicht sprechen wollen. Vielleicht brauchen sie deshalb unsere Hilfe, um die Sache in Ordnung zu bringen."

"Aber wie machen sie das? Das ist es, was ich nicht kapiere."

"Sie haben die Regeln gebogen, in der Hoffnung, die Kontrolle über alle Seelenfänger zu erlangen. Wenn wir sterben, sollen unsere Seelen in einen gehen, der auf uns wartet, wenn wir sterben. Sie sollen nicht übertragbar sein. Wenn sie alle kontrollieren, kann jede Seele nirgendwo mehr hin. Das würde das Leben nach dem Tod ins Chaos stürzen. Also, jetzt wo du alles gehört hast - bist du immer noch dabei?"

"Ja, auf jeden Fall. Außerdem gibt es hier draußen nichts Besseres zu tun. Das könnte ein interessantes Abenteuer werden."

"Um hundertprozentig ehrlich zu sein", sagte E-Z, "es wird nicht einfach sein. Und du wirst mit dem Rest von uns dein Leben aufs Spiel setzen. Aber wir werden uns gegenseitig den Rücken freihalten.

"Wir werden gewinnen!"

"Das hoffe ich, aber zuerst müssen wir uns überlegen, wie wir dorthin kommen wollen. Onkel Sam hat ein paar Flugtickets für uns bereitgehalten. Wir müssen sie nur am nächsten internationalen Flughafen abholen. Er hat sie reserviert."

"Nicht nötig!" sagte Lachie. "Ich habe mein eigenes Transportmittel." Er steckte sich zwei Finger in den Mund und pfiff.

Ein paar Minuten lang geschah nichts.

" R - R - R - R - RRRRRRRRRRRRRRRRRRRRRRRRRRRRRRRRRRRRRRRRRRRR. fragte E-Z.

Lachie stand ganz still, während sich die Bäume flüsternd bewegten.

Als nächstes hörte E-Z Flügelschlagen. So wie es sich anhörte, hatte das, was da kam, riesige Flügel.

Dann brach die Kreatur durch das Laub der Bäume. Es wäre in keinem der Harry-Potter-Filme fehl am Platz gewesen.

"Ist das ein Drache?" erkundigte sich E-Z.

"Er ist ein Aussiedraco", sagte Lachie. "Er ist auch als Pterosaurier bekannt, also ist er von hier." Zu dem Drachen sagte er: "Guten Tag, Kumpel", und ging los, um ihn zu begrüßen. Die riesige schuppige Kreatur senkte ihren Kopf. Lachie streichelte ihn, dann sprang er ihm auf den Rücken.

"Komm schon E-Z, worauf wartest du noch?"

"Äh, ich habe mein eigenes Fahrzeug."

Lachie warf den Kopf zurück und lachte.

"HAR-HAR-R-R-R-R!"

stimmte die Kreatur mit ein.

"Sein Name ist Baby", sagte Lachie. "Steig auf, denn Baby will mit dir einen Ausflug machen, und was Baby will, bekommt Baby."

"Aber mein Stuhl!"

Das Baby streckte seinen langen Hals aus und hob E-Z auf. Ohne Stuhl warf er ihn auf seinen Rücken. E-Z hielt sich an Lachie fest, als Baby in die Luft sprang.

"Passt auf die Bäume auf!" rief E-Z.

Lachie und Baby haben gelacht.

Sie flogen los, über kilometerlangen roten Sand.

Bald schon hatte E-Z keine Angst mehr.

Sie überflogen mehrere Felsformationen, von denen eine aussah wie Homer Simpson im Liegen. Als nächstes sahen sie Uluru, den riesigen roten Monolithen.

Sie verbrachten den ganzen Tag damit, über Australien zu fliegen und sich die Sehenswürdigkeiten anzuschauen.

"Wir gehen besser zurück", sagte Lachie. "Wir brauchen eine gute Nachtruhe, bevor wir nach Nordamerika aufbrechen und den Rest des Teams treffen.

"Klingt nach einem Plan", sagte E-Z, der die Fahrt immer mehr genoss und sich wünschte, sie würde nie enden. Er würde nicht fallen, er hatte Flügel, wenn er sie brauchte - aber eines wusste er ganz sicher: Auf Baby zu fliegen war das Leben.

Er fragte sich nur, wo er sie unterbringen sollte, wenn sie wieder zu Hause waren. Der Drache war zu groß, um in die Garage zu passen. Das Problem würde er lösen, wenn er die Brücke überquert hatte. Wenn er und Klein-Dorrit sich anfreunden würden, könnten sie vielleicht zusammen unterkommen?

"Mach dir keine Sorgen um mich", sagte Baby.

E-Z hat sich zweimal umgedreht.

"Äh, ja, ich kann Gedanken lesen. Nicht immer und nicht von jedem", sagte Baby. "Ich kümmere mich selbst um meine Schlafmöglichkeiten. Und was Klein-Dorrit angeht, nun ja, Einhörner und Drachen vertragen sich normalerweise nicht - aber ich wäre bereit, es zu versuchen."

Das Baby setzte sie ab und flog in die Nacht hinaus.

E-Z erinnerte sich an die Sache mit Onkel Sam, aber er war zu müde, um etwas dagegen zu unternehmen. Er würde ihn morgen früh anrufen. Natürlich würde alles gut werden.

KAPITEL 4
OZ-ABFAHRT

Am nächsten Morgen, als E-Z und Lachie sich auf ihre Reise vorbereiteten, unterhielten sie sich und lernten sich besser kennen.

"Ich muss mein Handy aufladen und meinen Onkel Sam anrufen. Ich würde gerne einen Boxenstopp einlegen, um beides zu erledigen, bevor wir Australien verlassen."

"Kein Problem, denn ich möchte auch ein paar Vorräte mitnehmen. Wir können alles zur gleichen Zeit erledigen. Ich kaufe ein, du kannst dein Handy aufladen und deinen Onkel anrufen. Gibt es etwas, das ich wissen sollte?"

"Ich hatte nur einen seltsamen Traum. Ich wollte nach ihm sehen, damit ich mir nicht unnötig Sorgen mache."

"In Ordnung", sagte Lachie, während er einige Kochutensilien verstaute, damit sie bis zu seiner Rückkehr sicher waren. "Ich werde diesen Ort sicher vermissen."

"Ich weiß, und deine Freunde auch, aber du wirst neue Freunde finden, und jeder wird dich wie zu

Hause fühlen lassen. Außerdem bist du zurück, bevor du es merkst."

"Das ist es, was mich beunruhigt. Was ist, wenn ich nicht zurückkommen will? Was ist, wenn ich mich daran gewöhne, Menschen um mich zu haben? Daran, mit Annehmlichkeiten verwöhnt zu werden?" Er hielt inne, als zwei Elstern landeten, eine auf jeder seiner Schultern. Die Vögel pickten leicht in seinen Ohren, als würden sie ihm etwas zuflüstern. Lachie lächelte und sie flogen davon.

"Was haben sie gesagt?" fragte E-Z.

"Äh, eigentlich nichts. Sie haben nur gesagt, dass sie mich lieben und dass sie mich vermissen werden." Ein Rabe flog herab und landete auf seiner Schulter. "Das ist mein Kumpel Erroll."

"Freut mich, dich kennenzulernen, Erroll", sagte E-Z. "Äh, wie seid ihr beide Freunde geworden?"

Lachie lachte. "Komisch, dass du das fragst. Errols gibt es schon seit sehr langer Zeit. Sein Großvater war sogar ein Haustier für jemanden, der ein entfernter Verwandter von dir sein könnte. Falls du mit Charles Dickens verwandt bist?"

E-Z lehnte sich vor und nickte. Lachie hatte jetzt definitiv seine volle Aufmerksamkeit.

"Charles Dickens hatte einen Raben als Haustier, dessen Name Grip war. Nach den Geschichten, die im Laufe der Jahre weitergegeben wurden, war es Grip, der Edgar Allan Poe zu seinem berühmtesten Gedicht "Der Rabe" inspirierte.

"Wow, das ist so cool!" rief E-Z aus.

"Vögel sind super intelligent. Genau wie die Ältesten der Ureinwohner, die mich unter ihre Fittiche nahmen, als ich zum ersten Mal im Outback ankam. Sie brachten mir Lesen und Schreiben bei und wie man Essen zubereitet. Sie lehrten mich auch, wie man giftige Pflanzen und Tiere erkennt und vermeidet.

"Ich lerne jeden Tag etwas von den Kreaturen, die ich treffe und mit denen ich spreche. Sie sagen, dass früher jeder mit Tieren sprechen konnte - nicht nur ich - aber irgendetwas hat sich geändert. Sie glauben, dass es in unseren Gehirnen passiert ist, aber was auch immer mit allen anderen passiert ist, mit mir ist es nicht passiert."

"Woher wussten sie, dass du anders bist?"

"Sie sagen, sie hätten von mir gehört, als ich geboren wurde und als ich der Junge in der Kiste wurde. Noch bevor ich geboren wurde, gingen die Gerüchte über mich flüsternd um die Welt. Sie hatten auf mich gewartet, das sagten sie mir schon lange."

"Wie lange?" erkundigte sich E-Z.

"Ich will nicht großspurig klingen, aber man sagt, dass Mozart von mir wusste - er hatte einen Hausstar und lebte im 17.th Jahrhundert. Das ist jüngeren Datums. Vor ihm kann man es bis zu Vergil im Jahr 70 v. Chr. zurückverfolgen. Wussten Sie, dass er eine Hausfliege hatte?"

"Wirklich? Eine Fliege - ein Haustier?"

"Ich habe mit einer Buschfliege gesprochen, die mit Virgil verwandt war - sein Name war Leonard oder kurz Leo und er hat alles bestätigt." Lachie hob einen Topf auf und versteckte ihn mit ein paar anderen Dingen im Gebüsch. "Ich habe auch mit dem Verwandten von Andrew Jacksons Papagei geplaudert. Jacksons Vogel hieß Pol - er war ein Geschenk für seine Frau - und war männlich, aber da seine Verwandte weiblich war, hieß sie Polly. Sie hatte einen seltsamen Sinn für Humor!"

"Klingt ganz danach. Äh, ich hoffe, wir können noch weiter reden, aber ich muss dich über deine besonderen Kräfte befragen - und wir sollten uns bald auf den Weg machen, vorausgesetzt, du hast alles sicher verstaut."

Lachie nickte: "Klar doch. Ich bin fast fertig. Ich muss nur noch ein paar Dinge besorgen. Warum erzählst du mir in der Zwischenzeit nicht erst einmal von dir?"

"Nun, du hast mich und meinen Stuhl schon in Aktion gesehen - ja, wir können fliegen. Mein Stuhl hat besondere Kräfte, er kann nicht nur fliegen, sondern auch Verbrecher fangen und er hat eine Vorliebe für Blut. Wir sind ein Paar, mein Stuhl und ich, wie Batman und sein Batmobil."

"Cool!" sagte Lachie. "Aber die Sache mit dem Blut ist irgendwie komisch."

"Spare in der Zeit, so hast du in der Not" - ich weiß nicht, wer das gesagt hat, aber mein Stuhl scheint dem zuzustimmen. Anstatt es in den Boden tropfen zu lassen, saugt er es auf.

"Unsere erste Rettung war ein kleines Mädchen - wir retteten es davor, von einem Fahrzeug angefahren zu werden. Dann retteten wir ein Flugzeug voller Passagiere. Ich will nicht prahlen und ich bin sicher, Sie verstehen das Wesentliche. Dadurch, dass ich anderen geholfen habe, habe ich entdeckt, dass ich jetzt superstark bin und mein Stuhl auch. Oh, und wir sind jetzt kugelsicher."

"Sie meinen, man hat auf Sie geschossen?"

"Ja, wir hatten einige Situationen, in denen es um Waffen ging. Jetzt bist du dran."

Meine erstaunlichste Fähigkeit ist, wie du bereits gesehen hast, dass ich mit allen Kreaturen sprechen kann, mit allen. Als du gestern dachtest, du sprichst mit Baby, hast du das auch getan, aber wenn ich nicht hier wäre, würde sie Kauderwelsch reden. Sie kommuniziert mit Ihnen, durch mich. Ich bin wie ein Netzwerk, ein Sicherheitsnetzwerk. Ich kann es abschalten oder öffnen, je nachdem, was ich entscheide.

"Als ich in dem Käfig war, saßen die Tiere draußen und plapperten. Manchmal dachte ich, sie würden mit mir kommunizieren, aber dann dachte ich, ich würde vielleicht verrückt werden. Einmal flog eine Kakerlake durch die Gitterstäbe meines Käfigs herein und sagte, sie könne mir helfen, herauszukommen, wenn ich das wollte.

"Igitt, ich hasse Kakerlaken. Aber von fliegenden Kakerlaken habe ich noch nie gehört."

"Sie sind eigentlich ziemlich schlau und haben einen enormen Überlebensinstinkt - ich meine, sie fressen alles."

"Schade, dass sie nicht die Leute gefressen haben, die dich in diese Kiste gesteckt haben." E-Z dachte einen Moment lang nach. "Warum hast du ihn nicht versuchen lassen, dich zu retten? Ich meine, du hattest doch nichts zu verlieren."

Wie heißt es doch so schön: "Besser der Teufel, den man kennt"?

"Das verstehe ich, du hattest also keine Angst vor den Leuten, die dich festgehalten haben?"

"Es war nicht wirklich eine Kiste - es war ein Käfig. Aber es hört sich besser an, wenn sie es eine Box nennen. Außerdem haben sie mir nie etwas getan. Sie haben mich gefüttert und getränkt. Sie haben mir die Zeitung ausgewechselt. Und ich habe nie wirklich gesehen, wer sie waren, denn sie trugen Masken."

"Ich verstehe nicht, warum sie dich überhaupt dort behalten haben."

"Das werde ich wohl nie erfahren. Und ich bin nicht geblieben, um Antworten zu bekommen, als sie mich rausgelassen haben."

"Wie ist das gelaufen?"

"Sie richteten ein Zimmer für mich im selben Haus ein. Sie schickten mir eine nette Dame, die sich um mich kümmerte. Ich bin nie aus dem Haus gegangen. Es war zu beängstigend für mich."

"Konntest du sprechen? Ich meine, wenn du für immer in einem Käfig warst, hast du dann Erinnerungen an früher? An deine Eltern?"

"Ich spreche nicht gerne darüber. Die Vergangenheit ist Vergangenheit. Ich kann sie nicht ändern. Ich schaue immer nach vorne. Aber ich wurde nicht in einem Käfig geboren. Manchmal denke ich, dass ich mich daran erinnere, zur Schule gegangen zu sein. Aber es könnte auch ein Traum gewesen sein. An manchen Tagen ist es schwer, zwischen den beiden zu unterscheiden.

E-Z erinnerte sich selbst daran, Onkel Sam anzurufen.

"Und wie bist du hier gelandet, wo du mit Tieren lebst und hundertprozentig auf dich allein gestellt bist? Ich nehme an, du vermisst die Menschen nicht?"

"Man kann nicht vermissen, woran man sich nicht erinnert. Was die Tiere betrifft, so habe ich sie mir nicht ausgesucht, sie haben mich gewählt. Sie kamen ins Haus, als ob sie wüssten, dass ich nicht mehr im Käfig war, und sie warteten darauf, dass ich herauskam. Sie wussten bereits, dass ich mit ihnen reden und sie verstehen konnte - aber ich wusste nicht, dass ich es konnte, bis ich es versuchte. Dann öffnete sich eine ganze Welt für mich, und ich musste ein Teil davon sein. Ich war nicht mehr allein. Da boten sie mir an, mich mitzunehmen und mich in Sicherheit zu bringen. Jetzt bist du über die Geschichte von Lachie auf dem Laufenden."

"Das ist eine erstaunliche Geschichte. Also, mit Tieren sprechen. Hast du sonst noch etwas entdeckt?"

"Nun, ja. Aber es ist ziemlich neu."

"Wem sagst du das."

"Es ist besser, wenn ich es dir zeige."

"Okay", sagte E-Z.

Er beobachtete, wie Lachie aufstand und auf einen nahe gelegenen Eukalyptusbaum zuging. Er blieb noch eine Sekunde neben dem Baum stehen, dann trat er vor den dicken, verwitterten Stamm des Baumes. Dann war er verschwunden.

"Was zum?"

Lachie bewegte sich auf die andere Seite des Baumes, dann wieder zurück gegen den Stamm.

"Oh, du bist also unsichtbar?"

"Nein, sieh genauer hin." Er trat von dem Baum weg. "Schau mir weiter in die Augen."

E-Z tat es, und er konnte Lachies Augen im Baumstamm sehen, aber er konnte Lachie nicht sehen. "Moment mal", sagte E-Z. "Ich hab's verstanden. Das ist Tarnung - du bist ein Chamäleon. Wow!"

Lachie lachte, dann kehrte er an seinen Platz zurück.

"Wie hast du sie entdeckt? Das ist eine wirklich coole Fähigkeit. Man kann sich praktisch überall einfügen, ohne dass es jemand merkt!"

"Nachdem ich eine Weile mit den Kreaturen gelebt und keine Menschen gesehen hatte, kam eines Tages eine Gruppe von Wanderern hier vorbei. Ich rannte los, um auf einen Baum zu klettern und mich zu verstecken, aber ich hatte nicht genug Zeit - also blieb ich einfach an einem Baumstamm stehen und hielt still. Sie gingen einfach an mir vorbei, als ob ich nicht existierte. Ich konnte es nicht begreifen. Ein Vogel landete auf meiner Schulter und eine Schlange kroch mein Bein hinauf. Sie konnten mich sehen, aber die Menschen nicht. Da wusste ich, dass ich ein Chamäleon war."

"Wie fühlt es sich an? Ich meine, wenn du in den Tarnmodus gehst?"

"Es fühlt sich nicht anders an als sonst. Es passiert einfach."

"Cool. Nun, möchtest du etwas über den Rest des Teams erfahren und welche Fähigkeiten sie mitbringen?"

Lachie nickte.

"Lia wird dir gefallen. Sie ist sehend. Ihre Augen sind in ihren Händen und sie kann das Jetzt sehen, in die Gedanken mancher Menschen, und sie kann in die Zukunft blicken, was manchmal passieren wird. Dieser Teil ihrer Kraft scheint sich zu verstärken. Natürlich ist da auch noch die Sache mit dem Alter. Als wir uns das erste Mal trafen, war sie sieben und jetzt ist sie zwölf."

"Das ist wirklich cool", sagte Lachie. "Und ich habe gehört, ihre Mutter und dein Onkel Sam sind..."

"Was dagegen, wenn wir losgehen. Allein wenn ich Sams Namen höre, wird mir wieder mulmig."

"Keine Sorge", sagte Lachie. Er pfiff und Baby kam und sie flogen in die nächste Stadt, wo Lachie ein paar Sachen abholte, E-Z steckte sein Telefon in das Ladegerät und als es genug aufgeladen war, rief er sofort Sams Nummer an.

Es ging niemand ran, stattdessen landete der Anruf direkt auf Sams Mailbox. Er versuchte es mit Samanthas Telefon und sie nahm sofort ab. "Hallo, hier ist E-Z, ist Onkel Sam zu sprechen?"

"Klar E-Z, nur eine Sekunde." Einiges Geflüster. "Hallo, Kleiner", sagte Sam. "Wo bist du jetzt, fliegst du schon über den Ozean?"

"Ich will nur wissen, ob bei Ihnen alles in Ordnung ist", sagte E-Z. "Wenn ja, sagen Sie bitte das Codewort."

"Sponge Bob Schwammkopf", sagte Onkel Sam.

"Oh, Gott sei Dank", sagte E-Z. "Ich hatte einen seltsamen Traum, dass die Furien dich haben."

"Ah, wir haben ein paar Freunde zu Besuch und wollen uns gerade hinsetzen und ein paar Sachen in die Fondues tunken. Wir haben Schokolade mit Obst, Käse mit Gemüse und Käse mit Brot und Fleisch. Die Auswahl ist groß, und wir haben mehrere Sorten Wein. Die Zwillinge sind schon im Bett."

"Äh, das klingt..."

"Ich muss los, E-Z, bis bald. Pass auf dich auf."

"Meinem Onkel geht es gut, und sie machen ein Fondue - das klingt nach einer kleinen Party."

"Was ist ein Fondue?" fragte Lachie.

"Das ist ein Topf, in dem man Sachen schmilzt und dann andere Sachen eintaucht. Man taucht zum Beispiel Erdbeeren in Schokolade und Brotstücke in Käse. Und du hast recht, sie sind jetzt verheiratet und haben vor kurzem Zwillinge bekommen, also ist das Haus ziemlich voll und laut."

"Oh, das klingt köstlich", sagte Lachie.

Mit dem voll aufgeladenen Telefon von E-Z und Lachies Vorräten, die sicher auf dem Rücken von Baby verstaut waren, flogen die beiden aus Australien hinaus. Sie unterhielten sich während des Fluges. Nachdem sie stundenlang nichts Interessantes gesehen hatten, bereiteten sie sich mit knurrenden Mägen auf die Landung vor, um zu essen und auf die Toilette zu gehen.

"Wir müssen sowieso bald landen, um etwas zu essen - außerdem bin ich schon am Verhungern! Und übrigens: Herzlichen Glückwunsch!"

"Danke! Wir können auf Hawaii für Cheeseburger und Pommes anhalten", schlug E-Z vor.

"Ich wusste nicht, dass Hawaiianer auf Burger und Pommes spezialisiert sind."

"Sie sind Teil der USA, also sind Cheeseburger und Pommes frites - ganz zu schweigen von dicken Shakes - ausgezeichnete traditionelle Speisen, die Sie probieren sollten, und ich garantiere Ihnen, dass Sie sie lieben werden."

"Ich esse kein Fleisch. Kühe sind auch Menschen."

"Sie haben etwas auf pflanzlicher Basis, es ist trotzdem ein Cheeseburger und du wirst ihn lieben. Du hast doch nichts dagegen, Kuhmilch zu trinken, oder?"

"Nein, ich weiß es nicht."

"Okay Stuhl und Baby - lass uns zum nächsten Cheeseburger-Laden gehen, der auch Veggie-Burger serviert", schlug E-Z vor, als sich sein knurrender Magen bemerkbar machte.

"Vorwärts!" rief Lachlan, während Baby nach einem geeigneten Landeplatz suchte.

KAPITEL 5

BRANDY

Lia und ihr einhörniger Reisegefährte Little Dorrit flogen durch die Wolken.

Lia schätzte die anmutigen, aber schnellen Bewegungen ihres fliegenden Begleiters. Gemeinsam erfanden sie ein Spiel namens "Jump the Clouds". Je nach Art der Wolke sprangen sie entweder über, unter oder durch die Wolke. Durch sie hindurch zu springen, machte am meisten Spaß.

"Ich liebe es, wenn wir in der Wolke sind", sagte Lia. "Ich strecke die Hand aus, um sie zu berühren, aber es ist nichts da.

"Sieht so aus, als würden wir in das Einkaufszentrum unter uns gehen", sagte Klein-Dorrit, bevor sie einen Dreisprung machte und erst über, dann unter und dann durch dieselbe Wolke sprang.

"Weeeeeee!" rief Lia aus.

"Danke, danke", sagte das Einhorn, während es nach unten zeigte.

"Einkaufen, was?" sagte Lia, als sie sich umsah. Es war ein großes Einkaufszentrum, fast einen ganzen Block lang. "Ich hoffe, ich brauche nicht viel Geld, aber

Mama hat mir ihre Kreditkarte gegeben, falls ich sie brauche."

"Brandy steht im Gang des Lebensmittelladens und füllt einen Einkaufswagen, um sich die Zeit zu vertreiben. Wir sollten uns beeilen, sonst wird ihre Mutter bald nach ihr suchen", sagte das Einhorn.

"Das ist wirklich cool, dass du ihren Standort so genau lokalisieren kannst. Ich kann es kaum erwarten, sie zu treffen und mehr über ihre Kräfte zu erfahren", sagte Lia und schlang ihre Arme um Klein-Dorrits Hals, um sich auf die Landung vorzubereiten. "Ich wollte schon immer eine große Schwester haben, und das könnte meine einzige Chance sein.

"Pfeif, wenn du mich brauchst", sagte Klein-Dorrit, als Lia abstieg, "und ich treffe dich genau hier."

Lia betrat das Einkaufszentrum durch die Schwingtüren. Sofort sah sie ein Mädchen, von dem sie hoffte, dass es Brandy war, die einen Einkaufswagen im Lebensmittelgeschäft schob. Nach Rosalies Beschreibung musste es sich um sie handeln.

Das Mädchen war leger gekleidet, mit einem grauen Kapuzenpulli. Er war teilweise mit einem Reißverschluss versehen, aber offen genug, um ein rotes I Love Music-T-Shirt darunter zu zeigen. Ihre schwarze Jeans hatte Aufkleber mit Musiknoten auf den Taschen. Ihre Canvas-Laufschuhe waren passend zu ihrem T-Shirt gestaltet.

Lia beobachtete das Mädchen einige Augenblicke lang, bevor sie auf sie zuging. Sie fühlte sich ein wenig eingeschüchtert. Als ob sie eine Berühmtheit treffen würde. In ihrer Vorstellung strahlte Brandy Stil und Coolness aus.

Als Lia näher kam, stellte sie sich vor, dass sie eines Tages beste Freundinnen sein würden. Sie würden zusammen das Einkaufszentrum besuchen. Zusammen Kleidung kaufen. Vielleicht würde Brandy ihr sogar helfen, ein paar neue amerikanische Kleider auszusuchen.

"Was starrst du so, Kleiner?" fragte Brandy in einem Ton, der nicht sehr freundlich oder schwesterlich war. Dann schlug sie Lias Hände mit einem Schwung weg.

"Das ist sehr unhöflich", rief Lia aus. "Hat dir denn niemand Manieren beigebracht?" Sie drehte dem coolen Mädchen den Rücken zu. Sie hielt den Atem an, zählte bis zehn und drehte sich dann wieder zu ihr um. "Rosalie würde sich für dich schämen."

"Du kennst Rosalie?"

"Ja, ich bin Lia, und ich kann dich ohne meine Augen, die in meinen Händen sind, nicht sehen." Lia hob wieder ihre Arme.

"Wow!" rief Brandy aus. "Ich dachte, ich wäre komisch, aber Junge, ich meine, äh, Lia, du bist der Hammer." Sie steckte die Hände in ihre Taschen. "Aber jeder Freund von Rosalie ist auch ein Freund von mir."

"Äh, danke", sagte Lia. "Können wir irgendwo hingehen, um zu reden?"

"Ich kann nicht sagen, was wir beide gemeinsam haben - außer Rosalie", sagte der Teenager, während sie den Wagen weiterschob und Lia zurückließ.

Lia kämpfte gegen ein Schluchzen an, brachte aber die Worte heraus: "Wir brauchen deine Hilfe, weil Rosalie tot ist."

Brandy hielt inne und holte tief Luft, als ihr eine Träne über die Wange lief, die sie wegwischte. "Folge mir, Kleine." Sie ließ den Wagen mitsamt den darin befindlichen Gegenständen stehen, und sie gingen zu einem Stand im Inneren des Einkaufszentrums und setzten sich.

"Ich nehme ein Glas Wasser", sagte Lia. "Ohne Eis, bitte."

"Komm schon, Junge, lebe gefährlich. Sie wird ein Root Beer Float haben - und zwar zwei." Nachdem die Kellnerin gegangen war, "Du wirst es lieben, keine Sorge. Und jetzt erzähl mir mehr darüber, warum du hier bist, und was mit der süßen Rosalie passiert ist."

"Erstens, was hat Rosalie dir über mich erzählt, über uns?"

"Nichts. Ich wusste, wer sie war, und ich wusste, dass sie über mich wachte. Zuerst dachte ich, sie sei ein Engel, weil sie in meinem Kopf zu mir sprechen konnte, wie wenn ich als kleines Kind betete. Dann wurde mir klar, dass sie ein echter Mensch war, genau wie ich, und jetzt ist sie tot. Ich würde gerne helfen, die Leute zu finden, die sie getötet haben - wenn du deshalb hier bist, bin ich dabei. Komisch, ich glaube, sie ist jetzt ein Engel, der immer noch über mich wacht."

"Ich auch", sagte Lia. "Genau."

"Also, wie ist es passiert?" fragte Brandy. "Wenn es kein unsensibles Thema ist, danach zu fragen. Ich finde, es ist immer am besten, über die Seltsamkeiten zu sprechen, die uns zu dem machen, was wir sind. Ich habe meine eigenen Seltsamkeiten, glaub mir. Die hat jeder.

"Meine Mutter würde mich ausschimpfen, weil ich dir so eine persönliche Frage stelle. Aber ich komme gerne zur Sache. Haben Sie schon immer Augen auf Ihre Hände gerichtet? Ich würde denken, dass Sie von Journalisten und Fotografen verfolgt werden, die Leute wollen mit Ihnen reden, Ihre Geschichte hören und erzählen, um Zeitschriften und Zeitungen zu verkaufen."

"Oh", sagte Lia, "die meisten Leute interessieren sich mehr für berühmte fiktive Figuren wie Harry Potter als für echte Menschen. Wenn Harry Potter echt wäre, würden die Leute ihn meiden oder ihn hänseln. In seiner Welt war er jedoch der Held, und so wurde seine Narbe ein Teil seiner Geschichte. Sie machte ihn für uns menschlicher, so dass wir uns mit ihm identifizieren konnten. Aber kein Kind will auffallen, denn in dieser Welt werden Unterschiede nicht immer gewürdigt.

"Es ist schon komisch, wie wir uns mit fiktiven Figuren identifizieren und mit ihnen mitfühlen können, während wir die echten Helden in unserem Alltag nicht erkennen."

"Oh Mann", sagte Brandy, "du bist ein bisschen langweilig, nicht wahr? Es ist, als würde man mit einem zwanzigjährigen Kind reden."

"Tut mir leid", sagte Lia. "Ich bin in kurzer Zeit von sieben auf zehn auf zwölf gekommen. Ich hatte keine Zeit, mich daran zu gewöhnen."

"Das ist schon okay", sagte Brandy. "Und ich würde dir im Prinzip zustimmen, Kleiner, aber seit Reality Tv auf Sendung ist, interessieren wir uns für das Leben der normalen Leute. Das heißt, normale, aber reiche Leute wie die Kardashians. Ich schaue mir das nicht an, aber Millionen von Menschen schon."

Ihre Getränke kamen an. Brandy aß zuerst die Kirsche auf ihrem Getränk, dann fragte sie Lia, ob sie auch eine wolle. Als Lia nein sagte, nahm Brandy die Kirsche ab und steckte sie sich direkt in den Mund. "Nimm einen Schluck. Wenn du ihn probierst, wird er dir bestimmt schmecken."

Lia nahm einen großen Schluck durch den Strohhalm und ihr Gesicht erhellte sich. "Es ist wirklich gut!" Dann rührte sie das Eis mit dem Strohhalm um, während sie überlegte, was sie als Nächstes sagen sollte.

"Ich wurde mit Augen geboren, die gut funktionierten. Aber durch einen Unfall wurde ich blind, und als ich aufwachte, hatte ich diese Augen und auch das, was man das Sehen nennt. Ich kann sehen, was die Leute denken, so haben Rosalie und ich angefangen, uns zu unterhalten. Für mich ist die Zeit nicht so wie für alle anderen, aber ich habe schon seit einiger Zeit keine Jahre mehr übersprungen. Außerdem kann ich im Laufe der Zeit manchmal sehen, was mit mir und mit anderen passieren wird, du weißt schon, in der Zukunft."

"Wusstest du, dass Rosalie sterben würde, bevor es passierte?"

"Nein, habe ich nicht. Es kommt und geht. Manchmal funktioniert es überhaupt nicht. Es ist nicht hundertprozentig verlässlich. Ich kann übrigens nicht deine Gedanken lesen, falls du dich das fragst."

"Gut. Zu wissen, dass du meine Gedanken lesen kannst, wäre sehr unheimlich", sagte Brandy und nahm einen großen Schluck, der auf dem Boden des Behälters aufschlug und ein "Das ist alles Leute"-Geräusch machte. "Ich würde gerne noch einen trinken, aber ich werde es nicht tun", sagte sie. "Am besten ist es, sich zu mäßigen, denn wenn wir uns die Dinge gönnen, von denen wir glauben, dass wir sie wirklich wollen, dann wissen wir sie nicht mehr so sehr zu schätzen."

"Sehr weise", sagte Lia. "Du kannst den Rest von mir haben, wenn du willst."

"Es wäre eine Schande, sie zu vergeuden."

Die beiden Mädchen waren eine Weile still, bis Brandys Telefon vibrierte. "Meine Mutter wird bald hier sein und uns Gesellschaft leisten."

"Woher wusste sie, wo wir sind?"

"Ok, sie hat ihre Methoden, z.B. einen Tracker auf meinem Handy."

"Und das stört Sie nicht?"

Nein. Ich bin ein paar Mal verschwunden, aber ich bin immer wieder ins Einkaufszentrum zurückgekehrt. Meistens hat sie keine Ahnung, wenn ich gehe. Bis ich sie anrufe und sie bitte, mich hier abzuholen. Das ist normalerweise ihr erster Hinweis, meine SMS oder mein Anruf. Die App erspart ihr allerdings, sich Sorgen um mich zu machen. Ich schätze, es ist nicht einfach, eine Tochter zu haben, die sterben und wieder ins Leben zurückkehren kann."

Brandys Mutter traf ein, und sie wurden einander vorgestellt. Sie erzählten ihr die Geschichten von Rosalie und Lia und brachten sie auf den neuesten Stand der Dinge, die sie bisher besprochen hatten.

"Was habt ihr beiden Mädchen geplant?", fragte sie. "Ihr seht aus, als würdet ihr nichts Gutes im Schilde führen."

"Nur der überschüssige Zucker", sagte Brandy und grinste. "Lia wollte mir gerade sagen, wofür sie mich brauchen."

"Du hast mir also von deiner wiederkehrenden Situation erzählt?"

"Kurz. Dazu bin ich noch nicht gekommen, Mama, sie hat mir gerade erst von dem Unfall erzählt und warum ihre Augen auf ihren Händen sind."

Die Kellnerin kam herüber und Brandys Mutter bestellte einen Kaffee. Sie kam sofort mit einer Tasse zurück, die sie füllte. "Nachfüllen ist kostenlos", sagte die Kellnerin. "Halten Sie einfach Ihre Tasse hoch, wenn sie leer ist, und ich komme gleich rüber, um sie wieder aufzufüllen."

"Danke", sagte Brandys Mutter.

"Das würde ich gerne hören", sagte Lia und strich sich das Haar hinters Ohr. Sie liebte die Art und Weise, wie Brandy und ihre Mutter miteinander umgingen. Sie standen sich sehr nahe, das konnte man daran erkennen, wie sie sich immer wieder berührten. Ihre Nähe erinnerte sie an all die Zeiten, als ihre Mutter nachts und am Wochenende arbeitete und sie sich bei allem auf Hannah, ihr Kindermädchen, verlassen musste. Jetzt, wo sie hier waren und ihre Mutter mit Sam verheiratet war, war das anders, aber die neuen Babys schienen ihre Mutter sehr in Anspruch zu nehmen.

Brandy platzte heraus: "Das erste Mal, als ich starb, war ich noch klein. Es war genau in diesem Einkaufszentrum. In einer Minute war ich tot, in der nächsten war ich wieder lebendig. Wie ich dir schon sagte, lande ich immer hier. So sehr liebe ich dieses Einkaufszentrum."

"Das ist lustig", sagte Lia.

"Ich liebe Shopping!"

"Das tust du!" sagte Brandys Mutter, als ihre Tochter die Kellnerin zurückrief und um ein Glas Eiswasser bat.

"Mach zwei Gläser Wasser daraus", sagte Lia.

Da sie schon da war, füllte die Kellnerin die Kaffeetasse von Brandys Mutter nach.

Für Lia hieß es jetzt oder nie - sie sollte zur Sache kommen. Es war schon spät und Klein Dorrit wartete.

"E-Z, unser Anführer, sitzt in einem Rollstuhl und kann Menschen retten, sogar Flugzeuge voller Passagiere. Er hat Superkräfte und Schnelligkeit, und sowohl er als auch sein Rollstuhl haben Flügel.

"Alfred ist ein Trompeterschwan, und er hat übersinnliche Fähigkeiten, außerdem kann er Menschen und Tiere wieder zum Leben erwecken. Zusammen mit dir gibt es noch zwei weitere Kinder, die wir in die Gruppe aufnehmen, plus E-Zs Cousin Charles - dann sind wir insgesamt sieben."

"Ah, die glücklichen Sieben", sagte Brandys Mutter.

Lia fuhr fort: "Nachdem du alles gehört hast, wirst du in Lebensgefahr geraten, wenn du zustimmst, uns im Kampf gegen die Furien zu helfen. Sie sind drei böse Schwestern - Göttinnen - die Rosalie getötet haben."

"Böse, was? Rosalie zu töten war eine feige Tat! Sie hätte nie einer Fliege etwas zuleide getan!" sagte Brandy.

"Ist diese Information öffentlich?" erkundigte sich die Mutter von Brandy. "Es klingt alles so fiktiv."

"Warum haben sie das getan?" fragte Brandy. "Was bekommen sie dafür, dass sie eine süße alte Frau wie Rosalie umbringen?"

"Sie benutzen Kinder. Sie bringen Kinder um", sagte Lia.

Sowohl Brandy als auch ihre Mutter haben mit dem Trinken aufgehört.

"Es ist schwer zu erklären, aber ich werde mein Bestes versuchen. Wenn wir sterben, sind unsere Seelen für unsere wartenden Seelenfänger bestimmt - unsere ewige Ruhestätte. Jeder von uns hat seinen eigenen, einzigartigen Seelenfänger - wir können also niemals sterben. Unsere Seelen leben weiter. Es ist nicht der Himmel, den wir uns vorgestellt haben, aber er ist real, und die Furien töten unschuldige Kinder - und stecken sie in Seelenfänger, die zu anderen Menschen gehören.

"Als Rosalie starb, konnte ihre Seele nirgendwo hin. Zum Glück konnten unsere Freunde Hadz und Reiki - sie sind Möchtegern-Engel - Rosalies Seele einfangen. Sie bewahren sie sicher auf, bis wir die Furien beseitigen und die Dinge mit allen Seelenfängern wieder in Ordnung bringen. Sobald wir sie beseitigt haben, werden die Erzengel die Macht übernehmen und das Chaos, das sie verursacht haben, beseitigen. Alles wird wieder normal werden."

"Ich dachte, Erzengel sind böse", sagte Brandy. "Woher wissen wir, dass wir ihnen vertrauen können? Und warum wollen wir ihnen helfen?"

"Das ist eine sehr große Bitte an euch Kinder", sagte Brandys Mutter.

"Das ist eine sehr lange Geschichte. Eine, die wir euch erzählen können, wenn es soweit ist. Aber jetzt müssen wir erst einmal zurück ins Hauptquartier. Das ist unser Haus. Wenn wir alle unter einem Dach sind, können wir alles erklären und uns einen Plan ausdenken."

"Ich bin dabei", sagte Brandy. "Du hattest mich schon, als du sagtest, sie hätten Rosalie getötet, aber jetzt weiß ich, dass sie auch unschuldige Kinder getötet haben, also lass mich dabei sein." Sie hob ihr Glas Wasser und stieß mit Lia an.

"Moment", sagte Brandys Mutter, "wenn die Erzengel dieses Ding nicht besiegen können, wie können sie dann von euch Kindern erwarten, dass ihr..."

"Mama", Brandy tätschelte ihre Hand. "Ich bin nicht wie die anderen Kinder. Es hört sich an, als wären wir ein Haufen Außenseiter, mit besonderen Fähigkeiten, und ich passe genau hinein. Es ist kein Wunder, dass die Erzengel uns bitten, ihnen zu helfen.

"Rosalie hat uns alle zusammengebracht, damit wir ein Team bilden können. Wenn sie hier wäre, würde sie mit uns im Team sein. Jetzt ist sie im Geiste bei uns. Zusammen werden wir eine Macht sein, mit der man rechnen muss.

"Außerdem müssen wir dafür sorgen, dass Rosalie ihre ewige Ruhestätte zurückbekommt. Alles geschieht aus einem bestimmten Grund, sagst du mir das nicht immer?"

"Und wie geht es weiter?", fragte ihre Mutter.

"Wir müssen zusammen sein, und das Haus von E-Z ist groß genug für uns alle. Die anderen und Charles Dickens - lange Geschichte - werden uns dort treffen."

"Nicht DER Charles Dickens?"

"Der Einzige, aber er ist erst zehn Jahre alt. Er kam an und wurde von zwei Detektivinnen in London, England, entdeckt. Er wurde aus einem bestimmten Grund auf die Erde zurückgeschickt. Außer der Tatsache, dass er und E-Z Cousins sind. Er ist einer von uns. Zusammen werden wir diese Schwestern besiegen und die Welt wieder in Ordnung bringen."

"Lass uns gehen!" sagte Brandy. "Mama hat meinen Rucksack im Auto, und da ist alles drin, was ich brauche. Ich habe immer eine Tasche gepackt, nur für den Fall. Das hat sich schon ein paar Mal als nützlich erwiesen. Ich nehme an, das Haus hat eine Waschmaschine und einen Trockner? Oh, und einen Haartrockner?"

"Ja, ja und ja", sagte Lia, dann pfiff sie.

Brandy und ihre Mutter hielten sich die Ohren zu. "Wofür war das?"

"Komm mit nach draußen und ich stelle dir meine Freundin Klein-Dorrit vor - sie ist ein Einhorn - und du kannst gleichzeitig deine Tasche holen." Sie gingen zur Tür hinaus und sie zeigte in den Himmel, wo das Einhorn gerade zur Landung ansetzte.

"Moment mal", sagte Brandy, "wir werden auf einem Einhorn durch das Land reiten?"

Brandys Mutter runzelte die Stirn. Sie fühlte sich schwach und ihre Beine sahen aus wie überkochte Spaghetti.

"Komm her und streichle sie", sagte Lia. "Klein-Dorrit, das sind Brandy und ihre Mutter."

"Ihr Fell ist schön und weich", sagte Brandys Mutter.

"Soll ich dich zu deinem Auto fahren?" fragte Klein Dorrit.

"Nein, danke", sagte Brandys Mutter. Dann zu ihrer Tochter: "Ich weiß nicht, wie ich das deinem Vater erklären soll. Vielleicht solltet ihr alle mit mir nach Hause kommen und wir werden es gemeinsam erklären und entscheiden, ob ihr gehen könnt..."

"Ich muss gehen", sagte Brandy. "Es ist mein Schicksal." Sie umarmte ihre Mutter.

"Wäre es hilfreich, wenn Sie mit meiner Mutter sprechen würden?" fragte Lia, und ohne eine Antwort abzuwarten, wählte sie die Kurzwahltaste, erklärte die Situation und gab ihr Telefon an Brandys Mutter weiter, die mit Samantha plauderte und dann das Telefon zurückgab.

Das nächste, was sie wussten, war, dass die drei über den Parkplatz flogen, auf der Suche nach dem Auto, während die Leute unter ihnen hupten, Fotos mit ihren Handys machten und mit Autos und Trollies zusammenstießen.

"Da ist es", sagte Brandys Mutter.

Klein-Dorrit landete, und sie rutschte ab. "Warten Sie hier, ich hole die Tasche meiner Tochter."

Sie kehrte zurück und warf es Brandy zu. "Danke fürs Mitnehmen", sagte sie zu Klein-Dorrit. Zu Brandy sagte sie: "Brandy, ruf zu Hause an. Täglich. Wie E.T." Sie hauchte ihr einen Kuss zu. Dann zu Lia: "Es war schön, dich kennenzulernen."

"Du auch", sagte Lia, als Klein-Dorrit sich vom Boden erhob. "Mach dir keine Sorgen, wir werden deine Tochter beschützen."

Brandys Mutter sah zu, wie sie wegflogen, bis sie sie nicht mehr sehen konnte. Inzwischen hatten die neugierigen Parker alle etwas anderes zum Anschauen gefunden, also stieg sie in ihr Auto und fuhr nach Hause.

Sie nahm den langen Weg nach Hause. Sie musste sich überlegen, wie sie das alles Brandys Vater erklären sollte.

KAPITEL 6
HARUTO

Alfred wartete am Eingang des Cafés, bis der Besitzer, der einen neuen Kunden erwartete, kam. Harutos Großmutter vergaß zu erwähnen, dass der Kunde ein Trompeterschwan war. Als der Besitzer Alfred sah, führte er ihn an einen Tisch ganz hinten.

Alfred machte es nichts aus, im Abseits zu stehen. Er zog es sogar vor, denn es gab ein Schild, auf dem stand, dass keine Haustiere erlaubt waren - nicht dass Schwäne in Japan oder irgendwo sonst auf der Welt, von dem er wusste, als Haustiere galten.

Während er still dasaß und auf Harutos Vater wartete, nutzte er das kostenlose WI-FI des Cafés und entdeckte einige wirklich coole Dinge über Japans Café-Kulturen. So gab es in Yokohama Cafés für Katzenliebhaber und eines für Igel.

Fünfzehn Minuten später betrat ein Mann das Café. Alfred wusste sofort, dass es sich um Harutos Vater handelte, denn der Mann ging schnell auf seinen Tisch zu.

"Naze watashitachiha daidokoro no chikaku ni iru nodesu ka?", fragte er den Besitzer des Cafés (was übersetzt bedeutet: Warum sind wir in der Nähe der Küche?"

"Kare wa hakuchōdakara!" sagte der Besitzer, bevor er sich vom Tisch entfernte (was übersetzt bedeutet: Weil er ein Schwan ist!)

Als er ein paar Minuten später mit einem Tablett voller Bubble Tea zurückkam, sagte der Besitzer: "Mōshiwakearimasen" (was übersetzt "Es tut mir leid" bedeutet).

"Ī nda yo", sagte Harutos Vater mit einem Lächeln (was übersetzt bedeutet: Es ist okay.)

Alfreds Tee wurde in einer Schale serviert, die groß genug war, dass er seinen Schnabel hineinstecken konnte. Sein Tee war eisgekühlt - eine gute Sache, denn er wollte sich nicht die Zunge verbrennen oder lange warten, bis er abgekühlt war.

"Domo arigato gozaimasu", sagte Alfred (was übersetzt so viel heißt wie: Vielen Dank).

"Iie", antwortete Harutos Vater (was übersetzt so viel heißt wie: nicht der Rede wert).

Sie saßen eine Weile schweigend da und beäugten sich gegenseitig, während sie an ihren Tees nippten.

"Warum bist du hier?" fragte Harutos Vater unvermittelt. "Meine Frau hat Angst, dass ihr uns unseren Sohn wegnehmen wollt, und ihr könnt ihn nicht haben. Ja, wir haben ihn gefunden, aber wir sind die einzigen Eltern, die er je gekannt hat."

"Wow!" rief Alfred aus. "Es wird nichts passieren, wenn Sie es nicht wollen. Übrigens, das Englisch Ihres Sohnes ist ausgezeichnet", sagte Alfred. "Genau wie Ihr eigenes."

"Schmeicheleien werden dir hier nichts nützen. Wie ich bereits sagte, können Sie meinen Sohn nicht haben."

"Wenn Haruto uns helfen könnte, die Welt zu retten? Würdest du dann immer noch nein sagen?"

"Haruto ist nur ein Junge. Du bist ein Schwan. Was können Jungen und Schwäne tun, was Männer nicht können? Du kannst ihn nicht haben." Er verschränkte die Arme.

"Was, wenn wir die Welt nicht ohne seine Hilfe retten können? Was ist, wenn er uns helfen will?"

"Haruto hat keine Ahnung vom Leben. Er kann dir nicht helfen. Such dir den Sohn eines anderen, eines älteren. Jemanden, der geboren wurde, um die Welt zu retten. Nicht einen Jungen. Nicht mein Junge, Haruto. Weder heute noch morgen noch jemals."

"Und wenn wir ihn entscheiden lassen?" sagte Alfred. "Nachdem ich ihm alles erklärt habe, meine ich."

"Sag mir jetzt alles. Und ich werde entscheiden, was er wissen soll. Aber zuerst möchte ich dich fragen: Wie kommst du darauf, dass ein kleiner Junge wie mein Sohn dir helfen kann?"

"Wir denken, dass er, wie wir anderen auch, Gaben hat, einzigartige Gaben. Er ist nicht wie andere Kinder, nicht wahr? Als Rosalie ihn erwähnte, war er noch ein Baby. Ist er schneller gealtert als andere Kinder?"

Harutos Vater schüttelte den Kopf. "Als wir ihn vor fünf Jahren fanden, war er ein Baby. Er ist gewachsen, wie jedes Kind wächst."

"Oh, Entschuldigung. Rosalie hatte keine Zeit, ihre Notizen zu aktualisieren oder zu vervollständigen. Aber wollen Sie nicht, dass Ihr Sohn mit anderen Kindern zusammen ist, die so begabt sind wie er? Er wäre einer von uns und würde von uns akzeptiert. Und wir würden seine Gaben ehren und ihn beschützen."

"Wollen Sie andeuten, dass ich meinen eigenen Sohn nicht schützen kann?"

"Nein, Sir. Das sage ich überhaupt nicht. Ich sage nur, dass wir ihn brauchen und vielleicht, nur vielleicht, braucht er uns. Ein Junge, der allein steht, kann nie so stark sein wie ein Junge, der Teil eines Teams ist."

"Vielleicht ist er einsam. Vielleicht, aber er ist jung, und er wird da herauswachsen." Harutos Vater schwieg, bevor er fragte: "Was ist deine Gabe und wer ist der Feind?"

"Ich habe Heilkräfte, für Menschen und Tiere - meistens letztere. Ich kann Gedanken lesen. Lia kann in die Zukunft sehen. E-Z rettet Leben. Ich kann Kranke heilen und Gedanken lesen. Wir haben sogar eine Superhelden-Website, die ich dir zeigen kann, wenn du alles mit eigenen Augen sehen willst, als Beweis.

"Ich habe eure Website bereits gesehen", sagte Harutos Vater. Ihr seid als *"Die Drei"* bekannt. Seid ihr drei nicht mächtig genug, um es mit allen Feinden aufzunehmen, auf die ihr trefft? Wie kann ein kleiner Junge wie Haruto euch helfen? Er kann sich kaum daran erinnern, sich die Zähne zu putzen."

"Ich verstehe das. Ich hatte auch einen Sohn, als ich ein Mensch war."

"Sie waren einmal ein Mensch? Was ist mit Ihrem Sohn passiert?"

"Sie starben, und ich wurde in einen Schwan verwandelt. Das ist eine lange, komplizierte Geschichte. Die Hauptsache ist, dass wir bis vor kurzem nicht wussten, dass es noch andere Kinder gibt. Es war Rosalie. Sie war eine erstaunliche Frau, die die Fähigkeit besaß, im Geiste mit Kindern zu kommunizieren. Sie sprach mit Lia, Haruto, Brandy und Lachie. Sie brachte alle zusammen und zahlte einen hohen Preis dafür. Die Furien töteten sie, als sie ihnen keine Informationen über die Kinder preisgeben wollte. Ohne Rosalie wüssten wir nicht, dass die anderen existieren, und wir wären nicht hier, um deinen Sohn zu beschützen, oder um ihn um Hilfe zu bitten, diese bösen Schwestern zu besiegen.

"Ich wurde geschickt, um mit Haruto zu sprechen und ihm zu erklären, womit wir es zu tun haben. Natürlich kann er sich weigern, du kannst dich für ihn weigern - aber ohne ihn sind wir vielleicht nicht in der Lage, die bösen Göttinnen, bekannt als die Furien, zu besiegen."

Der Besitzer bot mehr Tee an. Alfred lehnte ab, aber die Hände von Harutos Vater zitterten leicht, als er seinen frisch aufgefüllten Tee anhob und einen Schluck nahm.

"Ist Haruto das jüngste Kind?"

Alfred nickte.

"Erzählen Sie mir von den beiden anderen neuen Rekruten."

"Brandy stirbt und wird wiedergeboren. Lachie kann sprechen und wird von allen Lebewesen verstanden."

"Diese Brandy wird jedes Mal als sie selbst wiedergeboren?" fragte Harutos Vater.

"So habe ich das verstanden."

"Wie alt ist sie?"

"Das weiß ich nicht genau, aber ich glaube, sie ist ein Teenager. Warum ist das wichtig?" fragte Alfred.

"Weil sie wiederholt wiedergeboren wird, während sie im menschlichen Zustand bleibt, bedeutet das, dass Brandy in der Lernstufe feststeckt. Deshalb wird sie gut mit anderen auskommen, die weiter fortgeschritten sind als sie. Sie wird von ihnen lernen und vielleicht wird ihr das helfen, die nächste Stufe zu erreichen.

Alfred verstand zwar etwas, sagte aber nichts.

"Mein Sohn würde Brandys Leben nicht fördern, deshalb werde ich ihm nicht erlauben, an diesem Kampf teilzunehmen. Es tut mir leid, dass ich Ihre Zeit verschwendet habe."

"Nun, ich bin den ganzen Weg hierher gekommen - was kann es schaden, wenn ich mit ihm spreche, während Sie, Ihre Frau und Ihre Mutter anwesend sind. Lass ihm die Wahl. Lassen Sie ihn entscheiden. Wenn es nicht das Richtige für ihn ist, wenn Sie denken, dass er zu jung oder unvorbereitet ist - wir werden es verstehen - aber bitte lassen Sie uns wenigstens mit ihm darüber reden. Schauen Sie, wie viel er verstehen kann. Lasst ihn derjenige sein, der nein sagt - dann werde ich zurück ins Flugzeug steigen und ihr werdet mich nie wieder sehen."

"Du bist ein Schwan und fliegst in einem Flugzeug?", lachte er lauthals. Die anderen Gäste des Cafés stimmten mit ein, obwohl sie keine Ahnung hatten, warum er lachte. Sie lachten, weil der Klang des Lachens von Harutos Vater ansteckend war.

"Sagen Sie mir, was Ihr Team zu tun gedenkt und warum. Dann werde ich entscheiden. Wenn du mich überzeugen kannst, dann lasse ich dich vielleicht versuchen, Haruto zu überzeugen.

"Wenn wir sterben, verlassen unsere Seelen unseren Körper und gehen in einem so genannten Seelenfänger zur ewigen Ruhe. Ich weiß, das ist anders als das, was wir glauben, aber es ist wahr. Die Furien haben Kinder getötet - Kinder, die Computerspiele spielen - und dann ihre Seelen in Seelenfänger gesteckt, die für andere Seelen bestimmt sind. Wenn andere sterben, können ihre Seelen nirgendwo hin."

Harutos Vater war einige Augenblicke lang still.

"Wenn er will, mein Sohn, wird Haruto helfen. Er wird dir sagen, was sein Talent ist. Er wird dir sagen, was er von dir wissen will, und er wird entscheiden."

"Danke", sagte Alfred.

Sie standen auf, verließen das Café und machten sich auf den Weg zu Harutos Haus. Als sie dort ankamen, wurde sofort das Abendessen serviert und alle wurden über die Mission auf den neuesten Stand gebracht.

"Was passiert mit den anderen Seelen? Wenn sie nirgendwo hingehen können?" fragte Haruto, setzte seine Stäbchen ab und nahm einen Schluck Wasser.

"Das wissen wir nicht genau", antwortete Alfred. Er warf einen Blick auf Harutos Vater, der nickte. "Aber Rosalie. Erinnerst du dich an Rosalie?"

"Ja, ich kannte sie, und ich weiß, dass sie gestorben ist", sagte Haruto. Er setzte sich ganz aufrecht hin: "Heißt das, ihre Seele hat kein Zuhause? Wie kann ich ihr helfen, ihre Heimat zu erreichen?"

"Ich bin froh, dass du helfen willst, Haruto", sagte Alfred. "Rosalies Seele ist bei zwei Möchtegern-Engeln sicher aufgehoben, die uns und E-Z in der Vergangenheit geholfen haben. Es geht ihr also erst einmal gut.

"Bevor ich mehr erkläre, bin ich neugierig auf deine besonderen Kräfte, die du besitzt?"

Haruto stand auf, sah seinen Vater an, der nickte und sagte dann. "Ich bewege mich sehr schnell." Und er begann sich zu drehen, schneller und schneller und schneller, bis er verschwand.

"Wow!" sagte Alfred. "Du bist wie eine verschwindende Version des Tasmanischen Teufels!"

"Wir werden nie müde, ihn in Aktion zu sehen", sagte seine Mutter. Bis zu dieser Bemerkung war sie auffallend ruhig gewesen. "Komm jetzt zurück, Kind", sagte sie. "Komm zurück."

Er kam auf demselben Weg, auf dem er verschwunden war, nur dass sie ihn diesmal nicht sehen konnten, wie er sich drehte, bis er wieder auftauchte. "Ich habe wieder Hunger!" rief Haruto aus. Und er setzte sich, füllte seinen Teller auf und aß mit großem Hunger.

"Macht es dich immer hungrig?" fragte Alfred.

"Immer", sagte Sobo und bot ihrem Enkel mehr Essen an. Er nickte, zu sehr mit dem Essen beschäftigt, um zu antworten.

Nachdem Haruto sich satt gegessen hatte, erklärte Alfred, dass das E-Z's als Hauptquartier oder Basis des Teams dienen würde. Er hielt sie hin und suchte nach den richtigen Worten, um ihnen von der Gefahr zu erzählen, in der sie sich alle befinden würden.

"Bevor du zustimmst, möchte ich sagen, dass die Furien böse, schreckliche Kreaturen sind, die Kinder bestrafen, obwohl sie nichts falsch gemacht haben. Sie haben Kindern das Leben genommen, für schlechte Gedanken, nicht für schlechte Taten, und haben Seelenfänger von anderen entführt. Wir müssen sie aufhalten und die Dinge wieder in Ordnung bringen. Und sie sind extrem gefährliche und mächtige Göttinnen."

Harutos Vater sagte: "Ich verbiete dir zu gehen!"

"Aber Vater, du hast mich gelehrt, dass meine Taten in diesem Leben auch im nächsten fortbestehen werden. Deshalb muss ich ja sagen." Er sah Alfred an und sagte: "Ich bin dabei!"

"Haruto, als deine Mutter und dein Vater wollen wir, dass du Erfolg hast - aber wir wollen, dass du in unserer Nähe bist, nicht am anderen Ende der Welt bei Fremden."

Haruto erhob sich von seinem Sitz und schlang seine Arme um den Hals seiner Großmutter. Die beiden flüsterten auf Japanisch hin und her, so dass Alfred sie nicht verstehen konnte.

"Sobo sagt, dass sie mich begleiten wird, aber sie hat Angst, dass ihre Zeit gekommen ist. Wenn sie stirbt und nicht in Japan ist, wie soll ihre Seele dann den Weg nach Hause finden?"

"Wir haben einige Erzengel und Erzengelhelfer, die mit uns zusammenarbeiten. Sie beschützen Rosalies Seele, und wenn deiner Großmutter etwas zustoßen würde, würden sie sicher auch ihre Seele beschützen. Bis ihre Seelenfänger bereit waren."

"Ich bin so stolz auf dich", sagte Sobo, "und es wird mir eine Freude sein, dich auf dem Flug zu begleiten. Ich freue mich, den Rest der Superheldenkinder kennenzulernen. Dieser Sobo wird noch mehr Enkelkinder haben." Sie umarmte Haruto.

Harutos Mutter und Vater schlossen sich an. Es war eine Familienumarmung. Alfred liefen die Tränen über das Gesicht. Ein weinender Schwan ist das Traurigste, was es gibt.

Als sie sich trennten, wurde das Geschirr eingesammelt und zum Abwasch bereitgestellt. Allen wurde Tee serviert, außer Haruto.

"Ich werde meine Tasche fertig machen", sagte er. "Gute Nacht."

"Ich werde unsere Flüge buchen und Sie über die Einzelheiten informieren", sagte Alfred.

Er machte sich auf den Weg zurück zum Hotel und buchte seinen Flug. Dann schickte er alle Details an Charles Dickens. Er hoffte, dass Charles sie am Flughafen Heathrow treffen konnte und sie alle zusammen zu E-Z fliegen würden.

Nach einem anstrengenden Tag sprang Alfred auf sein Queen-Size-Bett. Er schlug die Kissen auf und sah fern, bis er schließlich einschlief.

KAPITEL 7

Als alle Kinder auf dem Weg zum Haus von E-Z waren, lag eine Energie namens Hoffnung in der Luft. Diese Energie schien sich von einer Seite der Welt zur anderen auszubreiten. So sehr, dass sie sogar die Furien erreichte.

Die drei bösen Göttinnen tanzten um das Feuer, das sie in einem Kessel aus den Gebeinen der Toten gemacht hatten. Eine mehrköpfige Flammenkugel erhob sich. Direkt vor ihren Augen teilte er sich in drei Feuerbälle.

Die Göttinnen füllten die Feuerbälle mit immer mehr Energie, bis es schien, als würden die wütenden Kugeln explodieren. Dann schickten sie sie auf den Weg, um die Hoffnung zu finden und zu zerstören, die in den Herzen ihrer Feinde lebte.

Der erste Feuerball flog in Richtung des am weitesten entfernten Ziels, um E-Z, Lachie und Baby zu treffen und zu vernichten. Das feurige Objekt zerfiel auf seinem Weg, bis es die Größe einer Bowlingkugel hatte. Es richtete sich auf das ahnungslose Trio aus, auf das es zusteuerte.

Es waren die Sensoren von E-Zs Rollstuhl, die ihn dank des Upgrades von Hadz und Reiki auf die nahende Gefahr aufmerksam machten. Das GPS erkannte ein lebloses Objekt, das sich schnell bewegte und direkt auf sie zusteuerte.

"Etwas kommt direkt auf uns zu!" rief E-Z. "Lasst uns landen und ihm aus dem Weg gehen."

"Richtig", sagte Lachie, als das Trio zu Boden ging.

Aber der flammende Ball folgte ihnen, als hätte er einen eigenen Peilsender. Egal, wie tief sie fielen, er verfolgte sie unerbittlich.

Sie blieben stehen, schwebten, gruppierten sich - unsicher, ob sie jetzt landen oder versuchen sollten, das Ding auf andere Weise zu überlisten. Wenn sie landeten und das Ding ihnen folgte, könnte es andere töten oder verletzen. Sie wollten niemanden in Gefahr bringen, weil es hinter ihnen her war.

"Was werden wir tun?" fragte Lachie.

"Du und Baby geht in Deckung, ich und mein Stuhl übernehmen das."

"Wir lassen dich nicht allein!" rief Lachie aus und Baby nickte.

"Okay, dann stell dich hinter mich", sagte E-Z. Er wusste, dass er und sein Rollstuhl kugelsicher waren, aber waren sie auch feuerfest? Das wollte er herausfinden, in 5, 4, 3, 2, 1.

Baby reckte seinen Hals, brüllte mit weit aufgerissenem Maul - und der Feuerball flog direkt hinein. Die Augen des Drachens wölbten sich, und seine Lippen bebten, als er das feurige Ungeheuer in sich bändigte. Dann flog er los, und Lachie hielt sich mit aller Kraft an seinem Hals fest und flog weit weg, auf der Suche nach einem Ort, an dem er sich von dem Ding befreien konnte, das ihn innerlich verbrannte.

Endlich fanden sie die Stelle, an der sie es sicher ins Meer werfen konnten. Baby öffnete seinen Mund und flog hinaus. Immer noch brennend, rutschte das Ding auf dem Wasser, als wäre es fest entschlossen, am Leben zu bleiben, aber schließlich gab es nach und versank zischend im Meer.

"Ja!" rief E-Z. "Gut gemacht, Baby!"

Baby und Lachie kehrten an die Seite von E-Z zurück: "Was ist passiert?"

"Baby war unglaublich! Er hat den Feuerball ins Meer geworfen. Jetzt ist er nichts weiter als ein weiterer Stein."

"Danke, Baby", sagte E-Z. "Das war ein bisschen zu knapp für den Komfort."

"Einverstanden. Und Baby hat eine Belohnung verdient. Etwas Kühles für seine Kehle."

"Was immer Baby will", sagte E-Z. "Lass uns runtergehen und eine Pause machen, bevor wir weitermachen."

Lachie umarmte Babys Hals, und sie gingen hinunter, um ihre erste und hoffentlich letzte Begegnung mit einem verrückten Feuerball abzuschütteln.

"Glaubst du, das waren die Furien?" erkundigte sich Lachie.

"Ich glaube nicht, dass sie über uns Bescheid wissen. Ich meine, sie wissen, dass es uns gibt, aber nicht, was genau.

"Das Ding hat uns angepeilt. Hat versucht, uns zu töten. Wer sonst würde uns tot sehen wollen?"

"Du hast recht, es kam direkt auf uns zu. Wahrscheinlich nur ein Zufall. Hoffe ich."

"Sollten wir nicht die anderen warnen?"

E-Z schaute auf sein Handy. Er hatte null Balken. "Mein Team kann auf sich selbst aufpassen und ich will ihnen keine Angst einjagen. Hoffen wir, dass es eine einmalige Sache ist."

$$***$$

Die Furien schickten eine zweite flammende Scheibe in Richtung Yokohama. Alfreds und Harutos Flugzeug befand sich bereits auf der Startbahn und bereitete sich auf den Start vor.

Der Feuerball flog auf sie zu, wählte aber einen unglücklichen Weg - er flog an dem 59 Fuß großen Roboter vorbei, der seinen Arm ausstreckte, ihn auffing und zerquetschte. Die Asche brannte auf der Plattform unter ihnen nieder.

Auf dem Flughafen hob das Flugzeug von Alfred und Haruto sicher ab, und die beiden wussten nicht, dass sie angegriffen worden waren.

✳✳✳

Der dritte und letzte Flammenball flog in Richtung Phoenix, Arizona. Er flog im Kreis herum und suchte stundenlang nach seinem Ziel, konnte es aber nicht finden.

Little Dorrit war ein außergewöhnliches Einhorn, das über einen Schutzschild verfügte, der immer einsatzbereit war. Der Schutz ihrer Passagiere war schließlich die Hauptaufgabe von Klein-Dorrit.

Nachdem er ziellos umhergeflogen war, vergrößerte sich der flammende Ball, anstatt sich mit Geschwindigkeit aufzulösen, bis er die Größe eines Kometen hatte. Dann kehrte er zu seinen rechtmäßigen Besitzern zurück - den Furien.

Das flammende Objekt, das Freund und Feind nicht unterscheiden konnte, jagte die kreischenden Furien stundenlang durch das Tal des Todes. Sie rannten um ihr Leben, bis Tisi einen Zauber beschwor.

Zuerst blieb der Ball in der Luft stehen, und die drei Göttinnen beobachteten mit Genugtuung, wie er in den Kessel fiel und mit Pilzkompott bedeckt wurde.

Alli flog darauf zu und drückte den Deckel herunter.

Dann warfen die Furien ihre Köpfe zurück und riefen ihm zu, während sie tanzten, sangen und lachten.

Bis es in dem Kessel ein knallendes Geräusch gab. Wie Popcorn-Körner, die sich erhitzten. Die Geräusche wurden lauter, als der Deckel des Kessels von innen verbeult wurde und sich schließlich soweit hob, dass die neugeborenen Feuerbälle entweichen konnten.

Die kleinen Feuerbälle, die nirgendwo hin konnten, richteten sich auf die Furien und jagten sie umher, bis einer nach dem anderen verglühte.

Verärgert und erschöpft riefen die drei Göttinnen Eriel zu Hilfe, doch dieser antwortete nicht.

$$* * *$$

Während er allein weiter durch den Himmel flog, da Lachie und Baby aufgrund der Nebenwirkungen, die Baby durch das Verschlucken des Feuerballs erlitten hatte, langsamer unterwegs waren, bewertete E-Z sein Team. Ein paar Mal erhielt er während der Warteschlange SMS, die ihm bestätigten, dass sie auch an ihn dachten.

Lia schickte eine Nachricht, die Brandys Kräfte bestätigte, und Alfred hatte dasselbe bezüglich Harutos Fähigkeiten getan.

E-Z hatte sie nicht über Lachies Kräfte aufgeklärt. Stattdessen wollte er die Dinge durchgehen, um zu sehen, wie er und sein siebenköpfiges Team (einschließlich Charles) gegen die drei mächtigen, aber bösen Göttinnen bestehen würden.

In einer Bestandsaufnahme erinnerte er sich an die Vorzüge seines Teams:

Ich kann fliegen, mein Stuhl auch. Wir sind kugelsicher und ich bin superstark. Ich bin ein guter Anführer, ich bin klug und habe ein starkes Einfühlungsvermögen.

Lia ist anregend, einfühlsam, freundlich, klug und sie kann Gedanken lesen und in die Zukunft sehen.

Alfred ist willensstark, intelligent und als ältestes Mitglied mit dem Alter weise. Er ist einfühlsam, kann manchmal Gedanken lesen und kann Kranke heilen.

Lachie kommuniziert mit Kreaturen. Er ist ein Einzelgänger, aber das ist nicht seine Schuld. Er ist einfühlsam und intelligent. Er weiß, wie man trotz aller Widrigkeiten überlebt, und seine Fähigkeit, sich zu tarnen, wird sich als nützlich erweisen.

Haruto ist der Jüngste, aber er ist ein Überlebenskünstler. Er ist in der Lage, sich unsichtbar zu machen.

Brandy ist gestorben - mehrere Male - und wieder ins Leben zurückgekehrt. Sie ist auf jeden Fall eine Überlebenskünstlerin.

Nicht zuletzt ist Charles Dickens zu nennen. Seine Fähigkeiten sind unbekannt. Aber er ist klug, einfühlsam und anpassungsfähig.

Als er genug Balken hatte, durchsuchte er mit seinem Telefon historische Dokumente im Internet, um herauszufinden, welche Fähigkeiten die Furien mitbringen würden:

Übermenschliche Kraft.

Ausdauer und hohe Schmerztoleranz.

Vitalität.

Spinnenartige Beweglichkeit.

Widerstandsfähigkeit gegen Verletzungen und superschnelle Heilkräfte.

Flug.

Gestaltwandeln - in die Form einer anderen Person wechseln.

Unsichtbarkeit.

Sie konnten ihren Opfern Schmerzen zufügen.

Meg könnte Parasiten absondern. IGITT.

Moment mal, hier steht, dass die Furien in der Vergangenheit für Gerechtigkeit standen. Es heißt, dass sie in der Vergangenheit nur den Bösen und Schuldigen schadeten... dass die Guten und Unschuldigen nichts zu befürchten hatten. Was hat sich also geändert? Warum hatten sie das Bedürfnis, unschuldige Kinder zu töten und dabei ein Spiel zu benutzen?

Er las weiter und fragte sich, wie genau sie die Kinder töteten. Die Legende besagt, dass die Furien den Übeltätern nie körperlich zusetzten. Stattdessen benutzten sie Schuldgefühle, um sie in den Wahnsinn zu treiben.

Er dachte an den Jungen zurück, der versucht hatte, ihn zu erschießen. Sie hatten ihm eingeredet, dass sie seiner Familie etwas antun würden, wenn er nicht tat, was sie sagten. Er fragte sich, wo der Junge jetzt war. War er in einem der Seelenfänger?

Er suchte weiter, um herauszufinden, ob die Furien zur Barmherzigkeit fähig waren, konnte aber keinen Beweis dafür finden.

Er fügte der Liste etwas hinzu, was sie bereits wussten: Die Furien waren sterblich. Das war eine Gemeinsamkeit zwischen ihm und den bösen Göttinnen, und er und sein Team würden einen Weg finden müssen, dies zu ihrem Vorteil zu nutzen.

Lachie und Baby haben sich mit E-Z getroffen.

"Wie geht es Baby?", fragte er.

"Es geht ihm jetzt besser", antwortete Lachie.

Baby warf den Kopf zurück, brüllte und raste weiter.

"Wartet auf mich!" rief E-Z.

KAPITEL 8

DIE FURIEN

Mit dem schmutzigen Gefühl der Hoffnung, das immer noch in der Luft lag, warteten die Furien. Sie flickten ihre versengten Kleider und schnitten sich die verbrannten Haare. Glücklicherweise blieben die Schlangen unversehrt. Um sich für die Ankunft ihres bevorstehenden Gastes präsentabel zu machen.

Er war ihr Wohltäter. Derjenige, der sie auf die Erde zurückgebracht hatte. Er schlug ihnen vor, eine Basis im unauffindbaren Herzen des Death Valley zu errichten.

Vor dem Ausfall des Feuerballs hatten sie Zeichen gesehen. Anzeichen dafür, dass sich jetzt alles gegen sie wendet. Veränderungen waren gut, aber nur, wenn sie die Kontrolle über sie hatten. Ihre Zeit war gekommen. Sie mussten bereit sein, zu handeln. Die Dinge wendeten sich zu ihrem Vorteil. Alles, was sie tun mussten, war darauf zu warten. Und dann bereit sein, zuzuschlagen.

"Eriel", zischte Meg.

Der Erzengel, ihr geliebter Führer, war endlich da.

"Was gibt's Neues?" fragte Tisi. "Wir sind angewidert von all dieser Hoffnung, die in der Luft liegt."

"Ja, diese Hoffnung macht uns fertig", sangen Tisi und Allie, während sie um das brennende Feuer tanzten.

Er sah ihnen zu, wie sie nackt tanzten wie die Hexen. Sie knallten mit ihren Peitschen, während die Schlangen, die sie als Arme und Haare hatten, schlängelten und wahllos spuckten.

Eriel kam wie eine schwarze Wolke auf sie zu, landete und klappte dann seine Flügel zusammen. Seine riesige Statur ließ die Furien wie Puppen aussehen. Er stand mit den Händen in den Hüften und ging dann auf ein Knie, um mit ihnen auf gleicher Höhe zu sein. Das war seine Art, sich auf ihr Niveau herabzulassen und gleichzeitig über ihnen zu stehen. Er wollte sie wissen lassen, dass sie für ihn arbeiteten und nicht umgekehrt. Er war es leid, dies den Schwestern immer wieder zu vermitteln, und doch fürchtete er, dass dies die einzige Möglichkeit war, sie bei der Stange zu halten.

"Es gibt keine Hoffnung - nicht jetzt, wo wir zusammenarbeiten", sagte Eriel. "Und lacht nicht. Nun, ich denke, du kannst lachen. Das habe ich auch getan, als ich zum ersten Mal hörte, dass sie ein Team von Kindern schicken, um euch zu töten."

Die Furien waren hysterisch. Ihre Stimmen hallten im ganzen Tal des Todes wider und verscheuchten alle Vögel.

"Diese Idioten!" sagte Meg.

"Wir werden diese Kinder zum Frühstück, Mittag- und Abendessen verspeisen", sagte Tisi und leckte sich die Lippen.

"Wir essen keine Kinder", sagte Alli. "Aber du bist komisch, Schwester. Alles, was wir wollen, sind ihre

Seelen. Und ich kann mich nicht erinnern, WARUM wir sie wollen. Erkläre es noch einmal, liebe Schwester."

Meg sagte: "Wir tun, was Eriel will. Er will die Seelenfänger und wir besorgen sie für ihn. Wenn wir seine Forderungen erfüllen, sind wir wieder Töchter von Nyx - die Gütigen - und wir werden die Nacht beherrschen und tun, was uns gefällt."

"Wenn ich also eines der Kinder probieren möchte, kann ich das doch tun, oder?" fragte Tisi. "Ich habe mich schon immer gefragt, wie sie wohl schmecken würden." Sie rollte mit den Augen und schnupperte an der Luft. Die Schlange auf ihrem Kopf stürzte sich auf ihn.

Eriel spottete. "Das sind keine gewöhnlichen Kinder, wie die, die du im Spiel verfolgst. Es sind begabte Kinder, mit Kräften und Fähigkeiten. Trotzdem werde ich euch auf dem Laufenden halten, und ihr werdet meine Hilfe brauchen."

"Eure Hilfe? Um Kinder zu besiegen, bloße Babys?!", lachte das Trio und flatterte mit seinen mächtigen Fledermausflügeln über den Boden. "Wir werden sie besiegen, bevor sie überhaupt zuschlagen." Die Schlangen zischten und spuckten zustimmend.

"Wie wir es im weißen Zimmer gemacht haben. Wie wir es mit ihrer Freundin Rosalie gemacht haben. Sie wollte uns nicht sagen, wer für uns geschickt wurde. Wir wollten es wissen und waren es leid, darauf zu warten, dass du es uns sagst. Also haben wir sie ausgeschaltet", sagte Meg.

"Ja, und du hättest das Spiel fast verschenkt! Außerdem ist es schade, dass du ihre Seele nicht aufgesammelt und in einen Seelenfänger gesteckt hast", sagte Eriel. "Jetzt gibt es lose Enden. Lose Enden können für diejenigen, die nach ihnen suchen, zu einer Spur werden."

Sie blickten in den Himmel und sahen einen Streifen von Farben wie ein Regenbogen, der sich von einer Seite zur anderen erstreckte. Aber es war kein Regenbogen, es war Energie. Die Energie derjenigen, die die Erzengel rekrutiert hatten, um zu tun, was sie selbst nicht tun konnten.

"Wir wissen, dass sie kommen - und sie haben keine Chance gegen uns!" kreischte Tisi.

Nun, sie haben es geschafft, diese infantilen Feuerbälle zu besiegen, die ihr geschickt habt!" rief Eriel aus. "So ein armseliger und dilettantischer Versuch war das! Ich schäme mich dafür, mit dir zusammenzuarbeiten! Gut, dass niemand von unserer Verbindung weiß."

Mit geballten Fäusten und Zähnen kamen die Furien nicht weiter, bis Alli das Eis brach.

"Schwestern, seine Meinung über uns spielt keine Rolle. Wir haben unser Bestes getan. Es war einen Versuch wert. Außerdem haben wir bereits eine Menge Seelen zur Verfügung." Sie rührte im Topf, schlürfte etwas Suppe mit einer Kelle und spuckte sie dann aus. "Zu viel Salz", sagte sie. Sie fügte Wasser hinzu, dann Waldpilze und einige kleine Kartoffeln. "Und wir sammeln jeden Tag mehr Kinderseelen ein. Ich habe es satt, hier darauf zu warten, dass die kleinen Superhelden zu uns kommen. Dass sie sich organisieren. Wenn sie alle zusammen sind, warum bringen wir sie nicht einfach um?"

"Schwester, du musst geduldig sein."

"Ich bin es leid, geduldig zu sein. Ich bin es leid - ich bin schlicht und einfach müde", sagte Alli. Sie rührte um und nachdem sie ein paar wilde Kräuter und Gewürze hineingeworfen hatte, schmeckte sie die Suppe, und sie war gut. "Das Abendessen ist fertig", sagte sie.

"Du wirst geduldig sein und nicht handeln - es sei denn, ich sage dir, dass du handeln sollst. Dies ist mein Spiel und ich habe euch eingeladen, mitzuspielen. Ohne mich seid ihr nur drei nutzlose Göttinnen, die den Rest ihres Lebens verschlafen." Er trat mit seinem Stiefel in den Sand. "Und es ist wirklich schade, dass ihr euch von Menschen ernähren müsst. Das ist ein ziemlicher Rückschritt, denn jetzt braucht ihr Nahrung, um zu überleben. Wenn ich die Erde beherrsche und alle Seelenfänger hier wohnen, werde ich **EARTH PAUSE** drücken. Ich werde die Erde regieren und wenn ihr das Spiel richtig spielt. Wenn ihr tut, worum ich euch bitte, dann werdet ihr an meiner Seite sein. Du wirst an den Gewinnen teilhaben. Wenn ihr euch gegen mich stellt, werdet ihr wieder zu Staub."

Nachdem er das Wort Staub gesprochen hatte, öffnete er seine Arme und Flügel, hob vom Boden ab und verschwand.

Die Furien sangen gemeinsam, während sie ihre Suppe schlürften. Die Schlangen, die am hungrigsten waren, leckten die Suppe auf, und obwohl sie den Topf abräumten, wollten sie immer noch mehr.

"Jetzt, wo er weg ist", sagte Meg, "lasst uns über unser eigenes Endspiel sprechen."

Tisi und Alli gackerten.

"Eriel glaubt, dass er uns in den Zustand der Göttin zurückversetzen wird, aber wir werden nicht zulassen, dass dieser Erzengel die Erde erobert. Wer sagt denn, dass er uns nicht im Staub zurücklässt, wenn wir die ganze Arbeit getan haben? Erzengel halten nicht immer ihre Versprechen. Wir brauchen unsere auch nicht zu halten, oder, Schwestern?"

"Was glaubt er, wer er ist, der Auserwählte?" fragte Alli.

Meg lachte. "Er ist von nichts und niemandem auserwählt - aber wir brauchen ihn trotzdem."

"Ja", sagte Tisi. "Seine Selbstherrlichkeit ist sein Fehler." Sie senkte ihre Stimme zu einem Flüstern: "Jedes Mal, wenn er spricht, schwächt er sich selbst. Jedes Mal, wenn er die anderen Erzengel verrät, verschenkt er ein bisschen mehr von seiner Macht."

Erneut stimmten die Schwestern ein Lied an:

"Das Blut der rekrutierten Kinder wird die Suppe von morgen sein.

Nach dem Essen werden wir uns mit einem Hula-Hoop-Reifen vergnügen.

Meg nahm das Lied auf,

"Babys, Kinder böse Kleine und schuldig wie Dreck Wenn wir das Glück haben, werden wir ihnen den Kopf abschlagen!"

Alli hat gesungen,

"Töchter der Finsternis gegen Kinder, die keine Ahnung haben.

Der Himmel wird sich mit Blut füllen, bevor wir fertig sind!"

Sie gackerten und zischten, schnalzten mit ihren Peitschen und tanzten, während der Mond immer höher am Himmel stand. Erschöpft ließen sie sich auf den Boden fallen und schliefen im Dreck. Die Schlangen zogen diese Position vor - und schliefen auch -, anstatt die ganze Nacht zu zischen und sich zu bewegen.

"Gute Nacht, Schwestern", sagten sie in der gleichen Runde, wie sie es bei den Menschen in der Fernsehsendung The Walton's über ihre Satellitenschüssel gesehen hatten. Es war eine ihrer Lieblingssendungen. "Und morgen früh werden wir den Plan überdenken."

KAPITEL 9

PAFHS9

Es war ein Wettbewerb für Sam und Samantha, die darauf warteten, welche Gruppe von Kindern zuerst zurückkommen würde. Der Gewinner würde einen ganzen Monat lang jede Nacht mit den Zwillingen aufstehen, der Einsatz war also hoch.

Sam wählte E-Z, Lia und dann Alfred. Samantha wählte Alfred, E-Z und dann Lia.

"Aber E-Z ist in Australien", schimpfte Samantha. "Du wirst sowas von verlieren. Ich werde an dich denken - NICHT - wenn ich einen Monat lang durchschlafen muss."

"Du hast Alfred ausgewählt und er fliegt mit dem Flugzeug! Du weißt doch, dass die Flugzeuge immer überbucht sind und sich selten an den Zeitplan halten. E-Z hingegen kann kommen und gehen, wie es ihm gefällt, und sein Rollstuhl fährt erstaunlich schnell! Ich werde auf jeden Fall gewinnen, und ich bin mir so sicher, dass ich die Wette versüße und auf sechs Monate verlängere. Sind Sie bereit, die Wette zu erhöhen?"

Samantha dachte über dieses neue Angebot nach. Wetten wie diese konnten einer Ehe schaden, und es fehlte ihnen bereits an Schlaf, da sie beide jede Nacht aufstanden, um sich um die Zwillinge zu kümmern. Sie umarmte ihn: "Lass es uns einfach halten. Ein Monat."

"Huhn", sagte Sam und schlang seine Arme um seine Frau. Er küsste sie auf die Stirn, während Jill einen Schrei ausstieß, in den Jack bald einstimmte. "Ich werde gehen", sagte er.

"Lass uns zusammen gehen", sagte Samantha, nahm die Hand ihres Mannes in die ihre und sie gingen den Flur hinunter.

Klein Dorrit flog mit Höchstgeschwindigkeit zurück.

"Können wir nicht runtergehen und etwas trinken?" fragte Brandy.

"Nein", sagte Klein Dorrit.

"Komm schon", sagte Lia, "es dauert nur ein paar Minuten".

"Ich will dich nicht erschrecken", sagte Klein-Dorrit, "aber ich habe ein ungutes Gefühl und möchte, dass wir so schnell wie möglich aus der Öffentlichkeit verschwinden."

"Okay", stimmten die beiden Mädchen zu.

Als sie schon fast zu Hause waren, schickte Lia eine SMS an Samantha, um ihr mitzuteilen, dass sie in ein paar Minuten zu Hause sein würden.

"Ah, wir haben uns beide geirrt", sagte sie.

"Aber einer von uns wird trotzdem jede Nacht mit den Zwillingen aufstehen müssen", sagte Sam.

"Wir wechseln uns ab", sagte Samantha, als sie und Sam, nachdem die Zwillinge sich wieder zum Schlafen hingelegt hatten, in den Garten gingen. Bald konnte sie Klein-Dorrit sehen, der zur Landung ansetzte.

Lia und Brandy sprangen ab.

"Das war wirklich cool", sagte Brandy. "Danke, Klein-Dorrit." Sie umarmte das Einhorn, das antwortete: "Gern geschehen."

"Ja, danke, dass du dich um uns gekümmert hast", sagte Lia.

"Gab es irgendwelche Probleme, als ich mich um dich kümmerte?" fragte Sam.

"Nichts, was ich nicht hinkriegen könnte", sagte Klein Dorrit. "Wenn du mich jetzt eine Weile nicht brauchst, würde ich gerne etwas Wasser und einen Snack holen."

"Geh nur", sagte Sam, "und danke, dass du auf unsere Mädchen aufgepasst hast."

Klein-Dorrit zwinkerte Sam zu, dann verschwand sie und war bald außer Sichtweite.

Nach der Vorstellungsrunde mit Sam und Samantha rief Brandy zu Hause an, um ihrer Mutter mitzuteilen, dass sie gut angekommen waren.

Ein paar Stunden später trafen Alfred, Charles, Haruto und seine Großmutter ein. Wie zuvor wurden sie einander vorgestellt, wobei Brandy und Lia hinzukamen.

"Du kannst nicht DER Charles Dickens sein", sagte Brandy mit hochgezogenen Augenbrauen. "Und du bist nur ein Kind, kaum aus den Windeln raus", sagte sie zu Haruto, der sich daraufhin unsichtbar machte.

"Ups!" rief Brandy aus. "Und du, du bist ein großer gefiederter Schwan! Wie willst du uns helfen, die Furien zu besiegen!"

"Zunächst einmal", begann Alfred, "bist du viel unhöflicher, als du sein solltest. Selbst ein ungebildeter Schwan wie ich hat Manieren."

"Anata wa gakidesu!" sagte Harutos Großmutter, was übersetzt "Du bist eine Göre!" bedeutet.

Ein Kichern war von dem unsichtbaren Haruto zu hören.

Lia mischte sich ein und entschuldigte sich: "Ich werde sie aufklären. Sie ist in Ordnung. Gib ihr nur ein bisschen Zeit, sich einzuleben", sagte sie. "Ich wusste nicht, was Haruto kann, bis ich es selbst gesehen habe." Zu dem kleinen Jungen sagte sie: "Komm zurück, Haruto, bitte. Sie wollte deine Gefühle nicht verletzen."

"Tut mir leid", sagte Brandy mit auf den Boden gesenktem Blick.

Haruto kehrte zurück und wurde dabei immer unauffälliger. Er stand mit seinem Arm um die Taille seiner Großmutter. Alfred und Charles traten näher an sie heran.

"Wir kommen gerade aus dem Flugzeug und sind müde - also gehen wir uns kurz frisch machen. Wenn wir zurückkommen, erwarte ich, dass du sie an die Leine nimmst oder ihr ein Stück Klebeband über den Mund klebst. Oder ihr ein paar Manieren beibringen", sagte er und ging mit den beiden anderen im Schlepptau den Flur entlang.

"Wow!" sagte Brandy. "Einfach WOW! Ich sagte, es tut mir leid."

"Nein, er hatte Recht", sagte Lia.

Samantha sagte: "Du bist jetzt in unserem Haus, und wir dulden es nicht, dass du unhöflich zu jemandem bist."

Sam verschränkte die Arme vor der Brust, als die Zwillinge wieder zu weinen begannen.

"Sie müssen hungrig sein. Keine Sorge, ich schaffe das schon", sagte Samantha, doch bevor sie ging, warf sie Brandy noch einen Blick zu.

"Brandy, du bist an einem seltsamen Ort, wo du außer Lia und Klein-Dorrit noch niemanden kennst", sagte Sam. "Wenn du Teil dieses Teams sein willst, um die Furien zu besiegen - dann musst du zusammenarbeiten. Deine Mannschaftskameraden zu beleidigen, ist kein guter Anfang. Ich schlage vor, du entschuldigst dich noch einmal so, als ob du es ernst meinst, wenn sie zurückkommen, und bittest darum, wieder anfangen zu dürfen."

Brandys Augen füllten sich mit Tränen: "Ich war nur überrascht, als ich die anderen Teammitglieder sah, mit denen ich zusammenarbeiten werde. Aber du hast Recht, ich werde mich noch einmal entschuldigen und um eine weitere Chance bitten. Ich hoffe, sie werden mir verzeihen. Meine Mutter sagt immer, ich sei zu offenherzig für mein eigenes Wohl."

Lia lächelte. "Du wirst Alfred lieben, wenn du ihn erst einmal kennengelernt hast. Es ist auch das erste Mal, dass ich Charles persönlich treffe. Charles befindet sich in einer seltsamen Situation. Als er zehn Jahre alt war, das war im Jahr 1822. Man bedenke das. Und ich treffe auch zum ersten Mal Haruto und seine Großmutter."

"Das ist verrückt! James Monroe war damals Präsident - und er war unser fünfter Präsident!" Brandy johlte. Sie stieß Lia sanft mit dem Ellbogen an: "Mom und Dad wären super beeindruckt, dass ich mir diese Information gemerkt habe! Und der Junge, ich meine Haruto, er scheint viel zu jung zu sein, um sein Leben aufs Spiel zu setzen."

Lia lachte und Sam stimmte mit ein, dann hörte er, dass seine Frau ihn rief, um bei den Zwillingen zu helfen, und eilte aus dem Zimmer.

Charles antwortete: "Als ich das letzte Mal hier war, saß Georg IV. auf dem Thron. Wenigstens muss ich mir keine Sorgen machen, dass ich nächstes Jahr wieder ins Arbeitshaus muss", sagte er mit einem Lächeln, das schnell verblasste.

Lia stieß einen unwillkürlichen Schrei aus, während Brandy in Tränen ausbrach und sagte: "Es tut mir so leid, Charles."

"Ah, Sie haben also schon von Arbeitshäusern gehört", sagte er. "Aber ich bin hier, und ich habe es überlebt, und offenbar habe ich meine Erfahrungen genutzt, um über Figuren wie Oliver Twist und Little Dorrit zu schreiben, um nur zwei zu nennen. Ja, ich habe im Internet über mich gelesen, und ich muss Ihnen sagen, dass ich mich selbst beeindruckt habe."

"Du hast Klein-Dorrit, das Einhorn, noch nicht kennengelernt", sagte Lia. "Sie ist weggegangen, um sich zu erfrischen, aber sie wird bald zurück sein."

"Wer?" erkundigte sich Charles.

Wie aufs Stichwort tauchte Klein-Dorrit wieder auf, kreiste über ihren Köpfen und setzte zu einer kurzen Landung an.

"Klein Dorrit, das ist Charles Dickens. Charles, das ist Klein Dorrit", sagte Lia.

Charles war sprachlos, als sich das freundliche Einhorn an ihn schmiegte. "Ich hätte mir nie träumen lassen, dass ich einmal ein Einhorn treffen würde."

"Erfreut, dich kennenzulernen, Charles", sagte Klein Dorrit.

Charles schnappte nach Luft: "Und ein kluger Redner noch dazu!" Er hatte eine Million Fragen, die er ihr stellen wollte, aber die mussten warten, denn oben im Himmel setzten E-Z, Lachie und Baby zur Landung an. "Bin ich wach oder träume ich?" fragte Charles. "Zwick mich, damit ich sicher bin."

Nachdem Baby gelandet und Lachie abgestiegen war, wurden alle miteinander bekannt gemacht, während E-Z ins Haus eilte, um die Toilette zu benutzen. Als er zurückkam, kamen Sam und Samantha mit den Zwillingen im Schlepptau, Haruto und Alfred zu ihnen.

"Die ganze Bande ist hier", sagte Alfred.

"Kann ich mit dir und Haruto sprechen?", fragte Brandy. Als sie nickten, sagte sie: "Es tut mir sehr, sehr leid. Bitte verzeihen Sie mir meine Unhöflichkeit und geben Sie mir eine zweite Chance." Sie schaute auf ihre Füße.

"Fangen wir noch einmal an", sagte Alfred.

"Saikai suru", sagte Haruto und übersetzte: "Was er gesagt hat."

"Anata wa yurusa rete imasu", sagte Harutos Großmutter, was übersetzt so viel heißt wie: "Dir ist vergeben".

Baby und Klein-Dorrit Seite an Seite zu sehen, war ein sehr seltsamer Anblick. Klein-Dorrit war nicht klein, sie war ein Einhorn, das über zwei Meter groß war, während Baby kein Baby war, sondern über drei Meter groß.

"Ich glaube, ihr zwei - gemeint sind Baby und Klein-Dorrit - müsst euch einen anderen Platz zum Schlafen suchen, denn der Garten ist nicht groß genug für euch beide", sagte E-Z.

Klein-Dorrit sagte: "Ich kenne einen Ort, wo wir etwas Leckeres zu essen und auch etwas Wasser bekommen können."

"Hört sich gut an", sagte Baby.

Harutos Großmutter tätschelte dem Kleinen den Kopf und fragte: "Josha wa dodesu ka?", was übersetzt so viel heißt wie: "Wie wäre es mit einer Fahrt?"

Das Baby sagte: "Tashika ni, tobinotte!", was übersetzt so viel heißt wie: "Klar doch, hüpf rauf!"

Haruto rannte herbei und sagte: "Matte watashi o wasurenaide!", was übersetzt so viel heißt wie: "Warte, vergiss mich nicht!"

Baby ließ sich hinunter, damit Haruto und seine Großmutter auf seinen Rücken klettern konnten. Sie flogen los, und Klein-Dorrit folgte ihnen dicht auf den Fersen.

Sam sagte: "Ich denke, jeder sollte sich einrichten und ihr könnt morgen nach Herzenslust reden und planen."

"Gute Idee", sagte E-Z, als Baby Haruto und seine Großmutter absetzte. Sobo standen die Haare zu Berge, als hätte sie ihren Finger in eine Steckdose gesteckt.

Da Harutos Großmutter sprachlos war, führte Samantha sie in ihr Zimmer. "Haruto schläft in meinem Zimmer", sagte sie.

"Sicher, ich bin gleich wieder da." Sie machte sich auf den Weg zum Zimmer von E-Z.

"Wie war es?" fragte E-Z Haruto.

"Subarashi!", rief er aus, was übersetzt so viel wie "Fantastisch!" bedeutet.

"Wir haben heute ein Kinderbett und ein paar Etagenbetten liefern lassen", sagte Sam, "also Haruto, Charles und Lachie, ihr seid mit E-Z und Alfred in ihrem Zimmer. Alfred schläft am Ende von E-Zs Bett."

"Danke", sagte E-Z, als sie zu seinem Zimmer gingen. "Übrigens", sagte er, als sie allein waren, "hatte jemand von euch Probleme auf dem Rückweg?"

Alfred sagte, sie hätten es nicht getan.

"Was ist mit dir, Lia?", fragte er in Gedanken.

"Nein."

"Also, was ist passiert?" fragte Alfred.

"Nun, wir hatten einen brennenden Feuerball auf unserer Spur."

Lia keuchte.

"Aber dank Babys schneller Auffassungsgabe wurde es zerstört."

"Wie hat er es geschafft, es zu zerstören?" erkundigte sich Alfred.

"Das Baby hat es verschluckt und dann ins Meer geworfen."

"Das ist beängstigend", sagte Haruto.

"Ich mache mir immer noch ein bisschen Sorgen um Baby", sagte E-Z, "denn auf dem Rückweg habe ich bemerkt, dass er ein paar Mal gehustet und geniest hat."

Lachie sagte: "Ein Funke flog sogar aus seinem Mund und seinen Nasenlöchern. Er sagt, es gehe ihm gut, aber ich behalte ihn genau im Auge."

"Wir können ihn doch nicht zum Tierarzt bringen, oder?" sagte Alfred.

Haruto lachte und lachte.

"Was ist so lustig?" erkundigte sich E-Z.

"Hyoryu Doragon", sagte er. "Hyoryu Doragon!" - was so viel wie Drachentierarzt bedeutet - und er brüllte wieder vor Lachen.

Alfred und E-Z zuckten mit den Schultern, ebenso wie Charles, der das Thema wechselte, indem er die anderen fragte, ob sie sich einen neuen Namen für ihr Team ausdenken sollten, da sie jetzt sieben statt drei seien.

"Vielleicht", sagte E-Z.

"Was sind unsere wichtigsten Merkmale?" fragte Charles.

"Versprich es", schlug Haruto vor, als er sich beruhigt hatte und nicht mehr lachte.

"Streben", sagte Charles.

"Glaube", sagte E-Z.

"Hoffnung", sagte Alfred.

Samantha lauschte ein paar Minuten lang vor der Tür. Alles klang freundlich genug, also kehrte sie zurück, um mit Harutos Großmutter zu sprechen.

"Haruto lebt sich gerade bei den anderen Jungs ein und sie unterhalten sich. Du kannst ihn morgen hierher bringen, wenn du willst. Er hat da drin sein eigenes Bettchen. Sie planen gerade einen neuen Namen für ihr Superheldenteam - ich wollte sie nicht beim Brainstorming stören."

Harutos Großmutter nickte: "Danke."

Lia und Brandy waren nun in das Gespräch zwischen den Zimmern eingebunden.

"Stärke x 7", schlugen die Mädchen vor.

"Sie kann manchmal unsere Gedanken lesen", bestätigt E-Z.

Charles rief: "Was ist mit PAFHS7?"

"Das gefällt mir", sagte E-Z, "aber vergessen wir nicht zwei wichtige Mitglieder unseres Teams? Ich meine Little Dorrit und Baby. Sie sind wichtige Mitglieder und haben uns schon ein paar Mal den Hintern gerettet."

Alfred wiederholte die Worte, ebenso wie Haruto.

"Was ist mit PAFHS9!" riefen Lia und Brandy.

PAFHS9 konnten nicht anders, sie lachten - bis sie hörten, wie jemand über ihren Köpfen auf dem Dach herumlief.

"Was zum Teufel war das?" fragte E-Z.

"Huhu! Wir sind's!" sagte Raphael. "Eriel und ich.

KAPITEL 10
KRAWALL AUF DEM DACH

Sam fragte sich, ob Weihnachten verfrüht gekommen war, als er im Bademantel nach draußen stolperte, um den Lärm auf dem Dach zu untersuchen. Er konnte nicht sehen, wer dort oben war, bis er mitten auf seinem Rasen stand.

"Pssst!", flüsterte er. "Wir haben die Babys gerade zum Schlafen gebracht."

Die Erzengel antworteten nicht. Stattdessen ließen sie die Köpfe hängen wie zwei gescholtene Kinder.

"Möchten Sie mit reinkommen?", fragte er.

"Vielen Dank", antwortete Raphael.

POOF

POW

Sie und Eriel sind verschwunden.

Sam bewegte sich nicht sofort vom Rasen weg. Seine Füße waren nass vom Tau auf dem Gras, und als er seine Fäuste in die Taschen seines Morgenmantels steckte, sah er Klein-Dorrit und Baby um das Haus kreisen.

"Ist da unten alles in Ordnung?" erkundigte sich Klein-Dorrit.

"Ja", sagte Sam, "aber geh vorsichtshalber nicht zu weit weg. Ich werde pfeifen, wenn wir Hilfe brauchen." Er winkte, dann betrat er wieder das Haus, das nun von Stimmen und Stuhlgeklapper erfüllt war. Er biss die Zähne zusammen und hoffte, dass die Zwillinge tief und fest schliefen. In der Küche stellte er fest, dass alle außer Harutos Großmutter wach und auf den Beinen waren.

Raphael, der am Kopfende des Tisches saß, ähnelte nun der Frau, die als Krankenschwester im Hotel gekleidet war, als Alfreds Leben gerettet wurde. Ihr langer, fließender Talar, der wie ein Abschlusskleid aussah, erhöhte ihren Status unter den anderen, als wäre sie ein sitzender Professor oder ein Richter.

Eriel hingegen hatte sein Äußeres so verändert, dass er wie ein verstorbener Sänger aussah, dessen Markenzeichen es war, von Kopf bis Fuß in Schwarz gekleidet zu sein, einschließlich einer dunkel umrandeten Sonnenbrille.

"Brauchen wir mehr Stühle?" erkundigte sich Samantha.

"Ich glaube, wir sind bereit", sagte Sam. "Ich hoffe, dass es nicht sehr lange dauern wird. Oh, und E-Z, du nimmst das andere Ende des Tisches, da du unser gewählter Anführer bist."

"Äh, danke", sagte E-Z und nahm die Position ein. "Was zum Teufel macht ihr zwei denn hier mitten in der Nacht?"

Brandy lachte: "Und wer sagt, dass ich die Unhöfliche bin?"

Lia sagte: "Pssst."

Raphael schaute jedes der Kinder an. Es war das erste Mal, dass sie Haruto, Charles, Brandy und Lachie gesehen hatte. Sie waren alle so unglaublich jung, so mutig. Ihre Augen weiteten sich, als ihr Blick auf E-Z fiel. Sie senkte den Kopf.

E-Z wartete und merkte dann, dass Raphael ihn bat, ihr die Erlaubnis zum Sprechen zu geben. Er nickte.

Bevor er sprach, rückte Raphael ihre neue Brille zurecht. Sie brachte E-Z dazu, ihre alte Brille zurechtzurücken, die er, wie von ihrem ursprünglichen Besitzer gewünscht, nie von seinem Gesicht nahm.

Charles, der ganz untypischerweise immer ungeduldiger wurde, fragte: "Madam, warum bin ich als zehnjähriger Junge hier, wenn ich als Erwachsener viel nützlicher für dieses Team wäre".

"SCHWEIGEN!" rief Eriel und schlug mit den Fäusten auf den Tisch. "Wir haben das Wort. Sprich, Schwester, denn diese Kinder werden immer ungeduldiger. Ihre Augen flackern und huschen durch den Raum. Als ob sie erwarten, dass du sie in heiße Wachsbecken wirfst!"

"Unhöflich!" rief Brandy aus. "Ich habe keine Angst vor dir!"

"Pssst", flüsterte Lia.

Charles lächelte Brandy an.

"Du solltest Angst haben", sagte Eriel mit einer Grimasse. "Sehr viel Angst."

"Ruhe! Ruhe!" rief Raphael und wartete, bis alle Platz genommen hatten und ruhiger geworden waren. "Wir sind heute Abend zu IHREM Nutzen hier." sagte Raphael etwas lauter, als sie es erwartet hatte.

"Hier! Hier!" warf Eriel ein.

"Wie das?" erkundigte sich E-Z.

"Sie wird es dir sagen, wenn du die Klappe hältst!" erklärte Eriel.

Raphael wartete erneut, bevor sie wieder sprach.

"Es ist keine Zeit für ausgefallene Pläne oder Verzögerungen. Die Furien richten Verwüstung an, jeden Tag mehr, indem sie Seelenfänger rauben. Sie schleudern alte Seelen in die offene Leere hinaus. Es herrscht das totale Chaos da draußen! Und sie schaffen mit jeder Sekunde, jeder Minute, jeder Stunde eines jeden Tages mehr. Kurz gesagt, sie müssen gestoppt werden. Unverzüglich."

"Aber ..." sagte Alfred, "Sie haben die Kinder nicht einmal erwähnt."

Eriel erhob sich von seinem Stuhl. Er starrte Alfred an und zwang ihn, den Blick abzuwenden. "Sie ist noch nicht fertig."

Raphael fuhr diesmal ohne zu zögern fort.

"Wir, Eriel und ich, sind hier, um euch Ratschläge zu geben - ohne direkt beteiligt zu sein. Unsere Aufgabe ist es, euch zu helfen, euch selbst zu helfen, die Kinder zu retten."

Das gefiel E-Z überhaupt nicht. Er schlug mit den Fäusten auf den Tisch.

"Wir haben bereits zugestimmt, gegen die Furien zu kämpfen. Zuerst müssen wir uns vorbereiten und einen Plan ausarbeiten. Wenn wir bereit sind, werden wir sie vernichten. Wenn ihr hierher gekommen seid, um uns zu drängen, uns in die Schlacht zu stürzen, bevor die Zeit reif ist, dann möchte ich mich als gewählter Anführer zurückziehen. Wir sind nur Kinder, und du verlangst von uns, dass wir unser Leben aufs Spiel setzen. Ich bin nicht bereit, wir sind nicht bereit, weiterzumachen, bevor wir nicht vollständig vorbereitet sind."

Lia stand als Erste auf und begann zu applaudieren, und der Rest ihres Teams schloss sich ihr an.

"Das hat er gesagt", gurrte Alfred, denn Schwäne können nicht klatschen.

"Warte!" sagte Raphael. "Wir sind nicht hier, um dich zu schubsen, wir sind hier, um dir zu helfen."

Eriels Gesichtsfarbe wechselte von weiß zu rot, in extremem Kontrast zu seiner schwarzen Kleidung. E-Z und die anderen sahen zu, wie sich der Teint des Erzengels weiter rötete, und fürchteten, sein Kopf könnte explodieren.

"Beruhige dich und setz dich!" befahl Raphael. Eriel atmete ein paar Mal tief durch, dann ließ er sich wieder auf seinen Platz sinken.

Raphael blieb ruhig und erhobenen Hauptes. Sie schob ihren Stuhl zurück und erhob sich. Und erhob sich immer weiter, bis sie über den anderen stand. Sie ließ sich nieder, als würde sie auf einem fliegenden Teppich reiten, und neigte ihren Kopf nach rechts, als würde sie für ein Selfie posieren.

"Wir setzen uns für Sie und die Aufgabe ein, aber unsere Kräfte haben Grenzen. Wenn Sie den Spruch kennen: 'Wir sind im Geiste für Sie da' - dann sind wir das auch. Wir haben heute alle Regeln über den Haufen geworfen und sind zu Ihnen nach Hause gekommen. Wir haben dies gegen den Rat unserer Vorgesetzten und gegen den gesunden Menschenverstand getan.

"Mit unserem Besuch haben wir uns ungesehenen und unbekannten Gefahren ausgesetzt, aber ihr seid das Risiko wert. Deshalb haben wir beschlossen, persönlich zu kommen und unsere Hilfe anzubieten."

"Außerdem haben wir gehört, dass Sie einen Plan ausgearbeitet haben, und wir sind als Resonanzboden für Sie da. Sie können ihn an uns ausprobieren, um zu sehen, ob er aufgeht. Wenn wir Schwachstellen entdecken, werden wir Sie darauf hinweisen und Ihnen helfen."

E-Z warf einen Blick auf seine Teammitglieder, die sich wieder setzten. "Wir erwägen die Option, die Göttinnen in ein Spiel zu ziehen und sie dort zu besiegen."

"Oh, ich verstehe", sagte Raphael. "Du glaubst, du kannst sie in ihrem eigenen Spiel schlagen, sozusagen, clever. Ziemlich clever, aber nicht clever genug, fürchte ich."

"Was meinst du?"

"Sie haben herausgefunden, wie sie alle Spieler in der Spielwelt manipulieren und kontrollieren können. Sie kennen jeden Trick - denn die Industrie hat es einem leicht gemacht, wenn man erst einmal im Spiel ist. Um zu spielen, muss man töten. Um weiterzukommen, musst du töten. Um zu gewinnen, musst du töten.

"In der Spielwelt E-Z musst du auch töten. Sobald ihr das tut, seid ihr Freiwild für die Furien. Sie könnten jeden von euch gefangen nehmen, einen nach dem anderen. Ihr könnt dort nicht als Team auftreten. Teams sind in diesem Spiel nur eine Illusion. Kein Spieler wäre von ihrem Racheplan ausgenommen.

"Denkt daran, die Göttinnen haben ein Mandat - das heißt, die Unbestraften zu bestrafen. Und sie befolgen ihn genau, ohne Wenn und Aber. Allerdings nutzen sie eine Grauzone zu ihrem Vorteil. Nichts kann sie aufhalten - vorausgesetzt, sie halten sich an das Mandat." Sie hielt inne und blickte Eriel an: "Möchten Sie noch etwas hinzufügen?"

"Wenn ich Sie wäre", sagte er, "würde ich sie auf offener Straße angreifen. Wo und wann sie es am wenigsten erwarten. Das würde dich in eine Machtposition bringen und sie verwundbar machen."

"Wenn sie uns nicht sehen oder spüren, dass wir kommen, um sie zu holen", sagte Brandy. "Ich verstehe immer noch nicht, wie sie die Kinder umbringen können. Wir müssen es sehen, um es zu verstehen und um zu wissen, womit wir es zu tun haben. Ich habe gesagt, dass ich helfen werde, aber ich habe definitiv genauere Informationen erwartet."

"E-Z", fragte Raphael, "bist du bereit, mir meine Brille zurückzugeben? Für eine kurze Zeit? Mit ihr werde ich dir die Technik der Furien zeigen können. Wie sie die Kinder in Echtzeit in das Spiel einbeziehen. Brandy hat Recht, Sehen ist Glauben, aber ohne meine Originalbrille geht es nicht. Nur du kannst diese Entscheidung treffen. Wenn ihr wirklich sehen wollt. Wenn du es wirklich wissen willst."

"Cool", sagte Brandy. "Lass uns loslegen, E-Z."

Eriel blickte an die Decke. "Ophaniel hat mich herbeigerufen. Ich muss jetzt gehen." Er verbeugte sich.

ZIP

Er verschwand in der Nacht.

E-Z nahm die roten Gläser ab und faltete sie zusammen, bevor er sie Raphael reichte, der immer noch über dem Tisch schwebte. Als sie nach den Gläsern griff, flogen sie ihr in die Hände.

Raphael nahm ihre neue Brille ab und polierte die alte, bevor sie sie auf ihr Gesicht setzte. Sie lächelte, während sie und alle anderen im Raum beobachteten, wie sich das Blut schlangenförmig um das Gestell bewegte, als würde es sich mit ihr neu vertraut machen.

Als das Blut in der Brille wieder zu seinem Raphael-Fluss zurückgekehrt war, setzte sie sie auf ihr Gesicht und richtete sich dann gegen die Wand, während von ihrer Brille ein starkes, helles Stroboskoplicht ausging, wie man es in einem Kino erwarten würde.

"Bevor wir beginnen", sagte Raphael, "ist dies nichts für schwache Nerven. Was ihr gleich sehen werdet, ist als Begleitung für Erwachsene eingestuft. Ich glaube nicht, dass Haruto es sehen sollte."

Samantha sagte: "Komm, Haruto. Wir beide können im anderen Zimmer ein bisschen fernsehen."

Die beiden gingen. Und die Show begann.

Auf dem Bildschirm war ein kleiner Junge zu sehen. Etwa sieben, vielleicht acht Jahre alt. Obwohl es mitten in der Nacht war, saß er vor dem Computer. Auf dem Kopf trug er einen Kopfhörer. Vor seinem Mund befand sich ein winziges Mikrofon, das an seinem Kopfteil befestigt war.

"Hab ich dich!", sagte er. "Ich brauche nur noch einen Kill, dann bin ich auf der nächsten Stufe."

HHIIIIIIIIISSSSSSSSSSS.

Und sie konnten es auch hören.

"Du bist ein Mörder!"

"Nur böse Jungs töten - und du bist ein böser Junge. Weiß deine Mutter, was für ein böser Junge du bist?"

"Ich spiele ein Spiel", sagte er. "Es ist nur ein Spiel, und wenn ich nicht töte, komme ich nicht weiter."

"Armes Kind", sagte E-Z.

Schweigen.

Der Junge nahm sein Spiel wieder auf. Bald kam der Zeitpunkt, an dem er wieder töten musste. Diesmal zögerte er.

"Mach weiter. Du hast einmal getötet, du weißt, dass es Spaß gemacht hat, also mach weiter und töte wieder. Du weißt, dass du es willst."

"Nein!", sagte er.

"Das spielt keine Rolle. Eine Tötung ist alles, was wir brauchen!"

Dann wurde das Zischen wieder sehr laut, lauter, lauter, noch lauter.

"Halt!", schrie er.

"Hör auf, Raphael!" Lia schrie.

"Ich kann nicht", antwortete der Erzengel. "Ihr wolltet doch sehen, wie sie es machen. Wenn jemand von euch zu viel Angst hat, verlasst den Raum oder verdeckt eure Augen. Brandy hatte Recht, ihr müsst es mit eigenen Augen sehen. Bis jetzt habe ich es auch noch nicht gesehen."

HHIIIIIIIIISSSSSSSSSSS.

Mach weiter. Du hast einmal getötet, du weißt, dass es Spaß gemacht hat, also mach weiter und töte noch einmal. Du weißt, dass du es willst."

Mach weiter. Du hast einmal getötet, du weißt, dass es Spaß gemacht hat, also mach weiter und töte noch einmal. Du weißt, dass du es willst."

Mach weiter. Du hast einmal getötet, du weißt, dass es Spaß gemacht hat, also mach weiter und töte noch einmal. Du weißt, dass du es willst."

"La, la, la, la", sang der Junge. Er versuchte, die Stimmen auszublenden.

"Er ist verrückt geworden", sagte sein Freund, der das Spiel ebenfalls spielte. "Ich gehe jetzt. Wir sehen uns morgen in der Schule, Tommy."

"La, la, la, la!" Tommy sang weiter.

Sein Puls raste. Sein Herzschlag beschleunigte sich. Es pochte und hämmerte, als wollte es aus seiner

Brust ausbrechen. Er konnte nicht mehr atmen. Er versuchte, aufzustehen, aber seine Beine wurden zu Gelee.

Er hörte eine Stimme in seinem Kopf. Sie klang wie die Stimme seiner Mutter, aber sie war es nicht.

"Wir schämen uns so für dich, Tommy. Wir haben es nicht verdient, einen Mörder zum Sohn zu haben!"

Eine zweite Stimme, die wie die seines Vaters klang.

"Unser Sohn ist kein Mörder, wer bist du? Du bist nicht unser Sohn."

Tommy weinte.

"Ich bin ein Mörder", sagte er, als er von seinem Stuhl zusammensackte und sich auf dem Boden zu einem Ball zusammenrollte.

Auf dem Bildschirm sind zwei weitere Stimmen zu hören. Sein Bruder Alex, seine Schwester Katie, die mit seinen Eltern ein Lied singen, ein Lied, das zu einer beliebten Kindermelodie über einen Maulbeerstrauch gesungen wird. Ihre Version ging ungefähr so:

"Tommy ist ein Mörder, Mörder, Mörder, Mörder, Tommy ist ein Mörder, und wir lieben ihn nicht mehr."

Der arme Tommy war jetzt ganz allein.

"Gib nicht auf", rief Lia, obwohl sie wusste, dass er sie nicht hören konnte.

Auf dem Boden zu einem Ball zusammengerollt, stellte er sich vor, dass seine Mutter, sein Vater, seine Schwester und sein Bruder um ihn herumtanzten. Sie umkreisten ihn wie ein Geier, der seine Beute umkreist.

"Tommy ist ein Mörder, Mörder, Mörder, Mörder, Tommy ist ein Mörder, und wir lieben ihn nicht mehr."

Tommys kleines Herz war gebrochen. Es stieß sich aus seinem Körper und flog davon.

Die Furien fingen ihn auf und steckten ihn in einen Seelenfänger. Sie knallten die Tür zu.

Raphael nahm die Brille ab. Sofort endete der Wandprojektor. Als sie die Brille an E-Z zurückgab, kullerte eine Träne über ihre Wange.

Die Stille am Tisch war ohrenbetäubend.

"Sie lassen die Hexen, über die Shakespeare in Macbeth schrieb, nett aussehen", sagte Alfred.

"Ich weiß nicht, wie meine Fähigkeit, mich zu tarnen oder mit Tieren zu sprechen, ihnen helfen soll, nicht gegen sie", sagte Lachie.

"Ich würde einen töten, sterben, zurückkommen, den zweiten töten, sterben, zurückkommen und den dritten töten", sagte Brandy. "Ich will sie in die Finger kriegen!"

"Moment mal", sagte E-Z. "Jetzt, wo wir es gesehen haben, müssen wir darüber reden. Bevor wir uns reinstürzen. Vielleicht sollten wir noch einmal abstimmen? Unsere Teilnahme muss einstimmig sein."

sprach Sam. "Ihr müsst euch nicht schämen, nein zu sagen. Niemand hat euch zu den Rettern der Welt ernannt."

"Er hat Recht", sagte Raphael. "Niemand hat dich ernannt - und doch gibt es niemanden, der es tun kann."

"Warum könnt ihr Erzengel das nicht tun?" fragte Brandy.

"Wir haben alles versucht, was wir wussten, und sind gescheitert. Deshalb sind wir zu euch gekommen", sagte Raphael. "Und eines möchte ich euch allen klar machen... Wenn es jemals einen

Moment gibt, in dem ihr befürchtet, dass das Ende naht, dann werden wir kommen, um euch zu helfen."

"Wie wollen Sie uns dann helfen, wenn Sie uns gerade gesagt haben, dass Sie nutzlos sind?" fragte Charles.

"Das wollte ich fragen", sagte Brandy.

"Wenn das Ende nahe ist, werden wir Erzengel andere Kräfte erhalten. Bis sie gebraucht werden, schlafen diese Kräfte tief in den Eingeweiden der Erde.

"In der Zwischenzeit, E-Z, kennst du die magischen Worte, um Eriel an deine Seite zu rufen. Dieselben Worte werden mich und die anderen herbeirufen, falls du uns brauchst.

"Wir werden kommen. Wir werden an eurer Seite kämpfen. Aber bitte, verschwendet den Ruf nicht. Damit die alten Mächte erwachen, muss es untrügliche Beweise dafür geben, dass das Ende der menschlichen Rasse unmittelbar bevorsteht."

"Und was ist, wenn wir dich anrufen und die Kräfte, die du versprochen hast, nicht kommen. Was dann?" fragte E-Z.

"Dann werden wir an eurer Seite sterben."

E-Z schlug mit den Fäusten auf den Tisch.

"Sie in Aktion zu sehen, bringt mein Blut in Wallung. Wir müssen sie besiegen."

"Hier! Hier!" rief Charles.

"Aber zuerst", sagte Sam, "musst du es diesen Kindern sagen, bevor du sie in den Kampf schickst. Erzähl ihnen genau, wie du und die anderen Erzengel versucht habt, die Furien zu besiegen."

"Wir haben ihnen eine Falle gestellt, als wir entdeckten, dass sie zurückgekommen waren. Es hat uns verraten, uns verraten, und dann sind sie ins

Death Valley gezogen. Das Tal des Todes ist jetzt für Erzengel tabu."

"Unerlaubt? Wer hat das so gemacht?"

"Das ist eine Frage, die ich nicht beantworten kann. Ich weiß nur, dass ein Team von sehr mächtigen Erzengeln nicht in der Lage war, die Schutzbarrieren zu durchbrechen, die sie errichtet haben."

"Das war's?" fragte Brandy. "Das ist alles, was ihr versucht habt, und ihr wollt, dass wir jetzt übernehmen. Wirklich."

Raphael stemmte die Hände in die Hüften: "Wir sind Erzengel und unsere Kräfte auf der Erde sind begrenzt." Sie lachte: "Unsere Kräfte sind auch anderswo begrenzt."

"Okay, okay", sagte E-Z. "Wir haben es verstanden. Wir haben keine Wahl, nicht wirklich, aber überlasst es uns."

"Nun gut", sagte Raphael. "Aber bevor ich gehe, Charles, möchte ich deine Frage beantworten. Die Erzengel haben dich weder herbeigerufen noch freigelassen. Wir glauben, dass deine Anwesenheit hier zufällig ist.

"Wir glauben auch nicht, dass die Furien über dich Bescheid wissen. Vielleicht bist du eine Geheimwaffe. Vielleicht hast du enorme Kräfte in dir.

"Sie sagten, Sie wünschten, Sie wären als erwachsener Mann zurückgebracht worden. Dein heutiges Alter ist bedeutsam. Wir glauben, dass Kinder die Zukunft der menschlichen Rasse in ihren Händen halten. Nur Kinder können das reine Böse besiegen."

"Aber warum nur Kinder?" erkundigte sich Charles.

"Weil sie mit reinem Herzen geboren werden", sagte Raphael.

Charles setzte sich ein wenig höher in seinen Sitz.

Raphael fuhr fort: "Charles Dickens, haben Sie keine Angst, zu experimentieren und Ihr wahres Selbst zu entdecken. Vielleicht gibt es in deinem Inneren eine Tür, die nur du öffnen kannst. Ein Schlüssel.

"Allein die Tatsache, dass es eine Blutlinie zwischen dir, E-Z und Sam gibt, ist bedeutsam. Habt keine Angst, alles zu riskieren, um den Schlüssel zu finden. Ihr seid hier, um die Menschheit zu retten. Daran gibt es keinen Zweifel. Nutze deine Zeit hier weise. Machen Sie einen Unterschied."

Charles weinte, denn bis zu diesem Zeitpunkt hatte er sich nutzlos gefühlt. Die anderen trösteten und beruhigten ihn.

"Viel Glück für euch alle", sagte Raphael.

POW.

Und sie war weg.

"Wenn wir das überleben", sagte Lia, "und wir werden es überleben, werden wir die größte Siegesparty aller Zeiten feiern.

"Charles", sagte E-Z. "Wenn Raphael recht hat, könntest du das wichtigste Mitglied des Teams sein. Bitte nimm dir die Zeit, ein wenig in dich zu gehen."

"Wie macht man eine Seelensuche?", erkundigte er sich.

"Meditation ist eine Möglichkeit", sagte Brandy.

"Oder in der Natur spazieren gehen", sagte Lachie.

"Zeit für sich allein, nur zum Nachdenken", bot Alfred an.

"Lass uns etwas schlafen und die Diskussion morgen früh fortsetzen", sagte E-Z.

"Ich glaube nicht, dass ich viel schlafen werde, nachdem ich den armen Tommy gesehen habe", sagte

Lia. "Es war noch schlimmer, als ich es mir vorgestellt habe."

"Ja, armer kleiner Tommy", stimmte Alfred zu.

"Also, sind alle noch dabei?" fragte E-Z.

Alle stimmten mit "Jawohl".

"Und was ist mit Haruto?"

"Ich denke, er wird trotzdem dabei sein", sagte E-Z, "aber ich werde Sobo alles erklären, und sie kann es mit ihm besprechen. Ich würde es absolut verstehen, wenn sie sich dagegen entscheiden."

"Ich glaube nicht, dass sie das tun werden", sagte Samantha. "Haruto schläft. Er hat sich geschämt, weil er zu jung war, um zu sehen, was du gesehen hast. Als wäre er weniger ein Mitglied des Teams."

"Sie haben das Richtige getan, indem Sie ihn aus dem Raum gebracht haben", sagte Sam. "Was wir gesehen haben, war entsetzlich."

"Ich stimme zu", sagte E-Z.

Charles sagte: "Also, alle für einen und einer für alle. Genau wie in Die drei Musketiere."

"Ich habe das Buch immer geliebt!" sagte Alfred.

Selbst in den schlimmsten Situationen haben Bücher die Menschen immer zusammengeführt. Jedes Mitglied der PAFHS9 hoffte, dass es eine Sache in der Welt war, die sich nie ändern würde.

KAPITEL 11

DEJA VU

E-Z und Sam hatten nicht mehr viel Zeit für sich, aber keiner von beiden beklagte sich darüber. Samantha war besorgt, dass sie sich aus den Augen verloren hatten, und wollte das ändern, indem sie sie mit einem Early-Bird-Frühstück in Ann's Café überraschte.

Sie kamen zur gleichen Zeit in der Küche an, da sie beide eine SMS erhalten hatten, sich anzuziehen und sofort in die Küche zu kommen.

"Was ist los?" fragte Sam.

"Ja, was ist los?" erkundigte sich E-Z.

"Es ist alles in Ordnung", sagte Samantha. "Ihr beide habt eine Reservierung bei Ann, also geht sofort dorthin - bevor alle aufwachen und euch Gesellschaft leisten wollen."

Sam küsste seine Frau.

"Ich dachte, es wäre an der Zeit, dass ihr mal wieder zusammen frühstückt."

E-Z umarmte Samantha fest.

"Wir machen uns selbst auf den Weg dorthin?"

"Auf jeden Fall Onkel Sam."

Sam schnappte sich seinen Rucksack mit dem Laptop und sie gingen los.

Es war ein schöner Frühlingsmorgen mit viel Vogelgezwitscher, das sie auf dem Weg zum Café unterhielt.

"Deine Frau ist etwas ganz Besonderes."

"Ja, sie ist eine von Millionen."

Bald erreichten sie das Café. Es war fast leer, und Ann war nirgends zu finden, aber E-Z erkannte ihre Schwester Emily. Er hatte sie nicht mehr gesehen, seit er ein kleines Kind war.

"Du hast dich nicht sehr verändert", sagte Emily und warf ihre Arme um ihn.

"Du auch nicht", sagte E-Z mit gedämpfter Stimme, während sie ihn in ihren dicken Pullover drückte. "Und das ist Onkel Sam."

"Ich kann die Ähnlichkeit erkennen", sagte Emily und schüttelte ihm fest die Hand. "Ich habe den perfekten Tisch für Sie, folgen Sie mir."

Als sie an ihrem üblichen Tisch vorbeikamen, zögerte er und schaute seinen Onkel an. "Was dagegen, wenn wir uns stattdessen an diesen setzen, Emily?"

"Aber sicher!" sagte Emily, legte das Besteck bereit und reichte die Speisekarten. "Kaffee?" Sam nickte, sie schenkte ihm eine dampfend heiße Tasse voll ein.

"Hast du das Übliche?", fragte sie E-Z. Meine Schwester hat mir gesagt, was das sein könnte."

"Auf jeden Fall."

"Und es war ein Schokoladendicksaft-Shake, stimmt's?"

Sie war genau richtig.

"Und du, Sam?", fragte sie. "Was nimmst du heute zu dir?"

"Machen Sie zwei von dem, was mein Neffe trinkt", sagte er, "aber ohne den dicken Shake. Kaffee ist das einzige Getränk, das ich heute Morgen brauche."

"Jawohl!", sagte sie und ging in die Küche.

Sam klappte seinen Laptop auf und dann wieder zu.

"Es ist schön, an einen Ort zu kommen, an dem alles immer gleich ist", sagte E-Z.

"Ich sollte Sam und die Zwillinge eines Tages hierher bringen. Ich möchte die lokalen Unternehmen unterstützen, und es ist ein gutes Beispiel für Jack und Jill".

"Auf jeden Fall. Mit diesem Ort verbinde ich nur gute Erinnerungen", sagte E-Z. "Aber eines Tages werde ich mich mal trauen und etwas anderes bestellen. Ich muss meinen Cousins ein gutes Beispiel geben, nicht wahr?"

Sam lachte, dann nahm er einen Schluck Kaffee. Eine Sekunde später kam Emily vorbei und füllte die Tasse wieder auf. "Es ist, als hätte sie Augen am Hinterkopf."

E-Z lachte. Seine Gedanken kreisten um ein bestimmtes Thema, über das er sprechen wollte: Die Furien. Gleichzeitig wollte er aber nicht gleich in ein schweres Gespräch einsteigen.

"Also, meine Frau wird ein Haus voller Gäste haben, die sie füttern muss, wenn alle aufstehen."

"Sobo wird helfen."

"Stimmt, aber ich denke nicht, dass wir das ausnutzen sollten. Ich möchte, dass wir eine Wiederholung machen können, wenn Sie wissen, was ich meine."

"Auf jeden Fall. Also, lasst uns zur Sache kommen."

Sam klappte seinen Laptop wieder auf. Diesmal schaltete er ihn ein und tippte in die Suchmaschine:

Wie man die Furien besiegt.

E-Z nickte, als sein Shake vor ihm abgestellt wurde. Er versuchte sofort, einen Schluck von seinem dicken Shake zu nehmen, aber er war zu dick, um etwas durch den Strohhalm zu bekommen - und das war genau so, wie er es mochte. "Irgendetwas Hilfreiches?"

"Es heißt, Erinyes - oder die Furien - können nur durch rituelle Reinigung besänftigt werden."

"Was soll das bedeuten?"

"Ich denke, es bedeutet, dass du eine Tat vollbringen müsstest - auf ihre Bitte hin, als Sühne."

"Bedeutet Sühne nicht dasselbe wie Buße? Das hört sich nicht gut an", sagte E-Z. "Wir haben nichts getan, wofür wir büßen müssten."

"Es kann auch Erlösung bedeuten. Rückzahlung. Wiedergutmachung. Wiedergutmachung."

"Die vier Rs, das ist einprägsam, aber ich frage noch einmal: Wofür werden wir sie zurückzahlen?

"Denken Sie über den Tellerrand hinaus", sagte Sam. "Was wäre, wenn du etwas tun könntest, um sie zu ermutigen, eine Wanderung zu machen und die Kinder und Seelenfänger in Ruhe zu lassen?"

E-Z lachte. "Wenn es einen Weg gäbe, wäre er perfekt. Außerdem ist es zu einfach."

Sam kratzte sich am Kopf. "Hier steht, dass die Furien Männer und Frauen für Verbrechen nach dem Tod und zu Lebzeiten bestrafen. Und genau das tun sie jetzt - Kinder, nicht Erwachsene. Das habe ich nicht gewusst."

"Was ich nicht verstehe, ist, warum. Warum sind sie jetzt zurück? Was hat sich geändert..."

"Alles ausgezeichnete Fragen, die ich nicht beantworten kann", sagte Sam. "Aber, oh, hier ist etwas Interessantes. Es heißt, dass sie als Schicksalsgöttinnen die Menschen daran hinderten, etwas über die Zukunft zu erfahren."

"Wie genau?"

"Das steht da nicht", sagte Sam, gerade als Emily wieder kam, um seine Tasse Kaffee aufzufrischen. "Nur ein bisschen", sagte er. Er hatte Angst, dass er nach Hause schweben würde, wenn er noch mehr Kaffee trank.

"Dein Frühstück kommt gleich", sagte sie. "Ich hoffe, du hast Hunger!"

"Das sind wir auf jeden Fall", sagte E-Z, während er wieder versuchte, seinen dicken Shake zu trinken, und es ihm auch gelang, etwas durch den Strohhalm zu bekommen.

Emily lächelte und ging dann, um einige neue Kunden zu begrüßen.

"Vor all dem", sagte Sam, "hatte ich noch nie von den Furien gehört. Hier steht, dass sie sowohl in der griechischen als auch in der römischen Mythologie Geister der Gerechtigkeit und der Rache waren. Ihr anderer Name Erinyes bedeutet die Zornigen". Er scrollte nach unten. "Ich sehe ein paar Erwähnungen in der Spielewelt. Keines der Adjektive, mit denen sie beschrieben werden, widerspricht dem, was wir bereits wissen, nämlich dass die Furien böse, finstere Kreaturen sind, die keine Gnade kennen."

"Ich wünschte, PJ und Arden wären wieder bei uns. Mit ihrem Wissen über Zauberei wüssten sie bestimmt, was zu tun ist. Seit wir sie verloren haben, mache ich mir Vorwürfe, dass ich den Anschluss verloren habe. Alles nur, weil ich mich zu sehr mit meinem Superhelden-Dasein beschäftigt habe. Ich vermisse diese Jungs wirklich."

"Sie würden nicht wollen, dass du dir einen Tritt verpasst. Und ich vermisse es auch, sie zu sehen."

Emily stellte das Essen auf den Tisch: "Guten Appetit!", sagte sie.

E-Z und Sam aßen gierig und sprachen eine Zeit lang nicht. Nach den vielen Geräuschen des Essens nahmen sie ihr Gespräch wieder auf.

"Ich habe gerade über den Plan nachgedacht - sie innerhalb des Spiels zu besiegen. Das hörte sich gut an - zumindest dachten wir das, bis Raphael uns eines Besseren belehrte. Es ist gut, dass sie es uns direkt gesagt hat, sonst ... nun, ich will gar nicht daran denken, was mit den Kindern hätte passieren können."

"Trotzdem denke ich immer wieder, dass die Furien eine Achillesferse haben müssen. Erinnerst du dich an diese Geschichte?"

"Ich schon. Wenn sie eine Schwachstelle haben, weiß ich nicht, was es ist. Wir wissen, dass sie sterblich sind wie wir. Wenn sie sterben können, wie wir, dann haben wir wenigstens gleiche Ausgangsbedingungen."

"Konzentrieren wir uns ein wenig mehr auf ihre Schwächen: Wut, Missgunst, Rache."

"Das sind dieselben Dinge, für die sie andere bestrafen, wie können das also ihre Schwächen sein?" fragte E-Z, während er sich eine Gabel voll Pfannkuchen in den Mund steckte. "Also, gut."

Sam nickte: "Ja, das sind sie." Er trank noch einen Schluck Kaffee. "Stimmt, was bedeutet, dass wir vielleicht die gleichen Dinge, für die sie andere bestrafen, gegen sie verwenden können."

"Aber wie?"

"Das weiß ich nicht - NOCH nicht."

"Wir brauchen vielleicht mehr als eine dieser Sitzungen, um die Dinge zu klären", sagte E-Z. Sein zweiter Teller mit Pfannkuchen wurde vor ihm auf dem Tisch abgestellt.

"Ann hat gerade angerufen und mir gesagt, ich solle eine zweite Ladung Pfannkuchen für dich mitbringen", sagte Emily.

"Danke. Und sagen Sie Ann, ich hoffe, es geht ihr bald besser."

"Wird gemacht. Noch Kaffee?"

Sam nickte, also füllte sie seine Tasse wieder auf. Als Emily ging, sagte er: "Bin gleich wieder da", und ging ins Bad.

E-Z drehte den Bildschirm zu sich und tippte ein: **WIE KANN ICH DIE FURIEN TÖTEN?**

Einige Antworten tauchten auf, aber sie hatten alle damit zu tun, wie man die drei Göttinnen als Figuren in der Spielwelt besiegen kann.

Sam kam zurück. "Haben Sie etwas gefunden?"

"Nichts Brauchbares. Obwohl es heißt, dass die Wurzeln der Furien bis in prähistorische Zeiten zurückreichen könnten."

"Nun, auch Baby's Abstammung reicht ziemlich weit zurück."

"Du hättest sehen sollen, wie schnell er den Feuerball verschlungen hat! Ohne eine Sekunde zu zögern."

Als sie mit dem Essen fertig waren, bedankten sie sich bei Emily und gingen nach Hause. Sie waren so satt, dass sie dachten, sie würden nie wieder etwas essen.

"Es war wirklich schön, den Vormittag mit dir zu verbringen", sagte E-Z. "Es war wie in alten Zeiten."

"Das stimmt. Lasst es uns bald wieder tun. In der Zwischenzeit sollten wir mehr darüber nachdenken, was wir heute gelernt haben, denn wie ein altes Sprichwort sagt: Wo ein Wille ist, ist auch ein Weg.
"Wahr, wahr, Onkel Sam. Wahr, wahr, wahr."

KAPITEL 12
ZURÜCK IM HAUS

Als sie wieder im Haus ankamen, war das erste, was Sam tat, seine Frau in die Arme zu schließen. Sie war froh, ihn zu sehen, aber sie hatte alle Hände voll zu tun, das Frühstück vorzubereiten.

"Schön, dass es dir gefallen hat", krächzte Samantha.

"Kann ich Ihnen irgendwie helfen?" fragte Sam, als er die Situation mit den Zwillingen beurteilte.

"Es ist alles geschafft", sagte Samantha, als hinter ihr die Zwillinge einen Schrei ausstießen.

Vor allem, weil Haruto eine Pause gemacht hatte, um seine Version von hon no piku zu spielen, was übersetzt "Kuckuck" bedeutet. In Harutos Version machte er eine Grimasse, drehte sich dann ganz schnell, bis er verschwand, dann tauchte er wieder auf, und die Zwillinge kicherten.

"Das ist sehr kreativ!" sagte Sam, als Lachie die Rolle des Unterhalters übernahm.

Lachie begann sofort mit ein paar Tierimitationen und erhielt von den Zwillingen begeisterte Kritiken, als er wie ein Kookaburra lachte:

koo-koo-koo-kaa-kaa-KAA!-KAA!-KAA!

Dann war Charles an der Reihe, um mit seiner Geschichte "Die drei Felsen" zu unterhalten.

"Iwa?" sagte Haruto, was übersetzt Felsbrocken bedeutet.

"Ja", sagte Charles, während E-Z und Sam sich zur Tür zurückzogen, um ebenfalls der Geschichte zu lauschen, während Alfred, Sobo, Brandy, Lia und Samantha mit den Essensvorbereitungen fortfuhren.

"Es war einmal", begann Charles, "ein Hügel, hoch über dem Ärmelkanal. Auf ihm lagen viele, viele Felsbrocken. Tatsächlich waren es zu viele, um sie zu zählen.

"An diesem Tag rollte ein großer und schwerer Lastwagen den Hügel hinauf, wobei die Zahnräder knarrten und knirschten. Oben angekommen, setzte er einen Geröllheber ein, der mit dem Gewicht jedes einzelnen Steins kämpfte. Über Stunden hinweg gelang es ihm, so viele Steine wie möglich aufzusammeln. Bis die Ladefläche des Lastwagens voll war. Aber nicht übervoll. Eine Überfüllung würde bedeuten, dass die Felsbrocken bei der Fahrt vom Lkw rollen würden, was um jeden Preis vermieden werden sollte.

"Der Lkw fuhr den Hügel hinunter. Er entlud die Felsbrocken auf einen anderen, größeren Lkw. Ein Lkw, der zu groß war, um überhaupt den Berg hinaufzufahren, und der keinen Hebemechanismus besaß. Als der kleinere Lkw wieder leer war, fuhr er wieder den Berg hinauf. Bald war er wieder voll mit Felsbrocken.

"Dieser Vorgang wurde mehrmals wiederholt, bis der größere Lkw bis oben hin voll war. Alle restlichen Felsbrocken mussten mit dem kleineren Lkw transportiert werden. Nun, da beide Lastwagen voll waren, war die schwere Arbeit beendet. Es war also Zeit für das Mittagessen. Die Männer aßen ihre Sandwiches und tranken ihre Thermoskannen mit heißem, süßem Tee aus.

"Oben auf der Klippe blieben nur drei einsame Felsbrocken zurück. Sie waren traurig, weil sie ihre Freunde verloren hatten, und fühlten sich gleichzeitig abgelehnt, unerwünscht, nicht gebraucht und ziemlich wütend. Zu viele Gefühle gleichzeitig zu empfinden, kann verwirrend sein, aber Gefühle mit Freunden zu teilen, kann helfen, und so diskutierten die drei Felsbrocken ihre missliche Lage."

"Was machen sie mit all unseren Freunden?", fragte der erste Felsbrocken, dessen Name Rocky war.

"Ich weiß es nicht", sagte der zweite Felsbrocken, dessen Name Pebbles war. "Vielleicht brauchen sie auch Freunde, wo sie hingehen. Ich werde sie sicher vermissen."

"Nein", sagte der dritte Felsbrocken, der älter und weiser war und Craggy hieß. "Sie nehmen sie nicht mit, um die Welt zu sehen. Auch nicht, um ihre Freunde zu sein. Wisst ihr nicht, dass sie uns zerquetschen, um ihre Straßen zu bauen?

"Nein!" riefen Rocky und Pebbles. "Sie können unsere Freunde nicht zu Brei schlagen!"

"Ich wünschte, sie hätten mich auch mitgenommen", sagte Craggy. "Ich bin zu alt, um hier oben bei all dem schlechten Wetter zu sitzen. Die rauen Winde brechen durch meine äußere Schicht, und ich hätte nichts dagegen, meine Zukunft als Straße zu verbringen. Dann hätte ich wenigstens eine Aufgabe."

"Ein Ziel?" rief Rocky aus. "Du nennst es einen Zweck, zerquetscht zu werden und jeden Tag und jede Nacht von Fahrzeugen überfahren zu werden?"

"Es ist besser als hier zu sitzen, nur wir drei für immer. Ich bin den Wind und den Regen und alles andere leid", sagte Craggy.

"Nun, wenn du so scharf darauf bist", sagte Pebbles, "dann musst du dich nur von der Kante rollen. Du fällst direkt in den Laster darunter und bist mit dem Rest unserer Freunde unterwegs."

"Oh, das ist zu weit", sagte Rocky, während er sich ein Stück näher an den Rand rollte. "Willst du uns wirklich so sehr verlassen? Kannst du nicht eine Aufgabe finden, indem du hier bei uns bleibst? Wir brauchen dich. Du bist älter und weiser."

Craggy bewegte sich auf die Kante zu und spähte über die Seite. Es stimmte, der Lastwagen war genau dort. Ein paar Schweißperlen tropften herunter. Entweder waren es Schweißperlen oder Tränen.

"Es ist ein sehr langer Weg nach unten", sagte Craggy. "Und es wäre nicht richtig von mir, euch zwei junge Leute allein zu lassen."

Pebbles sagte: "Und was wäre, wenn du den Lastwagen verpasst hättest und da unten in Stücke zerschellt wärst! Dann wären wir hier oben, mit dieser wunderbaren Aussicht, und du wärst ganz allein da unten."

"Außerdem", sagte Rocky, "könnten sie eines Tages zurückkommen und uns holen. In der Zwischenzeit können wir uns unterhalten und die Aussicht und die frische Luft genießen."

Unter ihnen fuhr der Lkw wieder an.

CHUGGA CHUGGA VROOM, VROOM.

"Jetzt oder nie", sagte Craggy, als der Lastwagen wegfuhr.

"Wenigstens sind wir zusammen", sagte Rocky.

"Die drei Felsbrocken drängten sich Schulter an Schulter zusammen. Sie drehten dem Wind den Rücken zu, atmeten die frische Luft und blickten auf den herrlichen Anblick der am Horizont untergehenden Sonne.

"Die Moral von der Geschichte ist", sagte Charles...

Das waren die letzten Worte, die E-Z hörte, bevor er wieder in das verfluchte Silo zurückkehrte.

KAPITEL 13

SILO

"Willkommen zurück", sagte die Stimme in der Wand mit einem Überschwang, der E-Zs Schultern verkrampfen ließ, als würde jemand auf ihnen stehen. Er zögerte, darauf zu reagieren, und rollte seine Schultern erst nach vorne, dann nach hinten, in der Hoffnung, die Spannung zu lösen.

"DOT. DOT", sagte eine zweite Stimme in der Wand, aber dieses Mal war die Stimme leiser, fast ein Flüstern.

Er öffnete den Mund, um zu antworten, aber ihm fiel nichts ein, und so blieb er still, außer dem Knacken seiner Finger, von dem er hoffte, dass es seinen angespannten Körper entspannen würde.

Die erste Stimme fragte in einem beruhigenden Ton: "Ich sehe, Sie sind angespannt und besorgt. Kann ich Ihnen irgendetwas bringen, um Ihnen die Zeit des Wartens zu vertreiben? Ein Getränk? Ein Buch? Eine Reise in Ihren Gedanken?"

Für eine Stimme in der Wand war sie sehr scharfsinnig, und das half ihm, sich ein wenig zu entspannen, aber er war nicht scharf darauf, ihr

Angebot anzunehmen, da er keine Ahnung hatte, was eine Reise in den Geist beinhalten würde.

"Ich sehe, Sie zögern..."

Er saß aufrecht in seinem Stuhl und trommelte mit den Fingern auf die Armlehnen, als würde er zu "Smoke on the Water" von Deep Purple abrocken. Er und sein Vater hatten es auf einer veralteten Version von Guitar Hero nachgespielt, und sie hatten einen Riesenspaß dabei gehabt. Wenn er sich jetzt an diesen Moment erinnerte, hatte er das Gefühl, dass sein Vater mit ihm im Silo war.

"Bist du sicher, dass du keine Reise in deinem Kopf willst?", fragte die Frau in der Wand erneut. "Du wirst einen Riesenspaß haben!"

Eine Explosion. Dieses Wort hatte er gerade in Gedanken benutzt, um das Guitar Hero-ing mit seinem Vater zu beschreiben. Zweifellos konnte die Frau in der Wand seine Gedanken lesen.

"Äh, was genau ist es?", erkundigte er sich. "Ich sage nicht, dass ich es ausprobieren will, nicht bevor ich mehr darüber weiß, was es beinhaltet."

"Das ist ein Ort, an den ich dich schicken kann. Einen besonderen Ort, an dem du einen Traum leben kannst."

Es klang unglaublich... und bevor er antworten konnte...

DUH DUH DUH,
DUH DUH DUH DUH
DUH DUH DUH
DUH DUH.

Er stand auf der Bühne und spielte Leadgitarre mit einer Band, die er sofort als die ursprünglichen Deep Purple erkannte.

Der Leadsänger, der die Band verlassen hatte, aber die ursprüngliche Leadgitarre bei Smoke in the Water spielte, schien sich nicht daran zu stören, dass E-Z nun seinen Part spielte und das auch nicht schlecht machte. Der Sänger zeigte ihm die Daumen nach oben, dann ging er über die Bühne zu E-Z, der in seinem Rollstuhl saß. Gemeinsam spielten sie ein paar Riffs, während das Publikum schrie, jubelte und applaudierte. Das nächste, was er wusste, war, dass er sich wieder im Silo befand, aber das angespannte Gefühl, das er zuvor erlebt hatte, war nun völlig verschwunden.

"Danke! Äh, das war verdammt fantastisch! Ich kann Ihnen gar nicht sagen, wie viel mir das bedeutet hat. Ich werde es nie vergessen. Niemals!" Er zögerte und dachte, das Einzige, was es noch besser gemacht hätte, wäre gewesen, wenn sein Vater mit ihm auf der Bühne gestanden hätte.

"Tut mir leid, dass ich deinen Vater nicht mit einbeziehen konnte ... aber das war nur eine Vorschau. Und du bist herzlich willkommen. Bleiben Sie jetzt ruhig sitzen. Die Wartezeit beträgt eine Minute."

"Ich glaube, das echte Ding würde mich dann umhauen!" sagte E-Z, während er seinen Kopf zurücklehnte und die Erfahrung noch einmal durchlebte, wobei er sich bereits so entspannt fühlte, dass er ein Nickerchen hätte machen können.

PFFT.

Der Duft war diesmal anders, Pfefferminz und etwas anderes, das er nicht genau zuordnen konnte.

"Es ist Rosmarin", sagte die Stimme in der Wand.

"Ziemlich erfrischend." Er hatte die Augen geschlossen und war in Gedanken versunken, als sich das Dach über seinem Kopf öffnete und gähnte. Er schüttelte den Kopf und öffnete die Augen, um sich auf das vorzubereiten, was kommen würde.

Lichtstrahlen drangen in den Metallbehälter ein, prallten ab und prallten von Wand zu Wand zurück. Er bedeckte seine Augen, um sie vor dem beunruhigenden Lichtspiel zu schützen. Als die prallenden Lichtstrahlen aufhörten, kam eine Gestalt durch das offene Dach herein. Was für ein Auftritt. Es war Raphael.

"Äh, hallo", sagte er. "Das war ein ganz schöner Eintrag."

"Ich bin befördert worden", gab der Erzengel zu, "und dazu gehört ein gewisses Maß an Ausschmückung. In diesem Fall vielleicht ein wenig übertrieben, aber es ist eine relativ neue Beförderung. Alle Beförderungen haben eine Lernkurve."

"Herzlichen Glückwunsch zur Beförderung."

"Danke, kommen wir zur Sache, warum Sie hier sind."

"Klar doch."

E-Z wartete geduldig darauf, dass Raphael wieder sprach, aber eine Zeit lang tat sie es nicht. Stattdessen flatterte sie herum wie ein Vogel, der zum ersten Mal seine Flügel testet. Wollte sie sich aufspielen? Wenn ja, warum? Dann sah er es: Sie trug eine brandneue Brille. Sie war größer, sah markanter aus, mit größeren Rahmen und dickeren Gläsern und ließ sie wie eine weibliche Version von Mr. McGoo aussehen.

"Schöne Brille", log er.

"Sie waren nicht meine erste Wahl", gab Raphael zu, "aber sie müssen genügen." Sie rückte näher an seinen Platz heran und schwebte über ihm.

"Es scheint." Sie blieb stehen und bewegte sich unbehaglich.

SKIDOO

Es kam ein Stuhl, auf den sie sich kurz setzte.

SKIDOO

Und sie war weg. Sie schwebte wieder. Sie legte ihre offene Handfläche an die Seite ihres Gesichts. "Man hat uns auf einige Dinge aufmerksam gemacht. Ich meine das nicht im königlichen Sinne, sondern im Sinne aller Erzengel."

"Wie zum Beispiel?"

Wieder zappelte sie herum.

"Soll ich die Wand bitten, etwas Lavendel zu versprühen, um dich zu entspannen? Du wirkst ziemlich angespannt."

Dann stand sie vor ihm und kreischte: "LAVENDER FUNKTIONIERT NICHT BEI ARCHANGELN! Es ist ein abscheuliches, menschliches..." Sie nahm einen tiefen Atemzug. "Es tut mir sehr leid."

"Ist schon gut. Ich verstehe, du hast mir schlechte Nachrichten zu überbringen. Es ist besser, das Pflaster abzureißen. Was ich meine, ist, sag es mir einfach direkt."

"Nun gut. Es geht los."

E-Z lehnte sich näher heran: "Okay, schieß los."

Aus den Lautsprechern in der Wand ertönte ein Lied, in dem es um die Erschießung eines Sheriffs ging.

Zuerst summte er vor sich hin, "Stopp!" befahl E-Z. "Und sag mir, warum ich hier bin."

"Er will gleich zur Sache kommen", sagte Raphael zu sich selbst. "Na dann, hier ist es. Ich komme gleich zur Sache."

"Okay, mach du das." sagte E-Z und wünschte, sie würde es tun.

"Kurz gesagt", sagte sie, "Eriel ist auf frischer Tat ertappt worden - er hat für beide Seiten gespielt."

"Was spielen?" Dann zwickte etwas in seinem Kopf. "Nein, du kannst nicht meinen, dass er uns verraten hat?"

Sie tippte mit ihrem knochigen Finger auf ihr Kinn, während E-Z seinen Mund öffnete und schloss wie eine Elritze außerhalb des Wassers.

"Ja. Eriel war persönlich für das Ableben deiner Freundin Rosalie verantwortlich. Er war auch für die Zerstörung des Weißen Zimmers verantwortlich. Alles er. Ganz Eriel."

E-Z hat alles mitbekommen. Die arme Rosalie. "Warte! Hat er nicht für dich gearbeitet? Ich meine, warst du nicht für ihn verantwortlich? Wie konnte das unter deiner Aufsicht passieren? Ich habe einiges über Erzengel gelesen, aber Kinder zu verraten, die einem freiwillig helfen wollen, ist das Mindeste, was man tun kann. Ich schätze, Leoparden wechseln ihr Revier nicht."

"Ich war nicht für Eriel verantwortlich. Er und ich waren Kollegen, Kameraden. Wir arbeiteten zusammen und ich dachte, wir respektierten einander. Ich habe mich geirrt."

"Und trotzdem wurden Sie befördert."

"Das war ich, aber die beiden Dinge hingen nicht direkt zusammen. Ich kann dir nur sagen, dass Eriel einst einer von uns war, jetzt ist er es nicht mehr. Nachdem er uns verraten hat, und dich. Nachdem er sich von seinen Prinzipien abgewandt hat - von allem, wofür wir stehen - ist er raus. Ich meine für immer."

E-Z schnappte nach Luft. "Willst du damit sagen, dass Eriel uns enttarnt hat? Mit uns, meine ich mich und mein Team?"

"Michael, der unser Anführer ist, hat Eriel befragt. Es hat einige Mühe gekostet, ihn zum Reden zu bringen. Aber er hat gestanden, die Furien auf die Erde zurückgebracht zu haben. Dass er sie benutzt hat, um seine Position zu verbessern. Es gibt keine Wiedergutmachung. Keine Vergebung für Eriel."

"Ich bin sprachlos. Wie konnte das passieren?"

"Wenn wir wüssten, wie, dann wüssten wir auch, warum - was wir aber nicht wissen. Was wir wissen, ist, dass er Eriel ist und dass Eriel immer das tut, was das Beste für Eriel ist. Wir wussten, dass er Probleme hatte, und dennoch gaben wir ihm immer wieder die Gelegenheit, sich zu beweisen - und als er uns im Stich ließ, vergaben wir ihm und gaben ihm eine weitere Chance und eine weitere Chance. Wir haben weiter an ihn geglaubt, bis jetzt. Er ist erledigt. Erledigt."

"Erledigt? Sie meinen tot? Können Erzengel sterben? Und warum hast du ihm so viele Chancen gegeben? Kennst du nicht das Sprichwort: Drei Schläge und du bist raus?"

"Ja, ich habe diese Baseball-Terminologie gehört, aber wir sind Erzengel und es wird von uns allen erwartet, dass wir versagen oder auf irgendeiner Ebene rückfällig werden. Und du hast Recht mit dem Vorfall im Garten Eden. Unsere Geschichte reicht weit zurück ... aber wir dachten, es ginge uns besser, wir würden uns verbessern. Ich selbst bin der Schutzpatron der jungen Leute, wie Sie und Ihre Freunde.

"Deshalb habe ich vorgeschlagen, dass wir mit euch zusammenarbeiten, um diese schrecklichen Furien zu besiegen. Es war Eriel, der mich dazu ermutigt hat. Er ist derjenige, der dich entdeckt hat. Der Hadz und Reiki zu euch geschickt hat. Bis diese schrecklichen

Schwestern kamen, haben wir eurem Leben etwas Positives hinzugefügt ... Wir haben euch einen Sinn gegeben. Erinnert ihr euch an die Zeiten, in denen ihr aufgeben wolltet? Ihr habt es nicht getan, weil wir euch geholfen haben, weiterzumachen."

"Okay, ich verstehe, dass Eriel ein Bösewicht ist. Was bedeutet das für mich und mein Team? So wie ich das sehe, ist unsere Mission gefährdet. Also, wir sind raus und ich denke, Sie sollten zu Plan B übergehen."

"Das Problem ist", sagte Raphael und hielt inne, als sich die Decke über ihnen wieder öffnete und Ophaniel ohne jede Schnörkel zu ihnen hinunterschwebte.

"Lange nicht gesehen", sagte Ophaniel in Richtung E-Z. Dann zu Raphael: "Ist er auf dem Laufenden?"

"Ja, das ist er. Und ich bin froh, dass du hier bist, denn er will wissen, was unser Plan B ist."

Ophaniel nickte. "Nun gut. Um es klar und deutlich zu sagen, wir haben keinen Plan B oder C oder D - denn Sie und Ihr Team waren alle unsere Pläne in einem."

E-Z schüttelte ungläubig den Kopf. "Habt ihr Erzengel noch nie den Spruch gehört, dass man nicht alles auf eine Karte setzen soll?"

Ophaniel lachte. "Ja, der Name stammt von Cervantes' Figur Don Quijote, aber ich habe ihn nie richtig verstanden. Wahrscheinlich, weil wir Erzengel keine Eier essen. Allein der Gedanke an ihre gallertartige Konsistenz - igitt - bringt mich zum Kotzen."

"Ich auch", sagte Raphael und hielt sich den Mund mit dem Handrücken zu. "Abgesehen von ihrem ekelhaften Aussehen, warum sollte man Eier überhaupt in einen Korb legen? Warum nicht in eine Schale? Wenn man Eier zubereitet ..."

"Stimmt", sagte Ophaniel. "Ich habe gesehen, wie Jamie Oliver ein Omelett zubereitet. Er benutzt erst eine Schüssel, dann kocht er sie."

"Oh, Bruder, und ich kann nicht glauben, dass ihr Erzengel überhaupt fernseht, geschweige denn Jamie Oliver." Er schüttelte den Kopf. "Das heißt, wenn man alle Eier zusammen an einen Ort legt - in einen Korb oder eine Schüssel oder eine Pfanne oder was auch immer - und den Korb oder die Schüssel oder die Pfanne fallen lässt, dann werden alle Eier zerbrochen und durch die Schalen verdorben - und man hat keine Eier zum Frühstück."

"Aber legen Hühner nicht jeden Tag Eier? Wenn du also heute keine Eier bekommst, kommst du einfach morgen wieder", sagte Ophaniel.

"Was ist schon ein Tag ohne ein Ei?" erkundigte sich Raphael.

E-Z öffnete seine Hand und schlug sie gegen seinen Kopf. "Argghh!" Die Erzengel sahen ihn an und warteten, während er sehr tief ein- und dann sehr laut ausatmete. "Was sollen wir mit dieser Eriel-Situation machen?"

"Erstens", sagte Ophaniel, "kehren heute auf Ihren besonderen Wunsch hin - Trommelwirbel - Ihre beiden Freunde zu Ihnen zurück..."

POP

POP

Hadz und Reiki, oder was den beiden Möchtegern-Engeln ähnelte, kamen an. Sie waren rußgeschwärzt, von Kopf bis Fuß. Ihre Blütenblätter waren schief, zerrissen, einige waren offen und aufgerichtet, andere waren tot und verdorrt. Ihre

Flügel hingen herab, als hätten sie vergessen, wie man fliegt, oder als hätten sie keinen Willen mehr dazu, und ihre Gesichter, der Ausdruck auf ihren Gesichtern war der einer extremen Verzweiflung.

"Was ist mit ihnen passiert?", fragte er.

Ophaniel trat näher an die beiden vertriebenen Möchtegern-Engel heran, und sie schreckten zurück.

"Ihr seid jetzt in Sicherheit", sagte Raphael mit sanfter, mütterlicher Stimme, woraufhin sie in Schluchzen ausbrachen, das in Weinen überging.

Ophaniel hielt sich die Ohren zu, rückte dann näher an E-Z heran und flüsterte. "Eriel hatte sie gefangen gehalten. Diesmal haben wir einige Zeit gebraucht, um sie zu finden. Die armen Dinger konnten nicht anders, weil er sie ihrer Kräfte beraubt hat."

"Die armen Dinger", sagte E-Z.

E-Z, Ophaniel und Raphael wandten sich den Kreaturen zu. Hadz und Reiki versuchten zu lächeln. Sie kamen nicht einmal in die Nähe.

Die beiden schlugen um sich, als würden sie sich gegen ein Rudel Geier wehren.

"Sei still", sagte Ophaniel.

Hadz und Reiki hörten auf, sich zu bewegen. Jetzt saßen sie da wie zwei schmutzige Puppen, deren Augen auf nichts und niemanden fixiert waren. Sie waren nur noch ein Schatten ihres früheren Ichs.

"Ich will nicht unhöflich sein", flüsterte E-Z, "aber in ihrem jetzigen Zustand werden sie uns keine große Hilfe sein. Vorausgesetzt, Sie können uns davon überzeugen, diesen Plan unter den gegebenen Umständen weiterzuverfolgen".

Die Worte von E-Z trafen die beiden Möchtegern-Engel wie eine Ohrfeige.

POP

POP

"Was für eine unhöfliche und unnötige Grausamkeit!" schimpfte Ophaniel, bevor sie verschwand.

ZAP

"Du hast uns eine sehr grausame Seite deines Charakters gezeigt, E-Z Dickens, und wenn deine Mutter und dein Vater hier wären, würden sie sich für dich schämen."

"Tut mir leid", sagte E-Z, "aber sprich nie wieder mit mir über meine Eltern. Für euch Erzengel sind sie tabu. Habt ihr verstanden?"

Raphael nickte.

"Außerdem wollte ich ihre Gefühle nicht verletzen. Natürlich können wir sie gebrauchen. Wenn wir gegen die Furien kämpfen müssen, dann brauchen wir jede Hilfe, die wir bekommen können. Komm bitte zurück, Hadz und Reiki. Gebt mir noch eine Chance."

Nichts.

E-Z versuchte es erneut. "Kommen Sie zurück, und Sie werden in unserem Team sehr willkommen sein."

POP

POP

Die beiden waren jetzt sauber und aufgeräumt wie früher.

"Willkommen zurück", sagte E-Z.

Hadz und Reiki flogen zu ihm hinüber. Jeder nahm auf einer seiner Schultern Platz. Sie zitterten unwillkürlich, weil sie sich vor ihren eigenen Schatten fürchteten.

"Es wird schon gut gehen", sagte er. "Wir halten dir den Rücken frei, jetzt, wo du zu unserem Team gehörst."

Sie versuchten zu lächeln, und er schätzte ihre Bemühungen.

"Also", sagte E-Z, "was genau hat Eriel den Furien über uns erzählt?"

"Er sagte ihnen, wir würden Kinder schicken, um sie zu besiegen - das ist alles.

"Das hat er Ihnen gesagt? Woher wissen wir, dass er nicht lügt? Und wie finden wir heraus, was das Endspiel der Furien ist?"

"Wir glauben zu wissen, dass das Ziel der Furien und Eriels darin bestand, die Erde zu kontrollieren. Sie wollten EARTH PAUSE treffen und sie in einen neuen Hades verwandeln, d.h. in die Hölle auf Erden. Dort könnten sie herrschen, indem sie ein Team von Seelen bilden, die ihnen ausgeliefert wären. Ja, sie würden die Seelen frei herumlaufen lassen, aber sobald sie ihre Freiheit hätten - müssten sie sie wieder aufgeben."

"Warum sollten sie zustimmen, es aufzugeben?", fragte er.

"Weil Menschen, sogar menschliche Seelen, das Konzept der Freiheit nicht verarbeiten können. Stattdessen ziehen sie es vor, eingeengt zu sein. Unfreiheit ist die menschliche Sicherheitsdecke."

"Das ist eine Lüge", sagte E-Z. "Das macht mich so wütend! Wir Menschen wissen unsere Freiheit zu schätzen. Wir lieben die Natur, die Möglichkeit, die Luft zu atmen, unsere Gedanken und Gefühle mit anderen zu teilen, die Welt und alles, was wir in ihr haben, zu schätzen."

"Bist du wütend genug, um für deine Freiheit und die Freiheit der anderen zu kämpfen?" sagte Ophaniel.

E-Z hatte nicht einmal bemerkt, dass sie zurückgekommen war.

"Ja", sagte er. "Aber sag mir, in dieser neuen Welt würden sie nur die Seelen auswählen, die sie kontrollieren können. Was würde mit den anderen geschehen?"

"Sie würden für immer umherschweben, ohne Heimat", sagte Raphael. "In ihrer neuen Welt würde das Leben nach dem Tod abgeschafft werden. Die Erde würde sich für immer im Zustand des Stillstands befinden. Die Seelen würden in Körpern verbleiben, die nicht mehr lebendig und auch nicht mehr tot wären. Kein Herz würde mehr schlagen. Keine Liebe oder Kinder würden mehr geboren werden. Keine Seelen mehr, die aufsteigen - nie mehr."

E-Z blieb ruhig, dachte nach und nahm alles in sich auf.

Die Stimme in der Wand fragte: "Möchte jemand eine Erfrischung?"

"Nein, danke", sagte er, aber er war froh über die Unterbrechung, denn sie brachte ihn auf den Boden der Tatsachen zurück. "Ich verstehe, was Eriel mit den Furien bezweckt hat. Tatsache ist, dass er ein Erzengel ist wie du, und du wusstest, dass er Probleme hat, und trotzdem hast du ihm eine Chance nach der anderen gegeben, auch wenn er sie nicht verdient hat. Und jetzt frage ich mich, warum wir, ich und mein Team, etwas in Ordnung bringen sollen, was einer deiner eigenen Erzengel verbockt hat?"

"Weil ..." begann Raphael.

"Ich war noch nicht fertig", sagte E-Z, "als du und Eriel mein Haus besucht habt, als er meine Familie und die anderen Teammitglieder kennengelernt hat, dachten wir, er sei auf unserer Seite. Er hat gesehen, wo wir leben. Er weiß alles über uns. Seinetwegen sind wir in großer Gefahr."

"Das ist wahr", sagte Ophaniel.

"Unbestreitbar und es tut uns sehr leid", sagte Raphael.

"Eriel soll sie zurückpfeifen. Er hat diesen Schlamassel verursacht und sollte ihn in Ordnung bringen." Er schlug seine geschlossenen Fäuste auf die Armlehnen seines Stuhls und ließ Hadz und Reiki zusammenzucken und zittern. Er klopfte den Möchtegern-Engeln auf den Kopf. "Schon gut, es tut mir leid, dass ich euch verärgert habe."

"Bravo!" jubelte Hadz.

"Hurra!" rief Reiki aus.

Raphael und Ophaniel sagten unisono: "Eriel ist tief in den Eingeweiden der Erde gefangen. Er befindet sich an einem Ort, an den sich kein Mensch wagen sollte. Kurz gesagt, er kann nicht erreicht werden."

"Aber wir sind einmal aus den Minen entkommen", sagte Reiki.

"Zweimal", sagte Hadz.

"Er ist nicht in den Minen, er ist an einem anderen Ort, weiter unten, nicht so weit unten wie in den Feuern, aber an einem anderen Ort, wo es so kalt ist, dass alles zu Eis wird, sogar das Blut, das durch die Adern fließt. Ein Ort, an dem kein Mensch überleben kann!

"Eriel ist auch dort machtlos, da man ihm die Macht genommen hat. Er ist hinter Schloss und Riegel, er sieht niemanden. Hört nichts. Er wird diesen Ort nie wieder verlassen dürfen - NIEMALS."

"Ich will mit ihm sprechen", sagte E-Z. "Ich muss ihm Fragen stellen - Fragen, die nur er beantworten kann."

Raphael und Ophaniel schrien: "Das könnt ihr nicht! Das dürft ihr nicht!"

"Dann ziehe ich die Unterstützung meines Teams zurück. Bitte bringt mich nach Hause. Haruto und die anderen können zu ihren Familien zurückkehren." Er hörte auf zu sprechen, als ihm PJ und Arden in den Sinn kamen. Wenn er nichts unternahm, würden sie im Koma festsitzen, vielleicht für immer.

Er erinnerte sich an all die Zeiten, in denen sie ihm geholfen hatten. Sein erster Tag in der Schule im Rollstuhl. Die Zeit, als sie ihn wieder zum Baseballspielen brachten - alle Jungs der Mannschaft waren auf dem Feld, um ihn zu begrüßen. Als sie ihm nach dem Tod seiner Eltern halfen, alles durchzustehen. Eine Träne lief ihm über die Wange. Er wischte sie weg.

"NIMM IHN!", donnerte eine Stimme in der Wand.

Dann wurde es plötzlich sehr, sehr kalt. So kalt, dass er sich vorstellte, das Blut in seinen Adern zu spüren, das zu Eis wurde.

KAPITEL 14

ERIEL AUF EIS

Ganz allein. So ganz allein. Und so kalt, so sehr, sehr kalt. Es war, als befände er sich in einem ausgehöhlten Eiswürfel. Wenn er einatmete, füllte das Eis seine Lunge.

Er ging an den Rand. Er atmete hinein. Er beschlug. Es war kein Eiswürfel; es war ein Glaswürfel. Und da war ein Griff. Er sah aus, als wäre er aus einer Medaille gemacht. Aus Angst, dass seine Haut daran kleben würde, benutzte er sein Hemd und öffnete ihn.

Darin befand sich eine Sammlung von warmen Decken, Federbetten, Strickjacken, Mützen, Handschuhen - einfach alles. Er griff hinein und legte sich eine Schicht über.

Als er seine Arme in die Strickjacke steckte, erinnerte er sich an die Zeit, als sein Vater auf einem Skiausflug einen ähnlichen Pullover getragen hatte. Er war grün, wie dieser hier, und fühlte sich außen kratzig an, aber innen war er warm wie ein Toast. Als er ihn sich überzog und vorne zuknöpfte, stieg ihm der eichige Geruch des Lieblingsrasierwassers seines Vaters in die Nase. er roch das Rasierwasser seines Vaters darin. Ein starkes Gefühl von Déjà-vu überkam ihn, als er seine Finger in ein Paar schwarze Samthandschuhe steckte - Handschuhe, von denen er schwor, dass sie seinem Vater gehört hatten. Das konnten sie aber nicht sein, denn alles war bei dem Brand zerstört worden. Er schlang seine Arme um sich und versuchte, sich zu wärmen. Er dachte, es sei die Kälte, die seinen Körper und seinen Geist übernahm.

Er schob einige andere Gegenstände beiseite und entdeckte am Boden des Kartons eine Decke, die er sofort erkannte. Handgestrickt, von seiner Mutter Nacht für Nacht auf dem Sofa, und als sie fertig war, nahm sie ihren Platz ein - auf der Rückseite des Ledersofas. Für die Filmabende und um seine Augen zu bedecken, wenn etwas Unheimliches passierte.

Er zog den Handschuh aus und berührte ihn, um zu sehen, ob er echt war, und strich ihn dann an seine Wange. Der blumige Duft des Parfüms seiner Mutter erreichte ihn, tröstete ihn. Eine Träne lief ihm über die Wange, als er die Handschuhe wieder anzog und dann die Decke seiner Mutter um die Strickjacke seines Vaters wickelte. Er trug die Decke wie eine Kapuze und nahm seine Umgebung in sich auf.

Über seinem Kopf, aber mit ihren scharfen Stacheln nach unten zeigend, befanden sich Stalaktiten aus Eis in allen Größen und Formen. Wenn einer von ihnen herunterfiel, würden sie die Schädeldecke durchbohren und sich bis zu den Zehen fortsetzen. Er wünschte, er hätte einen Bauarbeiterhut -

BINGO

Und ein gelber Schutzhelm erschien auf seinem Kopf, dann noch einer und noch einer und noch einer. Er fühlte sich wie Curious George und lächelte. Jetzt war er für alles bereit.

Er suchte nach einer Tür und tastete sich an den Wänden des Würfels entlang. Es war kein Griff zu sehen. In was für eine Art von Gefängnis hatten sie ihn gesteckt?

Schließlich fand er eine Kante in der Mitte der rechten Wand. Er zog einen Handschuh aus und kratzte mit dem Fingernagel an der Oberfläche dessen, was er bald als Fenster entdeckte. Was er sah, machte ihn nicht weniger nervös. Sein Würfel war einer von vielen, die sich entlang des Tunnels erstreckten, so weit das Auge reichte. Keiner der Insassen war hinter den verglasten Fenstern seiner Kabine zu sehen.

Er hauchte auf das Glas und schrieb das Wort "HILFE!" rückwärts, falls es jemand sehen sollte. Dann löschte er es schnell und erinnerte sich daran, wen er besuchen wollte: Eriel.

E-Z bewegte sich an der Vorderseite des Würfels entlang zur anderen Seite und fand erneut einen Rahmen, von dem er sicher war, dass er ein Fenster war. Er kratzte die Oberfläche weg und fand bald, wen er suchte: den Verräter.

Der einst mächtige Erzengel sah erbärmlich aus, als hätte ihn jemand mit einer Nadel gestochen und die ganze Luft herausgelassen. Sein Körper war an der Wand festgeschnallt. Zuerst dachte E-Z, dass er durch die Schwerkraft oder eine unsichtbare Kraft festgehalten wurde, aber dann erkannte er bei näherer Betrachtung, dass Eriels gesamter Körper in einem dicken Eisblock eingeschlossen war. Eriels Würfel war an seinen Körper angepasst worden, so dass jeder Winkel seines Körpers mit Eiswasser gefüllt war und er, im Gegensatz zu E-Z, keinen Zugang zu Decken hatte.

KLANK. KLANK. KLANK.

E-Z reckte den Hals nach links, als er das Geräusch von Schritten vernahm. Er konnte spüren, dass das Ding näher kam, aber er konnte es nicht sehen.

KLANK. KLANK. KLANK.

E-Z schüttelte den Kopf. Er musste sich konzentrieren, im Hier und Jetzt bleiben, und doch hatte er wieder ein seltsames Déjà-vu-Gefühl.

Er erinnerte sich an den Traum, den er vor einiger Zeit von einer Geburtstagsfeier mit PJ und Arden hatte. In diesem Traum war eine Kapuzengestalt erschienen, die ein ähnliches Geräusch machte. In dem Traum war es darum gegangen, eine vermisste Baseballkappe zu finden.

Als das Geräusch ohrenbetäubend wurde, erhaschte er einen Blick auf die Gestalt, die ein Krieger war, überlebensgroß mit Flügeln so groß wie zwei ausgewachsene Ahornbäume. In der einen Hand trug der Erzengel einen goldenen Schild, in der anderen ein Schwert. E-Z schirmte seine Augen ab, als das Licht auf den Rumpf des Schwertes traf.

KLANK. KLANK. KLANK.

Der Erzengel-Krieger blieb vor Eriel stehen, der seinen Blick nicht von dem Neuankömmling abwandte.

Bis er anhielt, hatte E-Z die riesigen Flügel des Erzengels nicht bemerkt, die sich während des Gehens im Ruhezustand befunden hatten. Jetzt richtete sich der Krieger auf, so dass seine und Eriels Gesichter auf gleicher Höhe waren.

"Sie haben Besuch", sagte er.

Eriels Augen blieben gesenkt.

"Deine Augen täuschen mich nicht", sagte der Krieger. "Du hast Schande über dich gebracht. Du hast uns alle beschämt - und doch tut es dir nicht leid, und du bereust es nicht. Sprich zu mir. Sag mir, warum ich dir überhaupt einen Besucher gestatten sollte."

Eriel schaute weiter auf den Boden, während er etwas Unverständliches murmelte.

"Sprich!", forderte der Krieger.

"Ich bereue es!" spuckte Eriel aus. "Ich bereue, dass ich es versäumt habe..."

"Schweig!", forderte der Krieger.

KLANK. KLANK. KLANK.

Jetzt stand der Krieger auf der anderen Seite des Glases, Auge in Auge mit E-Z.

"Ich bin Michael", sagte er.

"Äh, hi, ich bin E-Z." Er kannte die Stimme des Mannes. Er war derjenige, der Raphael und Ophaniel befohlen hatte, ihn mit Eriel sprechen zu lassen.

"Steh auf", sagte Michael.

"Ich kann nicht laufen", sagte er.

"Du kannst, wenn ich es sage", verriet Michael, "und ich sage es. Steh auf, E-Z Dickens!"

E-Z fühlte sich wie einer derjenigen, die sich bei einem Gottesdienst im Fernsehen auf die Heilung vorbereiten. Zögernd erhob er sich aus seinem Stuhl. Seine Beine wackelten ein wenig, mehr aus Angst als aus Unglauben. Immerhin war Michael der mächtigste Erzengel. Sekunden später stand E-Z aufrecht im Inneren der Eiswand.

"Du wolltest mit diesem Ding sprechen, dem gefallenen Ding dort an der Wand. Er wird dir nicht helfen, denn er ist durch und durch verdorben. Und doch SOLLTE er dir helfen. Er SOLLTE uns allen helfen, um sich selbst davor zu bewahren, zu einer Eisskulptur zu werden - ein fester Bestandteil dieses Ortes."

Mit jedem Wort, das er sprach, gab Michaels Stimme E-Z ein stärkeres Gefühl und mehr Selbstvertrauen.

Eriel hob den Blick.

Für eine Sekunde erahnte E-Z dort etwas. War es eine Niederlage? War es Reue?

Eriel schloss die Augen, als sein Körper in dem Eisgefängnis, das ihn festhielt, schlaff wurde.

"Ich glaube, er wurde ohnmächtig", sagte E-Z.

KLANK. KLANK. KLANK.

Michael kehrte zurück, um sich sein Gefängnis aus Eis genauer anzusehen. Eine Schlange glitt aus der Spitze seines Stiefels und begann, auf Eriels Gesicht zuzukrabbeln. Das Ding schlängelte sich nach oben, nach oben, und seine gegabelte Zunge bewegte sich hin und her, als wäre es hungrig nach Blut.

Michael sagte: "Der Körper meines Freundes schmilzt auf dein Gesicht zu, Eriel. Willst du nicht die Augen öffnen und hallo sagen?"

Eriel öffnete die Augen, und als er die Schlange sah, die sich an seinem Körper hocharbeitete, stieß er einen Schrei aus.

"GARUUUUUUUUUUUUMMMMMMMM!"

Michael schnippte mit den Fingern und die Schlange hörte auf, sich zu bewegen. Mit seinem Fingernagel kratzte Michael das Eis. In ihm vibrierte Eriels Körper. Als ob er einen Stromschlag bekommen würde.

"MMMMM,hhhhh,MMMMMMM!"

"Stopp!" schrie E-Z und hielt sich die Ohren zu. "Bitte!"

Michael hörte auf zu krächzen. Er hob seinen Arm, und die Schlange wickelte sich um ihn und schlängelte sich zurück in seinen Stiefel.

"Dieser Junge zeigt dir Gnade, Eriel. Das ist mehr, als du verdienst."

Eriel stöhnte verzweifelt weiter.

Michael fuhr fort und wandte sich an E-Z. "Ich gebe Ihnen fünf Minuten Zeit, um Eriel alle Fragen zu stellen, die Sie haben."

Dann zu Eriel: "Wir können dich zwingen, mit ihm zu sprechen, aber ich würde es vorziehen, wenn du ihm aus eigenem Antrieb helfen würdest. Vor langer Zeit hast du dich entschieden, das Leben dieses Jungen zu retten. Er hat im Gegenzug seine Schuld beglichen. Jetzt hast du uns verraten und musst dir unser Vertrauen wieder verdienen."

Michael hob seinen Fuß und trat gegen die Eisstruktur, in der Eriel eingeschlossen war. Es wackelte, aber es zerbrach nicht.

"Du widerst mich an! Du erwartest von diesem Menschenjungen, dass er deine Fehler korrigiert. Er soll sogar deine Fehler korrigieren. Trotzdem will er dir eine Chance geben, seine Fragen zu beantworten. Also, hilf ihm. Dies ist deine einzige Chance, deine einzige Gelegenheit, uns zu beweisen, dass du noch etwas in dir hast, das es wert ist, gerettet zu werden. Einen Teil von dir, der noch nicht bis ins Mark verrottet ist."

Eriel hob den Blick: "Majestät." Er senkte sie wieder.

"Man mag Ihnen verzeihen, aber wenn Sie ihm nicht helfen wollen, wird Ihre mangelnde Kooperation gebührend zur Kenntnis genommen."

Eriels Augen blieben auf den Boden gerichtet.

"Verstehst du?" fragte Michael. Als Eriel nicht antwortete, donnerte Michaels Stimme weiter: "VERSTEHST DU?"

E-Z hatte den Eindruck, dass das Eis um ihn herum schon beim Klang von Michaels Stimme bebte und zitterte, und er war wieder einmal dankbar für die

Helme, die seinen Schädel schützten. Er hoffte, dass sie ausreichen würden, denn sonst würde er für immer mit Eriel und Michael an diesem Ort begraben sein und weder Onkel Sam noch seine Freunde jemals wiedersehen.

Eriel nickte.

"Fünf Minuten", sagte Michael.

KLANK. KLANK. KLANK.

Und er war weg.

Er und Eriel waren allein.

E-Z rückte näher an Eriel heran und fragte: "Wie können wir die Furien besiegen?"

Eriel öffnete den Mund, um zu sprechen, sagte aber nichts. Er schloss die Augen.

"Bitte", flehte E-Z. "Bitte helfen Sie uns."

KLANK. KLANK. KLANK.

Michael war schon zurück. Es konnte keine fünf Minuten her sein - noch nicht. Er hatte nichts, rein gar nichts von Eriel gelernt.

Mit zusammengebissenen Zähnen und klappernd flüsterte Eriel drei Worte: "Nimm die Brille von Raphael."

"Was?" schrie E-Z und schlug mit den Fäusten gegen die Eiswand. "Wie?"

Das nächste, was er wusste, war, dass er wieder in der Küchentür stand. Er trug nicht mehr die Kleidung seiner Eltern, aber der Duft des Rasierwassers seines Vaters und des Parfüms seiner Mutter war noch zu riechen. Er umarmte sich und hörte zu, als Charles ihm die Moral seiner Geschichte erklärte.

"Die Moral meiner Geschichte", so Charles, "ist, dass alles besser ist, wenn man Freunde hat, mit denen man es teilen kann."

"Oh", sagte E-Z, als Samantha verkündete, dass das Frühstück serviert wurde.

"Stellt euch hier auf. Nimm dir einen Teller, eine Serviette und Besteck. Bedienen Sie sich", sagte sie. "Es ist ein Sammelsurium."

Sobo sagte: "Sumogasubodo!" zu Haruto, der vor Freude quietschte.

"Ich habe Sushi gemacht", sagte Samantha. "Es war mein erstes Mal."

Sobo nickte: "Danke, aber das nächste Mal lass mich dir helfen."

Samantha nickte, "Das wäre wunderbar".

E-Z rückte seinen Stuhl vor.

Onkel Sam flüsterte im Vorbeigehen: "Wo bist du hin? Ich meine, du warst da, und dein Stuhl war da, aber du warst auch woanders, nicht wahr?"

"Ja, ich erkläre es dir später. Ich brauche Zeit, um alles zu verarbeiten, was passiert ist. Gib mir ein paar Minuten. Ach, und übrigens, danke."

"Wofür?" fragte Sam.

"Beim Frühstück war es wie in alten Zeiten. Spaß."

"Das sollten wir bald wieder tun."

"Auf jeden Fall", sagte er, als er sich auf den Weg in sein Zimmer machte.

KAPITEL 15
TRAUTES HEIM

Jetzt, da sie allein waren, war es gut zu wissen, dass Eriel keine physische Bedrohung mehr für sie darstellte. Er war dank Michael handlungsunfähig geworden, aber erst nachdem er alle verraten hatte.

Eriel war viel zu weit gegangen, aber warum? Warum sollte er seine eigene Art verraten? Weil er genau wusste, dass Michael mächtiger war als er. Das ergab keinen Sinn.

POP.

POP.

"Willkommen zu Hause!", sagte er.

Hadz und Reiki landeten vor ihm auf dem Bett: "Danke, E-Z. Du bist immer nett zu uns."

"Es tut mir leid, dass Eriel so schrecklich zu dir war. Es ist gut, dass er jetzt eingesperrt ist. Das ist es, was er verdient hat."

"Was halten Sie von ihnen?" fragte Hadz.

"Ich weiß nicht, was Sie meinen."

"Wir haben die Kiste geschickt."

"Oh, vielleicht hat es nicht funktioniert", sagte Reiki.

"Das warst du?" E-Zs Augen traten in Tränen aus.

"Ich bin froh, dass es gut angekommen ist", sagte Hadz, als das Lächeln der beiden Möchtegern-Engel sich so über ihre Gesichter ausbreitete, dass der Rest ihrer Gesichtszüge verblasst zu sein schien.

"Ich danke Ihnen vielmals. Ich dachte, alles, was meinen Eltern gehörte, wäre bei dem Feuer zerstört worden." Er holte tief Luft und kämpfte gegen die Tränen an. "Ich wünschte nur, ich hätte es mit hierher bringen können. Obwohl es mir sehr viel bedeutet hat, es einfach nur zu haben, um ..."

ZAP.

"Du musstest nur ein Wort sagen. Sie gehören schließlich dir", sagten sie.

Sie stand dort, am Ende seines Bettes. Die Kiste seiner Eltern, oder wie sie es nannten, ihre Kuschelkiste. Darin befanden sich Schätze, die er als Kind durchwühlt hatte. Und jetzt gehörte sie ihm. Eine greifbare Schatzkiste, gefüllt mit Erinnerungen an seine Eltern.

"Aber wie?", fragte er.

"Wir konnten ein paar Dinge retten, indem wir ein- und ausgingen, als das Haus brannte", sagte Hadz.

"Wir haben beschlossen, sie sicher für Sie aufzubewahren, bis Sie bereit sind, sie zurückzuholen. Wir hoffen, der Zeitpunkt war richtig."

Wie in einem Traum bewegte er sich auf die Truhe zu und öffnete den Deckel. Ein Hauch des moschusartigen Rasierwassers seines Vaters, gemischt mit dem süßlich-zitronigen Parfüm seiner Mutter, begrüßte ihn wie eine Umarmung. Vorsichtig, um nicht alles auf einmal herauszulassen, schloss er vorsichtig den Deckel.

"Ich kann euch beiden nicht genug danken. Ich werde euch nie genug danken können. Ich werde alles durchgehen, ein anderes Mal. Ich danke euch beiden noch einmal ganz herzlich." Er streckte seine Arme aus und die beiden Möchtegern-Engel flogen in sie hinein.

"Er wird zu weich", sagte Hadz.

"Hat dir jemand gesagt, dass du einen Haarschnitt brauchst?" fragte Reiki.

E-Z kämmte mit den Fingern sein Haar und strich über die mittlere Partie, die sich aufgrund der Kälte in den Eingeweiden der Erde wie die Borsten einer Bürste aufrichtete. "Besser?"

"Ein wenig", sagte Hadz.

"Okay, ich muss mich konzentrieren. Die anderen werden bald hier sein, um sich über die Situation mit Eriel zu informieren. Ich muss ihnen von Michael erzählen. Glaubst du, sie werden beeindruckt sein, dass ich ihn getroffen habe?"

"Es ist nicht wichtig, ob sie beeindruckt sind", sagte Hadz. "Was zählt, ist, ob Eriel dir etwas Sinnvolles erzählt hat."

"Ja, aber ich versuche immer noch herauszufinden, was er meinte."

"Sag es uns, vielleicht können wir das Rätsel lösen!"

"Was meinte wer?" fragte Alfred, als er seinen Schnabel in den Raum steckte.

"Kommt rein", sagte E-Z.

Alfred watschelte herein. Es war Mauserzeit und ein paar Federn flatterten hinter ihm. "Hallo Hadz, hallo Reiki."

"Hallo", antworteten sie.

"Lange Geschichte, aber um gleich zur Sache zu kommen, ich wurde in das Silo zurückgerufen, wo Raphael und Ophaniel mich über die Situation von Eriel informierten. Er hat auf allen Seiten gearbeitet. Er gibt vor, mit uns, den Erzengeln und den Furien verbündet zu sein. Keine Sorge, sein Verrat wurde aufgedeckt und er wurde gefangen genommen und eingesperrt. Er steht unter der Bewachung des obersten Erzengels Michael, der mich kurz mit Eriel sprechen ließ."

"Und was hat Eriel gesagt?" erkundigte sich Alfred.

"Ich hatte nur Zeit, ihm eine Frage zu stellen. Also habe ich ihn gefragt, wie wir die Furies schlagen können. Deshalb bin ich hierher gekommen, um darüber nachzudenken, was er gesagt hat."

"Ah, du wolltest also allein sein?" fragte Alfred. "Kommt, Hadz und Reiki, lasst uns E- etwas Ruhe gönnen." Er bewegte sich auf die Tür zu, aber sie blieben, wo sie waren.

"Ein gelöstes Problem ist ein geteiltes Problem", sangen sie.

"Stimmt. Und das war die Moral von Charles' Geschichte."

"Also gut, versammelt euch." Er hielt inne und sagte dann: "Eriel sagte, wir sollten Raphaels Brille benutzen."

"So, das war's?" sagte Alfred. "Ich kann verstehen, dass du dir nicht sicher bist, was er gemeint hat. Es ist sehr vage."

"Ich weiß. Und er hat nicht gesagt, wie man sie benutzt."

Hadz beugte sich vor und flüsterte Reiki etwas zu.

POP.

POP

Und sie waren weg.

"Vielleicht solltest du ganz von vorne anfangen. Erzähl mir genau, was Eriel dir erzählt hat."

"Das habe ich schon. Er sagte, du sollst Raphaels Brille nehmen. Das war's. Michael hatte uns auf eine

Zeituhr gesetzt. Zuerst dachte ich, Eriel würde kein Wort sagen. Er sagte diese drei Worte und die Zeit lief ab. Das Nächste, was ich wusste, war, dass ich wieder hier war."

Alfred schritt auf und ab und bemerkte die Deckenschachtel am Ende des Bettes. "Was ist das denn?"

"Es gehörte meinen Eltern", sagte E-Z und kämpfte gegen das Schluchzen an. "Hadz und Reiki haben es aus dem Feuer gerettet. Sie haben mir nur gesagt, dass sie es für mich gerettet haben - und dabei sogar ihr Leben riskiert haben."

"Das war so", sagte er mit Tränen in den Augen, "rücksichtsvoll von ihnen. Hast du es schon hinter dir?"

"Nein, aber ich werde es tun."

"Wie war Michael so?"

"Er hat beim Gehen viel geklirrt. Es erinnerte mich an den Traum, den ich über PJ, Arden und die Guillotine hatte."

"Oh, ich erinnere mich, dass du uns von diesem Traum erzählt hast. War er so unheimlich wie der Henker?"

"Michael war sehr verärgert, und das zu Recht. Eriel hat ihn verraten, alle Erzengel und uns. Was ich nicht verstehe, ist, was ein solches Risiko wert sein könnte."

"Macht - manche Menschen würden alles tun, um sie zu bekommen. Aber wir müssen herausfinden, wie wir Raphaels Brille benutzen können, um den Plan zu stoppen, den Eriel und die Furien in Gang gesetzt haben."

E-Z nahm sie von seinem Gesicht ab. Wenn er sie trug, pulsierte und bewegte sich das Blut nicht im

Gestell, wie es bei Raphael der Fall war. Bei ihm sah sie aus wie jede andere Brille.

"Befiehl der Brille, etwas zu tun", schlug Alfred vor.

"Die Brille verschwindet", befahl E-Z.

Er ließ sie fallen und sie landeten auf dem Boden.

E-Z seufzte. Zwei Köpfe waren in diesem Fall definitiv nicht besser als einer. Er lachte.

"Es war schön, Hadz und Reiki wiederzusehen. Sind sie hier, um zu bleiben? Ich meine, um uns zu helfen?"

"Sie sind es, aber sie haben in letzter Zeit viel durchgemacht und leiden vielleicht unter PTSD - das ist eine posttraumatische Belastungsstörung."

"Ja, ich weiß. Was ist passiert?"

"Eriel ist passiert, das ist es. Er hat auf der Erde und überall sonst Chaos und Verwüstung angerichtet, so wie es sich anhört." E-Z hielt inne. "Und wenn ich die Brille benutze, um meine Gestalt zu ändern?"

"Und was tun?"

"Wenn ich meine Gestalt ändern könnte, könnte ich die Furien als Eriel besuchen."

"Das würde nur funktionieren, wenn sie nicht wüssten, dass er erwischt wurde", sagte Alfred.

"Ja, aber wenn sie es nicht wüssten. Denken Sie an den Schaden, den ich anrichten könnte. Ich könnte da rein gehen. Sie würden denken, ich sei auf ihrer Seite. Und ich könnte mich gegen sie wenden. BAM, ich könnte sie aus dem Park werfen!"

POP.

POP.

"Das wäre viel zu gefährlich!" kreischte Hadz.

"Viel zu gaaaanz gefährlich!" echote Reiki.

"Außerdem haben wir eine andere Idee."

"Sag es uns", sagte E-Z.

"Sie haben das Weiße Zimmer nachgebaut, also gingen wir dorthin zurück, um zu sehen, ob es Bücher über Raffaels Brille gibt."

"Und? Gab es ein Buch?"

"Nein", sagte Hadz.

"Aber wir haben das hier gefunden", sagte Reiki.

Es war ein winziges Büchlein, etwa so groß wie die Spitze von E-Zs Zeigefinger. Der Titel auf dem Buchrücken lautete: *Raphaels Erstes Buch Henoch*.

Hadz und Reiki blätterten durch die Seiten, da das Buch die perfekte Größe hatte, damit sie es zusammen halten konnten.

"Hier steht", las Hadz laut vor, "Raphaels Aufgabe war es, die Erde zu heilen, die von den gefallenen Engeln verunreinigt worden war."

"Erinnerst du dich, dass Raphael sagte, ich könne sie nur anrufen, wenn das Ende naht? Vielleicht offenbaren mir die Gläser ihre Kräfte auch erst, wenn sie gebraucht werden."

"Genau", stimmten Hadz und Reiki zu.

"Ich glaube, wir brauchen eine Brainstorming-Sitzung mit den anderen, aber deine Idee, dein Aussehen in das von Eriel zu ändern, ist gut", sagte Alfred. "Wir müssten uns nur überlegen, wie wir dich dabei unterstützen können - damit du sicher bist."

"Das ist eine schlechte Idee", sagte Hadz.

"Eine sehr schlechte Idee!" sagte Reiki.

"Wie das?" erkundigte sich Alfred.

"Erstens: Du weißt nicht, was die Furien wissen."

"Oder ich weiß es nicht."

"Zweitens, es könnte eine Falle sein."

"Eine Falle, die von Eriel und den Furien inszeniert wurde."

"Drittens, und das ist das Wichtigste von allem,"
"Eriel hat große Angst vor Michael."
Unisono sagten sie: "Raphaels Brille muss der Schlüssel zu allem sein. Eriel sucht Vergebung und Erlösung durch Michael und die anderen Erzengel. Das ist seine einzige Hoffnung. Du bist seine einzige Hoffnung. Deshalb glauben wir, dass er dir die Wahrheit gesagt hat."

"Aber was ist, wenn die Furien nichts von Eriels - Situation wissen? Während sie im Dunkeln tappen, haben wir hier einen Vorteil", sagte Alfred.

"Ich stimme zu", sagte E-Z.

Lia steckte ihren Kopf in den Raum, gefolgt vom Rest der Bande. "Was ist los?", fragte sie.

"Kommen Sie rein und ich erkläre es Ihnen. Oh, und mach die Tür hinter dir zu."

"Klingt dubios", sagte Lia. Sie bemerkte Hadz und Reiki und winkte ihnen zu. Dann zog sie die Tür hinter ihnen zu und verriegelte sie.

KAPITEL 16

WAS ZU TUN

"**N**ehmt Platz, macht es euch bequem", sagte er, während sich alle auf seinem Bett versammelten. "Zuerst für diejenigen, die sie noch nicht kennen - das ist Hadz, und das ist Reiki. Sie sind Freunde und Möchtegern-Engel. Sie wurden dazu auserkoren, uns zu helfen."

Haruto verbeugte sich, Lachie sagte: "Guten Tag!" Charles und Brandy reichten ihnen die Hand.

Nachdem alle förmlich vorgestellt worden waren, setzte sich das Team an die Seite des Bettes. E-Z fand, dass sie wie Passagiere aussahen, die auf einen Bus warteten.

"Wir sind alle hier, um die Furien zu besiegen. Aber es gibt einige aktuelle Informationen, die wir berücksichtigen müssen. Bevor wir weitermachen."

"Was meinst du?" fragte Lia. "Willst du andeuten, dass wir aussteigen könnten?"

E-Z räusperte sich.

"Es ist am besten, wenn du mich dir alles erzählen lässt, dann kannst du Fragen stellen. Wahrscheinlich hätte ich damit anfangen sollen. Aber ich bin selbst noch dabei, alles zu verarbeiten." Er zögerte. "Was ich meine, ist, dass du mir etwas Spielraum geben solltest, denn es ist eine schwierige Situation und noch schwieriger, sie zu erklären."

Alle nickten, also fuhr er fort.

"Eriel ist von den Erzengeln in Gewahrsam genommen worden. Er hat sie verraten, und er hat uns verraten. Er ist keine Bedrohung mehr für uns, aber er hat unsere Mission gefährdet. Das Problem ist, dass wir nicht wissen, wie sehr. Aber wir wissen mehr über seine Absichten - die Kontrolle über die Erde mit allen Mitteln zu erlangen. Sich gegen die Erzengel zu stellen, um das zu erreichen, war ein gewisses Risiko - selbst wenn er die Furien auf seiner Seite hatte.

Ein hörbares Aufatmen aller Anwesenden ließ ihn für einen Moment innehalten, bevor er fortfuhr.

"Die Erzengel haben sich von ihm abgewandt. Ich habe Michael getroffen, den Anführer der Erzengel, und er war von Eriel angewidert. Und Eriel hatte schreckliche Angst vor ihm."

Weitere hörbare Atemzüge.

"Unser Plan A war es, die Furien in der Spielumgebung zu fangen. Eriel wusste von diesem Plan. Er hat uns sogar dazu ermutigt, ihn auszuführen. Wir müssen also zu Plan B übergehen. Allein die Tatsache, dass er von Plan A wusste, reicht aus, um ihn zu verwerfen."

Weitere Atemzüge und ein "Oh nein!"

"Also, Plan B. Ich weiß, Sie denken das Offensichtliche: Wir haben keinen Plan B. Nun, wir hatten keinen. Aber jetzt haben wir einen. Wird es Sie schockieren zu erfahren, dass unser Plan B aus dem Mund unseres Verräters stammt?"

Alle nickten.

"Wie ich bereits sagte, habe ich mich mit Michael getroffen. Er war es, der Eriel vorschlug, Nachsicht mit ihm zu üben, wenn und nur wenn er uns hilft.

"Michael gab uns nur fünf Minuten zusammen. Und die meiste Zeit davon hat Eriel nichts gesagt. Dann, als die Zeit fast abgelaufen war, sagte er drei Worte: "Nimm Raphaels Brille" - das war alles. Irgendwann später erinnerte ich mich daran, dass Raphael gesagt hatte, dass Charles unsere Geheimwaffe sein könnte, so dass wir mit der Brille zwei Waffen haben könnten, von denen sie nichts wissen."

Charles keuchte.

E-Z bestätigte Charles mit einem Nicken.

"Aber bevor wir es eingrenzen und ein Brainstorming machen, müssen wir das große Ganze betrachten und entscheiden, ob dies unser Kampf ist. Ob es etwas ist, an dem wir uns als Team noch beteiligen wollen.

"Dank Eriel bin ich heute am Leben. Er hat mich gerettet und dann gesagt, dass ich ihm und den anderen Erzengeln etwas schulde. Um diese Schuld zu begleichen, habe ich mehrere Prüfungen bestanden. Alfred und Lia kamen hinzu, und gemeinsam bildeten wir die Drei. Und dann trennten wir uns auf ihren Wunsch hin.

"Wir haben unsere eigene Superhelden-Website eingerichtet und den Leuten geholfen. Bis die Erzengel uns um Hilfe baten, um die Soul Catcher-Piraten zu besiegen. Mit der Zeit erfuhren wir, wer sie waren: Die Furien, mächtige und böse griechische Göttinnen, die zurückgekehrt waren.

"Hadz und Reiki nahmen mich mit auf eine Erkundungstour, um mir ihr Hauptquartier im Death Valley zu zeigen. Dort habe ich mit eigenen Augen gesehen, wie die Container mit den Seelen der Kinder gelagert werden. Später wurden uns PJ und Arden weggenommen. Ihr Zustand hat sich nicht geändert. Und dank Raphael sahen wir aus erster Hand, wie diese bösen Göttinnen am Werk waren.

"Die Furien sind würdige Gegner. Wenn wir gegen sie kämpfen, könnten wir sterben. Das ist natürlich keine neue Information, aber ist es das wert, unser Leben zu riskieren, nachdem Eriel uns verraten hat?

"Wenn man alles in Betracht zieht, und vor allem, dass wir zwei Geheimwaffen auf unserer Seite haben. Wenn auch Waffen, von denen wir nicht wissen, wie wir sie einsetzen können. Vielleicht sind wir in einer guten Lage, diesen Kampf zu gewinnen. Wenn wir zusammenhalten und uns gegenseitig den Rücken freihalten. Wenn wir bereit sind, unser Leben für das Allgemeinwohl aufs Spiel zu setzen. Für das Wohl der Erde, die Rettung der Erde. Was sagt ihr dazu?"

Das nächste, was er wusste, war, dass alle - außer Alfred - auf dem Bett herumhüpften und sagten: "Einer für alle und alle für einen!"

E-Z hob die Hand. "

"Alle, die dafür sind, die Furien zu bekämpfen, sagen: Ja."

Die Entscheidung war einstimmig.

Sobo klopfte an die Tür und fragte: "Vielleicht kann ich auch helfen."

KAPITEL 17
FRAGEN SIE CHARLES DICKENS

Brandy spottete hörbar, woraufhin alle im Raum in ihre Richtung blickten. Jetzt, wo sie die Aufmerksamkeit aller hatte, fragte sie: "Und wie willst du, ein älterer Bürger, unserem Team von Superheldenkindern helfen, die drei mächtigen bösen Göttinnen zu besiegen?"

Ein Schrei hallte durch den Raum, woraufhin Haruto sich schnell an die Seite seiner Sobo begab. Er ergriff ihre Hand und hielt sie an sein Herz.

Sobo, der sich von Brandys Unwissenheit nicht beirren ließ, flüsterte ihrem Enkel beruhigende Worte auf Japanisch zu.

"Entschuldigen Sie sich", forderte E-Z.

"Ist schon gut", sagte Sobo. "Sie hat recht, ich bin vielleicht kein Superheld wie ihr alle, aber jeder in diesem Leben hat etwas zu geben."

"Tut mir leid, Sobo", sagte Brandy. Sie hörte damit nicht auf. "Was ich meinte, war..."

"Klappe zu!" rief Lia aus. "Komm rein, Sobo."

"Wir können jede Hilfe gebrauchen, die wir bekommen können", sagte E-Z.

Charles stand auf und bot Sobo und Haruto seinen Platz an.

"Danke", sagte Sobo, und sie und ihr Enkel saßen einige Augenblicke lang wortlos nebeneinander.

"Geht es dir gut genug?" fragte Haruto.

"Ja, Kleines", sagte Sobo. "Auch ich habe eine Superkraft. Diese Superkraft heißt Verwandlung. Ich habe viele Leben gelebt und viele Rollen gespielt ... in jedem Leben lerne ich etwas Neues. Ich bin offen für das Lernen, darum geht es im Leben. Ich biete mein Leben an; ich würde alles tun, um euch zu retten. Jeden von euch."

"Sogar ich?" fragte Brandy.

Sobo lachte. "Besonders du, Kind."

Brandy durchquerte den Raum und warf ihre Arme um Sobos Hals. "Ich danke dir. Aber warum gerade ich?"

Haruto stand auf und stemmte die Hände in die Hüften und sagte: "Weil du ein Spinner bist!"

Alle haben gelacht, auch Brandy.

Sobo sagte: "Weil du furchtlos bist. Ja, furchtlos zu sein ist ein starkes Gefühl, aber du musst Geduld lernen. Du brauchst beides, um in dieser Welt zu überleben. Mit beidem wirst du zu einer noch größeren Kraft, mit der man rechnen muss. Im Leben geht es darum, sich selbst zu verändern, von innen nach außen, von außen nach innen. Lernen. Wachse. Wir müssen wie die Bäume sein, die sich mit den Jahreszeiten verändern und sich mit dem Wind biegen."

"So schön", sagte Charles.

"Aber in der Welt gibt es sowohl das Gute als auch das Böse", sagte Sobo. "Das muss so sein. Das eine muss existieren, damit das andere existieren kann. Und wir, du und ich und jeder hier, wir dürfen nur für die Seite des Guten kämpfen. In dieser Welt kann es nur einen Gewinner geben. Und dieser Gewinner muss das Wohl der gesamten Menschheit sein."

Sobo hörte auf zu sprechen. Während sie zu Atem kam, blieben die anderen still und warteten darauf, dass sie fortfuhr.

"Ich bin hier", fuhr Sobo fort, "weil ich Grüße von Rosalie überbringen soll."

"Du und Rosalie, Sobo, aber wie?" erkundigte sich Lia.

"Rosalie kam im Traum zu mir. Woher wusste ich, dass sie es war? Weil sie es mir gesagt hat. Träume sind mächtige Vermittler. Geister durchqueren die Welten und mischen sich unter uns, um bei uns zu sein oder um uns Dinge mitzuteilen, die wir nicht wissen, wie zum Beispiel Warnungen oder Vorahnungen. Rosalie wollte uns helfen, die Schlacht zu schlagen, zu kämpfen und zu gewinnen."

"Ja", sagte E-Z. "Ich träume oft von meinen Eltern. Manchmal offenbaren sie mir Dinge oder erzählen mir Dinge, von denen sie nichts wissen konnten. Es sei denn, sie würden mein Leben mit mir teilen."

"Ja, Liebe ist ein mächtiges Gefühl, das keine Grenzen kennt. Diejenigen, die du liebst, werden dich suchen, finden und dir helfen, selbst in den dunkelsten Zeiten."

"Ist sie", fragte Lia, "glücklich?"

Sobo lächelte. "Glück ist nicht alles. Ich will Ihnen nur sagen, dass sie sie selbst ist. Das ist alles, was Sie wirklich wissen müssen. Und als sie selbst, als ein

Gefäß, das auch nur auf der Seite des Guten kämpft, glaubt sie an Sie, Mr. Charles Dickens. Sie sind unsere Macht."

"Ich?" fragte Charles.

"Ja, Charles. Bring uns in die Bibliothek. Die Bibliothek in den Wolken."

"Ich habe noch nie davon gehört. Ich kann dich nicht hinbringen. Sie muss mich mit einem der anderen verwechselt haben."

"Welche Bibliothek?" fragte Brandy.

"Und warum ist es in den Wolken?" erkundigte sich Lia.

"Ich war dort", sagte Sobo. "Es ist sehr alt und es ist geschützt... nur die, die es wissen, wissen es."

"Ich gehöre nicht zu ihnen", sagte Charles.

"Du brauchst nur ein wenig Hilfe", sagte Sobo. "Gib ihm die Brille von Raphael, dann weiß er Bescheid."

"Moment mal", sagte E-Z. "Wie bist du dahin gekommen?"

"Glaubst du mir nicht?" Sobo lächelte. "Rosalie hat mich im Traum dorthin gebracht...sie ist ein Geist...und sie hat mich als Traumwandler geführt."

"Sind Sie sicher, dass es nicht eine Erinnerung war, die sie über das Weiße Zimmer geteilt hat?"

"Ganz bestimmt nicht. Woher soll ich das wissen?" fragte Sobo. "Weil Rosalie mir gesagt hat, dass sie niemals an den Ort zurückkehren will, an dem sie von diesen bösartigen Schwestern ermordet wurde."

"Das macht Sinn, und dennoch, etwas, das Raphael gesagt hat, dass er die Brille niemals aushändigen würde - an niemanden - macht mir Sorgen, gegen ihre Wünsche zu handeln."

"Was ist, wenn Rosalie nicht zu den Eingeweihten gehört?" erkundigte sich Sobo. "Sollen wir uns die

Chance entgehen lassen, unsere Chancen zu erhöhen, die Furien zu besiegen, indem wir die neuesten Informationen von Rosalie, einer vertrauten Freundin und Vertrauten, ablehnen?"

"Erzählen Sie mir zuerst", sagte E-Z, "wie war es?"

Sobo schloss die Augen. "Stell dir eine Zeit vor, in der du das heiße Wasser nur in einer Dusche oder Badewanne aufgedreht hast, ohne Ventilator und ohne ein Fenster zu öffnen. Du hast den Raum verlassen, um etwas zu holen und die Tür geschlossen. Als Sie sie später öffneten, war der Raum mit Dampf gefüllt, und als Sie eintraten, konnten Sie nichts sehen - zunächst. Aber die Augen gewöhnten sich daran und dann konnte man alles sehen. So erging es mir auch, als ich zum ersten Mal die Wolkenbibliothek betrat."

Sie öffnete ihre Augen. "Stellen Sie sich das Innere der Wolke vor, in der Bücher existieren. Jedes einzelne Buch, das geschrieben und veröffentlicht wurde, liegt dort vor dir. Verfügbar zum Lesen, zum Mitnehmen, zum Lernen. So war es in der Wolkenbibliothek. Und wir alle sind dazu bestimmt, sie jetzt mit eigenen Augen zu sehen. Heute."

"Es klingt magisch", sagte Charles. "Ich möchte gehen. Ich möchte euch alle dorthin mitnehmen."

"Das klingt zu schön, um wahr zu sein", sagte Brandy.

Sobo lächelte.

E-Z zögerte, bevor er die Brille abnahm und sie Charles überreichte.

"E-Z", sagte Sobo, "Rosalie sagte mir, die Ausnahme von Raphaels Regel sei Charles. Wisst ihr noch? Und sie war diejenige, die verriet, dass Charles unsere Geheimwaffe ist."

E-Z nickte und gab Charles die Brille.

Ohne zu zögern, setzte Charles sie auf. Als er sie hinter die Ohren steckte, pulsierten die Farben auf dem Gestell in allen Farben, die der Menschheit bekannt sind. Alle Farben außer Rot. Als sich die Brille im Grünton des Grases festsetzte, drehte sich Charles' Nacken links rechts links rechts links. Er richtete sich auf und starrte nach vorn.

"Ich bin bereit", sagte er. "Haltet euch an den Händen, damit wir alle miteinander verbunden sind, und ich bringe euch hin."

"Wartet auf uns!" riefen Hadz und Reiki, während sie auf E'Zs Schultern sprangen und sich festhielten, um ihr Leben zu retten. Wenige Augenblicke später war niemand mehr da.

KAPITEL 18

WAS IST SCHIEF GELAUFEN?

"**Ich** verstehe das nicht", sagte Charles. "Ich konnte es in meinem Kopf sehen. Vielleicht brauche ich eine Anleitung oder ein paar magische Worte. Hat Rosalie dir irgendetwas Besonderes gesagt, was ich tun muss, außer Sobo die Brille aufzusetzen?" erkundigte sich Charles.

Sobo schüttelte den Kopf. "Versuchen Sie etwas anderes."

"Bringen Sie uns in den Wolkenraum!", forderte er.

Diesmal schwankten alle in der Gruppe, als hätte jemand ein Fenster geöffnet.

"Schließt eure Augen", sagte Charles. "Sind alle bereit?" Alle nickten. Er schloss seine Augen, als die Gruppe der Superhelden und Sobo sich auflöste.

"Irgendetwas fühlt sich anders an", sagte Lachie und öffnete seine Augen. "Ich fühle mich anders."

Auch E-Z fühlte sich seltsam, als er seine Augen öffnete. Hadz und Reiki schnarchten jetzt. Es schien ein seltsamer Zeitpunkt für ein Nickerchen zu sein. Und was war noch anders? Raphaels Brille war farblos.

Und warum? Das war noch nie vorgekommen. Und was noch? Alfred - wo, zum Teufel, war Alfred?

"Alfred? Wo bist du?"

Lia brach in Tränen aus.

"Warum weinst du?" fragte E-Z.

"Weil ich nichts sehen kann, nicht mit meinen Händen. Nicht mehr."

"Charles. Die Brille", sagte Brandy.

"Was ist mit den?", entfernte er sie.

Sie hielten sich die Ohren zu, als Sobo ihren Kopf zurückwarf und wie eine Todesfee heulte, bis die sanfte Orchestermusik ihre Schreie übertönte und alle einschliefen.

✳✳✳

Da die Zwillinge nun schliefen, fragten sich Samantha und Sam, wie das Treffen im E-Z-Raum ablief. Als sie ankamen, war die Tür verschlossen, und niemand antwortete auf ihr Klopfen.

"Das ist seltsam", sagte Sam. "E-Z schließt die Tür nie ab.

"Hol den Schlüssel", sagte Samantha.

Sam hatte ein ungutes Gefühl, als er den Schlüssel in das Schloss steckte.

Sam und Samantha schauten zu, während Sobo, Brandy, Lia, Lachie, Haruto, Charles und E-Z wie Schaufensterpuppen vor sich hin starrten.

"Sie atmen kaum noch", sagte Sam.

"Und wo ist Alfred?"

"Und warum trägt Charles die Brille von Raphael?"

"Ich habe Angst", sagte Samantha und nahm die Hand ihres Mannes in die ihre.

"Ich glaube nicht, dass wir hier irgendetwas stören sollten", sagte Sam. "Ich habe das Gefühl, dass hier etwas vor sich geht, von dem wir nichts wissen."

"Es ist unheimlich."

"Was ist das?" fragte Sam und bemerkte den Karton am Ende von E-Zs Bett. "Das gibt's doch nicht! Das kann nicht sein." Er bückte sich und hob den

Deckel der Truhe an, die er schon oft im Zimmer seines Bruders gesehen hatte. Eine Truhe, von der er geglaubt hatte, sie sei bei dem Feuer zerstört worden. Wie bei E-Z stiegen die Erinnerungen, die durch die Düfte im Inneren hervorgerufen wurden, in ihm auf und er wurde von seinen Gefühlen überwältigt.

"Lass uns von hier verschwinden", sagte Samantha. "Du kannst mir draußen mehr über die Truhe erzählen."

"Lassen wir uns ein bisschen Zeit. Sie werden bald aufwachen und..."

"Ich glaube, wir haben keine andere Wahl", sagte Samantha, als sie die Tür hinter sich schlossen.

KAPITEL 19

DER WOLKENRAUM

Charles stand einen Moment lang da und nahm seine Umgebung in Augenschein. Hatte er sie an den falschen Ort gebracht? Er und die anderen (die alle schliefen) befanden sich hoch oben am Himmel, ohne eine einzige Wolke in Sicht. Sie waren in der Mitte einer Plattform aus Glas gelandet. Er hatte keine Ahnung, wie sie aufrecht gehalten wurde. Er bemerkte, dass E-Zs Rollstuhl vorwärts rollte, also eilte er hinüber und weckte ihn.

"Wo sind wir?", fragte er und rüttelte Hadz und Reiki wach, die immer noch schlafend auf seinen Schultern saßen.

"Aufwachen! Wachen Sie auf!" befahl Charles.

Einer nach dem anderen öffnete die Augen, und als sie merkten, wie hoch oben sie waren, klammerten sie sich aneinander und versuchten, sich nicht zu bewegen. Sie versuchten, nicht durch die Glasscheibe, die sie vor dem Absturz bewahrte, nach unten zu schauen.

"Ich wünschte, dieses Ding hätte ein Geländer!" rief Lia aus. Sie konnte jetzt alles sehen, aber ein Teil von ihr wünschte, sie könnte es nicht.

"Ich weiß nicht, woran es liegt", sagte Charles.

"Ich war noch nie ein großer Fan von Höhen", sagte Brandy und ergriff die nächstgelegene Hand, die Charles gehörte.

"Oh", sagte er und spürte, wie kalt ihre Hand war.

"Ich fliege mal rüber und schaue mir das an", sagte E-Z und flog los. Er bewegte sich um die Plattform herum, die wie aus dem Nichts gewachsen zu sein schien, ohne dass sie von irgendetwas gehalten wurde und ohne einen Anker, der sie an ihrem Platz hielt.

Haruto hielt sich an der Hand seiner Großmutter fest. Sie wachte langsamer auf als die anderen. Als sie ganz wach schien, sagte sie nur "Oh nein". Immer und immer wieder.

"Das ist nicht der Wolkenraum, in den Rosalie dich gebracht hat, oder?" fragte Charles.

Sobo machte einen Schritt, zwei Schritte, während die Kinder sich an sie klammerten. Sie schloss ihre Augen, drückte sie fest zu und öffnete sie wieder.

"Was machst du da?" erkundigte sich Brandy.

"Ich suche die Bücher", sagte Sobo. "Wenn das der Ort ist, dann sollte es hier Bücher geben. Jede Menge Bücher. Ich kann keine sehen. Nicht ein einziges."

E-Z, der immer noch die Struktur der Plattform untersuchte, fragte: "Fühlt es sich so an, als ob wir am richtigen Ort wären? Könnten die Bücher getarnt sein? Kann sie jemand sehen?"

Alle schüttelten den Kopf, sogar Hadz und Reiki, die bis zu diesem Zeitpunkt noch kein einziges Wort miteinander gewechselt hatten.

"Ich habe ein ganz, ganz schlechtes Gefühl bei diesem Ort", sangen Hadz und Reiki unisono.

Charles zögerte, bevor er sprach. "Ich sah eine Bibliothek in meinem Kopf, als ich die Brille aufsetzte, und es war so, wie Sobo sie uns beschrieben hatte. Es gab keine gläserne Plattform. Dieser Ort ist nicht so, wie ich ihn mir vorgestellt habe. Zuerst dachte ich, die Brille hätte einen Fehler gemacht, aber jetzt, wenn Hadz und Reiki ein schlechtes Gefühl haben, und Sobo auch, denke ich." Sobo nickte, und er bemerkte, dass sie zitterte. "Ich glaube, wir müssen von hier verschwinden - und zwar schnell."

E-Z bemerkte, dass Alfred fehlte. "Weiß jemand, was mit Alfred passiert ist? Wir waren alle durch Berührung verbunden, als wir hierher kamen. Wie konnte er sich verbinden?" Jetzt bemerkte er, dass Hadz und Reiki nicht bei der Sache zu sein schienen. Fast so, als wären sie betäubt worden, denn ihre Augen hingen in ihren Köpfen und sie hatten Schwierigkeiten, wach zu bleiben.

"Schwäne haben keine Finger zum Anfassen", sangen die beiden Möchtegern-Engel unisono. Sie brachen in Gelächter aus und drehten sich im Kreis, bis ihnen zu schwindlig wurde, um sich in der Luft zu halten, und sie mit einem SPLAT auf den Glasboden fielen.

"Okay Charles, das sind genug Beweise für mich. Bring uns wieder nach Hause - sofort."

Charles, der Raphaels Brille abgenommen hatte, setzte sie nun wieder auf, um E-Zs Anweisungen zu befolgen, und rief: "Oh, da sind sie!"

"Kannst du die Bücher jetzt sehen?" fragte Sobo.

"Als wir ankamen, konnte ich das nicht, aber jetzt kann ich es. Was soll ich jetzt tun?"

"Das ergibt keinen Sinn", sagte Sobo, "warum sollten sie für dich verkleidet sein und dann auftauchen? Rosalie hat diese Dinge nicht erwähnt."

"Ich glaube, die Luft hier oben wirkt sich auf unsere Gehirne aus", sagte E-Z. "Ich fühle mich langsam nicht mehr gut, mir wird schwindelig. Wir sollten hier schnellstens verschwinden, sonst landen wir mit dem Gesicht nach unten auf dem Bahnsteig wie Hadz und Reiki."

Charles streckte seine Hand aus und ein Buch flog hinein, das er in sein Hemd stopfte. "Bring uns zurück!", rief er. Wie schon beim ersten Versuch geschah nichts.

"Vielleicht sollten wir uns an den Händen halten", sagte Sobo. "Und unsere Augen wieder schließen."

Sie taten beides, und sofort wurden sie von gewaltigen Windböen auf der Plattform umhergeweht. Sie kauerten zusammen wie eine Fußballmannschaft vor einem großen Spiel und klammerten sich aneinander. Sie drückten ihre Füße auf die Plattform, in der Hoffnung, dass sie nicht wegfliegen würden.

E-Z zerbrach sich den Kopf und versuchte, einen Ausweg zu finden. War der einzige Weg, die einzige Chance zu nutzen, Raphael zur Rettung zu rufen? Er schaute zu Charles hinüber, der immer schwächer zu werden schien. "Charles!", schrie er, und dann bemerkte er über seine Schulter, dass Baby, Klein-Dorrit und Alfred schnell auf sie zukamen.

Alfred schrie: "Wir müssen dich von hier wegbringen - sofort. Dieser Ort ist wie ein Leuchtfeuer, das dich für die ganze Welt anstrahlt, auch für die Furien!"

Sobo schluchzte: "Ich wusste nicht, dass sie Rosalie als Falle benutzt haben."

"Charles hat die Bücher gesehen, und er hat sogar eins bekommen. Bringen wir uns in Sicherheit. Keiner hat Schuld. Ihr hattet alle gute Absichten", sagte E-Z.

"Danke", sagte Sobo, als sie wie Charles zu verschwinden begann. Brandy ergriff ihre Hand und hielt sie fest, bis Sobo nicht mehr verschwamm.

Alfred sagte: "Komm schon!"

Lachie sprang auf Babys Rücken, zog den zitternden Charles mit sich an Bord und schon flogen sie los. In seinem Hemd dehnte sich das Buch, das er dort hielt, aus und zwei seiner Hemdknöpfe flogen ab. Mit einem Arm hielt er das Buch fest, mit dem anderen hielt er sich an Lachie fest, während Baby das Tempo beschleunigte.

Klein-Dorrit beugte sich hinunter, ohne die Plattform zu berühren, damit die anderen an Bord gehen konnten, während E-Z sich Hadz und Reiki schnappte. Sie flogen los, Alfred und E-Z flogen Seite an Seite, während der Himmel von blau zu schwarz, von schwarz zu blau und wieder zu schwarz wechselte und die Sterne zum Vorschein kamen, aber es waren keine Sterne. Es waren Augäpfel. Booger-feuernde Augäpfel, wie die, denen er im Tal des Todes begegnet war, als er das erste Mal auf die Furien traf.

SPLAT. SPLAT. SPLAT.

SPLAT. SPLAT. SPLAT. SPLAT.

SPLAT. SPLAT. SPLAT. SPLAT. SPL-

Charles schrie aus vollem Halse: "HEIM!" Und dieses Mal klappte es. Sie waren wieder zu Hause. In Sicherheit.

Haruto schlang seine Arme um seine Großmutter.

"Ich bin so froh, wieder zu Hause zu sein", sagte jeder zu dem anderen.

Wenige Augenblicke später trafen Sam und Samantha ein.

$$* * *$$

"Wir haben eure Leichen schlafend in eurem Zimmer gesehen. Wir wussten nicht, was wir tun sollten", sagte Sam.

"Das ist eine lange Geschichte", sagte E-Z.

Sobo fragte Charles: "Konntest du das Buch behalten?" "Natürlich", sagte Charles und hielt es hoch. Es war ein großer, gebundener Band mit einem dicken Buchrücken, der von allen gesehen und gelesen werden konnte.

Große Erwartungen von Charles Dickens.

"Du hast eines deiner eigenen Bücher mitgebracht?" rief Brandy aus.

Lachie spottete.

"I..." sagte Charles. "Du hast mir gesagt, ich solle mir ein beliebiges Buch aussuchen, und das hier habe ich mir zufällig ausgesucht."

"Alles geschieht aus einem bestimmten Grund", sagte Lia.

"Aber das ist wirklich übertrieben", rief Brandy aus.

"Beruhigt euch alle", sagte E-Z. "Charles hat unter den gegebenen Umständen sein Bestes getan - und wenigstens konnte ER die Bücher sehen. Keiner von uns konnte das."

"Große Erwartungen", sagte Alfred, "ist ein Grrr-Ess-Buch!" Er klang wie die britische Version von Tony dem Tiger aus der Müsliwerbung.

"Er hat Recht", stimmten Sam und Samantha zu. "Es ist einer der besten Romane, die je geschrieben wurden."

Charles nahm Raphael die Brille ab und reichte sie E-Z zurück, der sie sofort aufsetzte. Er schüttelte den Kopf, aber der Titel des Buches, das Charles in der Hand hielt, war immer noch ein anderer. Er las den neuen Titel laut vor,

***Feld der Träume* von W. P. Kinsella".

"Lass mich mal", sagte Lia und griff nach Raphaels Brille.

"Warte!" rief E-Z, als Lia sie ihm aus dem Gesicht nahm. "Setz sie nicht auf. Erinnere dich, Raphael hat gesagt, dass nur ich sie tragen soll, aber ich habe für Charles eine Ausnahme gemacht, wegen Sobos Traum, aber ich denke nicht, dass wir sie herumreichen sollten. Außerdem kennen wir bereits die Antwort auf die Frage, die wir uns alle stellen. Es ist ein Buch, das zu dem Titel wird, den der Leser sehen will."

"Oder muss sehen", sagte Sobo.

"Aber ich wollte und musste nicht "Große Erwartungen" sehen. Ich habe noch nie davon gehört!"

"Aber stell dir vor", sagte Sam, "was für eine Bibliothek das in Zukunft sein könnte. Wir müssen uns nur noch den Titel eines Buches ausdenken, und schon halten wir es in den Händen."

"Das wäre aber nicht sehr gut für die Autoren, ich meine, wie würden sie bezahlt werden?" erkundigte sich Samantha.

"Ich weiß nicht, wie das alles funktionieren soll, und vielleicht übersehen wir hier etwas Großes", sagte Alfred.

"Groß, wie was?" erkundigte sich E-Z.

"Was wäre, wenn das Buch sich den Leser aussucht und nicht umgekehrt?"

"Doo-doo-doo-doo", sang Brandy, die Musik aus The Twilight Zone.

"Rekapitulieren wir. Sobo hatte einen Traum, in dem Rosalie ihr die Wolkenbibliothek zeigte und Charles uns mit Raphaels Brille dorthin bringen konnte. Das tat er auch, aber der Ort war nicht wie erwartet. Nur Charles konnte die Bücher sehen, er schnappte sich eines und auf dem Rückweg wurden wir von Popel schießenden Augäpfeln angegriffen, ähnlich denen, die Hadz Reiki und mich im Tal des Todes angegriffen hatten." "Das ist es in Kurzform", sagte Brandy.

"Ich frage mich, ob Eriel den Furien erzählt hat, dass Raphael E-Z ihre Brille gegeben hat", fragte Lachie.

"Das werden wir vielleicht nie erfahren", sagte E-Z, "denn Michael hat Eriel nur eine Chance gegeben, mit mir zu reden." Er ging zum Fenster und schaute hinaus. "Ich frage mich", sagte er.

"Was denn?", riefen alle aus.

"Wenn die Furien von den Brillen und ihren Kräften wissen. Wenn sie uns durch Rosalie in die Wolkenbibliothek gelockt haben, dann müssen sie auch von Charles wissen. Das heißt, er ist keine Geheimwaffe mehr. Wie hätten sie das wissen können? Und dennoch, die Augenpopel - das ist ein zu großer Zufall."

"Eriel hat dir gesagt, du sollst die Brille benutzen", sagte Alfred.

"Ich habe gesehen, wie er festgehalten wurde, und es gab keine Möglichkeit, keine Chance, dass er den Furien eine Nachricht zukommen lassen konnte ... nicht, wenn Michael jeden seiner Schritte bewachte." E-Z rollte zurück, wo die anderen waren. "Übrigens, Alfred, wie wurdest du von uns getrennt?"

"Ich war in einer schwarzen Wolke verloren, bis ich Klein-Dorrit und Baby zu Hilfe rief, und den Rest kennst du ja."

"Es war so seltsam", sagte Charles. "In der einen Minute konnte ich die Bücher nicht sehen, ich nahm die Brille ab, setzte sie wieder auf und sie waren überall. Trotzdem war ich der Einzige, der sie sehen konnte."

"Ich konnte sie sehen", sagte Baby. "Dieser hier flog auf mich zu", und er warf ihn Charles zu, der ihn mit zwei Fingern auffing.

Es war ein Miniaturbuch mit einem winzigen Titel auf dem Buchrücken, den alle laut vorlasen:

"Alles, was Sie schon immer über die Furien wissen wollten, aber nicht zu fragen wagten" von Anonymous.

"Treffer!" rief Brandy aus.

Sie versammelten sich um das kleine Buch, während Charles es vorsichtig aufschlug. Der vordere Einband war leer, ebenso wie die erste Seite. Er schlug die nächste Seite auf, auf der sich Wörter befanden, die sofort anfingen, sich zu bewegen, zu mischen. Die Worte schwebten auf der Seite umher, mischten sich und mischten sich neu, als hätten sie vergessen, welche Worte und welche Sprache sie darstellen sollten.

E-Z, der immer noch Raphaels Brille trug, fühlte sich schwindelig, als sich die Worte verschoben, und er nahm sie ab.

"Versuchen Sie es", sagte er zu Charles und reichte ihm die Gläser.

Charles zog sie an, zog sie schnell wieder aus und eilte zum Fenster, um frische Luft zu schnappen. Er reichte sie an E-Z zurück.

"Jetzt du", sagte er zu Sobo, der sich ebenso wie Haruto weigerte, die Brille aufzusetzen."

"Ich werde es versuchen", sagte Lia, die sich aber bald zu Charles ans Fenster gesellte.

"Lachie?" fragte E-Z.

"Klar doch", sagte er, setzte die Brille auf und nahm sie sofort wieder ab. "Geht nicht", sagte er und ließ sich auf das Bett plumpsen.

"Lass mich mal versuchen!" sagte Brandy, als E-Z ihr die Brille in die Hand drückte, und sie setzte sie auf ihr Gesicht auf. "Moment mal", sagte sie, "ich glaube, ich sehe etwas, es ist..." und sie spuckte eine grüne Substanz aus, die zum Glück die Wand und nicht einen Menschen traf.

"Komm mit uns", sagten Sam und Samantha zu Brandy, "wir helfen dir beim Aufräumen."

"Äh, danke", sagte E-Z, drehte seinen Stuhl zu Alfred und setzte die Brille auf seinen Schnabel.

"Ein Schwan mit Brille. Das ist doch lächerlich!" sagte Alfred.

"Du siehst sehr fleißig aus!" sagte Charles.

"Du siehst aus wie Professor Ludwig von Drake!" rief Brandy aus.

Sam sagte: "Er war der Lehrer von Donald Duck".

"Oh", sagten diejenigen, die zu jung waren, um von Donald Duck gehört zu haben.

"Oh je", sagte Alfred, als die Worte aufhörten zu wirbeln und in die Form zurückkehrten, in der der Autor sie geschrieben hatte. Er las die ersten beiden Seiten, dann die nächste, die nächste und die nächste. Er überflog das gesamte Buch mit der Leichtigkeit eines Schnelllesers, und als er fertig war, klappte das Buch zu.

POOF

Und sie war weg.

"Nun, das war interessant", sagte Alfred, reichte E-Z die Brille zurück und verhinderte, dass er umkippte.

"Du meinst, du hast das ganze Ding gelesen?" sagte Sam. "Diese Brille ist bemerkenswert."

"Ich kann mich an alles erinnern, aber ich muss die Informationen verarbeiten und ich muss mich ausruhen. Ich möchte nicht hier sitzen und Ihnen alles noch einmal komplett vorlesen. Es ist besser, wenn ich das, was ich gelernt habe, sortiere und wir dann darüber reden.

"Was wäre," fragte Brandy, "wenn du etwas verpasst hättest, das einem von uns nicht entgangen wäre? Nichts Persönliches."

Alfred lachte. "Nur weil ich jetzt die Gestalt eines Schwans habe, heißt das nicht, dass ich nicht viele, viele Bücher gelesen habe. Tatsächlich habe ich als junger Mann die Universität Oxford besucht und mit Auszeichnung abgeschlossen. Ich habe Literatur und Kunst studiert."

E-Z sagte: "Du hast dir nicht das Buch ausgesucht - das Buch hat dich ausgesucht. Keiner von uns konnte ein einziges Wort darin lesen."

"Danke, dass du an mich glaubst."

Lia sagte: "Wie viel Zeit willst du noch grübeln? Können wir uns den Film ansehen?"

Samantha sagte: "Ich muss noch etwas Popcorn machen. Die andere Schüssel haben wir schon aufgegessen."

"Stressessen", sagte Sam mit einem Grinsen.

"Danke", sagte Alfred. "Ich melde mich bei dir, sobald ich kann."

"Nimm dir so viel Zeit, wie du brauchst", sagte E-Z, "komm zu uns, wenn du bereit bist."

Die Gruppe ging in den Wohnbereich und bereitete den Film vor. Samantha machte noch etwas Popcorn in der Mikrowelle. Alle versammelten sich, um den Film zu sehen.

Alfred schlief eine Weile an seinem gewohnten Platz, aber er träumte Träume, meist Albträume, und ging schließlich in den Garten, um frische Luft zu schnappen. Alle hingen von ihm ab, und der Druck lastete auf ihm, während der Inhalt des Miniaturbuchs in seinem Kopf herumwirbelte.

KAPITEL 20

NACHRICHT AUS FRANKREICH

E-**Z** sah sich die erste Hälfte des Films mit den anderen an, dann wurde er unruhig und beschloss, etwas Arbeit nachzuholen. Er steckte seinen Kopf in sein Zimmer und erwartete, Alfred schlafend vorzufinden, aber er war nirgends zu finden. Besorgt ging er zur Hintertür und sah den Schwan schlafend auf einem Liegestuhl liegen. Er schloss die Tür und ging zurück in sein Zimmer, klappte seinen Laptop auf und loggte sich ein.

Er überlegte ein paar Mal, ob er sich auf das Schreiben seines Romans konzentrieren oder die Zeit mit weiteren Nachforschungen über ihre Feinde, die Furien, verbringen sollte. Das Geräusch einer Nachricht, die in seinem Posteingang aufploppte, gab ihm die Entscheidung vor. Sie war mit einem roten Häkchen versehen, das die Dringlichkeit anzeigte, und obwohl sie keine Anhänge enthielt, klickte er sie nicht an. Stattdessen las er sie in der Vorschau. Oder er versuchte, sie zu lesen. Die Nachricht war in einer völlig anderen Sprache verfasst. Er entdeckte ein paar

Wörter, die er als französisch erkannte, also kopierte er den Text, ging zu einer Suchmaschine und fügte die folgende Nachricht in einen Online-Übersetzer ein:
Cher E-Z Dickens,

Je m'appelle François Dubois et j'ai sept ans. J'habite à Paris, en France, et j'aimerais faire partie de votre équipe de Superhéros. Vous vous demandez peut-être quelles compétences j'apporterais à l'équipe. C'est une bonne question et je serai heureux d'y répondre. Mais je me demande si ce site est sécurisé.

Si vous souhaitez me parler davantage, vous pouvez m'envoyer un courriel directement. Mon adresse de courriel est jointe. J'ai hâte d'avoir de vos nouvelles.
Votre ami,
Francois
Er drückte auf "Senden" und die folgende Übersetzung kam an:
Lieber E-Z Dickens,

Mein Name ist Francois Dubois und ich bin sieben Jahre alt. Ich lebe in Paris, Frankreich, und ich würde gerne in eurem Superheldenteam mitmachen. Du könntest fragen, welche Fähigkeiten ich in das Team einbringen würde. Das ist eine gute Frage und ich beantworte sie gerne. Aber ich frage mich, ob diese Seite sicher ist.

Wenn Sie mehr mit mir sprechen möchten, können Sie mir direkt eine E-Mail schicken. Meine E-Mail-Adresse ist beigefügt. Ich freue mich darauf, von Ihnen zu hören.
Ihr Freund,
Francois
Fasziniert las er die Nachricht mehrmals und dachte über den Zeitpunkt der Nachricht nach. Er fragte sich,

ob er paranoid war, weil er dachte, dieser Junge aus Frankreich könnte sich mit den Furien verschwören. Selbst wenn er übervorsichtig war, hatte er das Recht dazu, und als Anführer seines Teams war es seine Aufgabe, sicherzustellen, dass Anfragen wie diese echt waren. Er würde Onkel Sams Hilfe brauchen, um die Sache zu überprüfen, aber erst einmal würde er seine Fühler ausstrecken und sehen, was zurückkam.

Er schrieb eine kurze Nachricht, ohne sie zu übersetzen. Der Junge konnte eine Suchmaschine benutzen, genau wie er, und einen Übersetzer finden und nach mehrmaligem Durchlesen auf SENDEN drücken.

Lieber Francois,

Vielen Dank für Ihre Nachricht. Wie haben Sie von uns erfahren?

E-Z.

Die Antwort von Francois kam so schnell zurück, dass E-Z noch misstrauischer wurde. Diesmal lautete sie auf Englisch:

Lieber E-Z,

Vielen Dank für Ihre schnelle Antwort.

Meine Lehrerin ist auf Ihre Website gestoßen, und wir haben im Rahmen unseres Unterrichts über aktuelle Ereignisse von Ihnen und Ihrem Team erfahren.

Wir hoffen, bald von Ihnen zu hören.

Ihr Freund,

Francois.

Es klang auf jeden Fall legitim. Er tippte eine weitere Nachricht ein, in der er Francois fragte, welche Superheldenkräfte er seinem Team anzubieten habe, damit er sie mit ihm besprechen könne. Augenblicke später schickte Francois ihm die folgende Nachricht:

Lieber E-Z,

Vielen Dank, dass Sie mir die Gelegenheit gegeben haben, Ihnen von meinen Superheldenfähigkeiten zu erzählen.

Erstens war ich, wie Sie, nicht immer ein Superheld. Das ist etwas, das wir gemeinsam haben. Deshalb dachte ich, ich würde gut in Ihr Team passen.

Anstatt es Ihnen zu erzählen, möchte ich es Ihnen zeigen. Im Anhang finden Sie eine private Einladung zu unserem YouTube-Kanal - mein Vater hat mir geholfen. Der Link ist nur für Sie verfügbar und die Einladung läuft in vierundzwanzig Stunden ab.

Ich freue mich darauf, von Ihnen zu hören, nachdem Sie den Film gesehen haben.

Ihr Freund,

Francois.

Neugierig und ohne zu zögern klickte E-Z auf den Link. Es öffnete sich eine Nachricht, in der er aufgefordert wurde, eine Frage zu beantworten, die er problemlos beantworten konnte, da sie mit Baseball zu tun hatte.

Sobald er drin war, klickte er auf den Clip, drehte die Lautstärke auf und es ging sofort los.

Die erste Person, die er sah, war ein Junge, der sich als der siebenjährige Francois Dubois vorstellte, und zwar anhand des von ihm übersetzten Textes unten auf dem Bildschirm.

Der Junge war groß, sehr groß. Tatsächlich stand er neben mehreren Messlatten. Sein Vater zoomte heran, um zu zeigen, dass Francois im Alter von sieben Jahren bereits 163 Zentimeter groß war. Abgesehen von seiner Größe sah Francois wie jeder andere Siebenjährige aus, mit rötlich-braunem Haar, einer dicken Brille mit dunklen Rändern auf der Nase, einem karierten Hemd, blauen Jeans und schwarzen Laufschuhen.

"Bonjour E-Z!" sagte Francois und lächelte so, dass man sah, dass ihm zwei Vorderzähne fehlten.

E-Z lächelte zurück und sah dann zu, wie Francois und sein Vater eine Angelegenheit auf Französisch diskutierten, ohne dass eine Übersetzung geliefert wurde. Ihre Diskussion schien hitzig zu sein, wenn man ihre Handgesten und ihren Gesichtsausdruck betrachtet. Er hoffte, dass Francois nicht etwas Gefährliches vorhatte.

E-Z beobachtete, wie Francois weiter zum bekanntesten Wahrzeichen von Paris, Frankreich, ging - dem Eiffelturm. Ein Schild draußen wies darauf hin, dass der Eintritt für 12- bis 24-Jährige 5 Euro kostete. Francois schloss die Augen, dann öffnete er sie wieder. Moment mal. Etwas hatte sich verändert, vielleicht war es die Beleuchtung.

Er beobachtete weiter, wie Francois sich neben ein anderes Schild stellte, auf dem zu lesen war:
Pariser Weltausstellung, 15. Mai 1889.
"WOW!" rief E-Z aus und versuchte zu begreifen, was er gerade erlebt hatte. Zeitreise?

Francois schloss die Augen und stand wieder neben dem ursprünglichen Schild 12-24 Jahre 5 Euro.

Die Kamera wurde ganz unscharf. Am unteren Rand des Bildschirms erschienen die Worte: "Einen Moment bitte".

Mit einem Klicken begann die Kamera erneut zu drehen, aber diesmal stand Francois neben der Kathedrale Notre-Dame de Paris. Seit dem großen Brand von 2019 wurde sie wieder aufgebaut, und die Gerüste und Kräne arbeiteten eifrig.

Wie zuvor schloss Francois seine Augen und öffnete sie wieder.

"Auf keinen Fall!" rief E-Z aus.

Francois war im Jahr 1163 an dem Tag, an dem der erste Stein für die große Kathedrale Notre Dame gelegt wurde.

E-Z machte eine Pause. Könnte das eine Fälschung sein? Natürlich könnte es das. Mit der heutigen Technologie kann jeder alles fälschen. Und doch sagte ihm etwas in seinem Bauch, dass es echt war. Aber er brauchte eine zweite Meinung. Er brauchte Onkel Sam.

E-Z sah sich den angehaltenen Francois auf dem Bildschirm an und klickte auf Start. Francois winkte, als der Clip endete.

E-Z klickte und kehrte zu seinem Posteingang zurück. Er drückte auf Antwort und schrieb die folgende E-Mail an Francois:

Lieber Francois,

Danke, dass ich deine Superkraft sehen durfte. Ich muss mit dem Team sprechen. Wenn wir uns für Sie entscheiden, wie schnell können Sie zu uns kommen?

Ihr Freund,

E-Z

Er wartete eine Sekunde und las seine Nachricht noch einmal durch, bevor er auf Senden drückte. Er überlegte, ob er IF in WHEN ändern sollte. Unschlüssig betrachtete er Francois zeitreisende Superkraft. Der Junge wäre eine tolle Ergänzung für das Team.

Trotzdem musste er eine zweite Meinung einholen. Bevor er noch weiter darüber nachdachte. Er schrieb Sam: "Hast du eine Sekunde Zeit?"

In seiner Mailbox erschien eine neue E-Mail mit den Worten:

HI E-Z,

Wenn Sie mich in das Team aufnehmen, können Sie mich dann abholen?

Ihr Freund,

Francois.

Darüber musste er erst einmal nachdenken.

Er antwortete:

Ich melde mich so schnell wie möglich bei Ihnen.

Ihr Freund,

E-Z.

Sam betrat die Küche: "Was gibt's, Kleiner?"

"Tut mir leid, dass ich dich vom Film ablenke."

"Ich war sowieso am Einnicken und froh über die Ablenkung."

"Ich habe über unsere Website eine E-Mail von einem Jungen aus Frankreich erhalten, der uns gebeten hat, unserem Team beizutreten. Er und sein Vater haben einen Clip gedreht, den ich mir bereits angesehen habe. Er hat beeindruckende Fähigkeiten. Schaut ihn euch an und lasst mich wissen, was ihr davon haltet."

Sam blieb die ganze Zeit über still. Als der Film zu Ende war, bat er darum, ihn noch einmal zu sehen.

Als er zum zweiten Mal fertig war, fragte E-Z: "Was denkst du?"

"Ich denke, was wir sehen, ist beeindruckend. Ein zeitreisender Junge aus Frankreich."

"So eine Superkraft könnten wir in unserem Team gut gebrauchen."

"Genau", sagte Sam. "Und deshalb bin ich auch so misstrauisch. Haben Sie mit dem Jungen korrespondiert?"

E-Z blätterte durch das, was bisher gesagt worden war.

"Woher weiß er, dass du nicht dein ganzes Leben lang Superkräfte hattest?", fragte er.

"Ja, das habe ich auch gedacht. Aber ich denke, es ist eine vernünftige Annahme. Er ist ein kluger Junge."

"Stimmt", sagte Sam. "Was dagegen, wenn ich mich umschaue und sehe, was ich finden kann?"

E-Z nickte, und Sam übernahm die Kontrolle über seinen Laptop. Er überprüfte die IP-Adresse, die echt zu sein schien. Er hatte keine Probleme, den Standort in Paris zu finden.

Er suchte nach Francois' Namen und fand heraus, welche Schule er besuchte. Er fand heraus, dass er Basketball spielte. Er fand heraus, dass er gut in Rechtschreibung war. Er schien sich nicht in Schwierigkeiten zu bringen.

Dann fand Sam eine Todesanzeige für Francois' Mutter, die gestorben war, als er fünf Jahre alt war. Die Todesursache wurde nicht angegeben, aber es wurde um Spenden für die Pariser Brustkrebsstiftung gebeten.

"Alles schien in Ordnung zu sein", sagte Sam.

"Aber wie können wir sicher sein? Ich möchte keine unnötigen Risiken eingehen."

"Der einzige Weg, es mit Sicherheit zu wissen, wäre, den Jungen persönlich zu befragen." Er zögerte: "Hm, er hat gefragt, wann Sie ihn abholen können. Wenn ich so darüber nachdenke, ist das ein ziemlich merkwürdiger Gedanke für ein zeitreisendes Kind."

"Ja, so hatte ich das noch nicht gesehen."

"Eines ist sicher, E-Z, wenn ihn jemand kriegt, dann bin ich es. Du wirst hier gebraucht."

"Ich weiß das Angebot zu schätzen, Onkel Sam, aber dein Leben in Gefahr ist keine Option."

"Okay", sagte Sam. "Hast du etwas von Alfred gehört?"

Wie aufs Stichwort watschelte Alfred in die Küche. "WAS?", fragte er.

ZAP

Ein kleines weißes, flauschiges Kätzchen ist angekommen.

"Bonjour E-Z, je m'appelle Poppet. Francois m'envoie."

"Oh Mann", war alles, was E-Z sagte.

Unmittelbar darauf erhielt ich eine E-Mail von Francois, in der es hieß:

"Ist sie gut angekommen?"

Onkel Sam sagte: "Nun, das beantwortet unsere Frage".

E-Z tippte ein: "Ja, sie ist hier."

ZAP

Poppet ist verschwunden.

"Das ist so cool", tippte Francois. "Wenn ihr bereit seid und mich in eurem Team haben wollt, werde ich es selbst ausprobieren."

"Halt dich erst einmal fest", sagte E-Z.

"Woher wusste Poppet, wo wir wohnen?" erkundigte sich Sam.

"Das weiß ich nicht."

KAPITEL 21

DIE FRANCOIS-ENTSCHEIDUNG

Am nächsten Tag berief E-Z eine Krisensitzung der Gruppe ein. Nachdem alle Platz genommen hatten, kam er sofort zur Sache.

"Ein potenzielles neues Mitglied hat darum gebeten, unserem Team beizutreten. Sam und ich haben seine Bewerbung geprüft und es sieht alles rechtmäßig aus."

"Dieser Meinung bin ich auch", sagte Sam.

E-Z nickte, "Francois ist ein Zeitreisender".

"Wow!" sagte Lia.

"Wahnsinn!" sagte Lachie.

Die anderen äußerten sich ähnlich, mit Ausnahme von Charles, der fragte: "Was ist ein Zeitreisender?"

"Du bist es!" sagte Brandy.

"Es ist jemand, der von einer Zeit zur anderen reist", sagte Lia.

"Vielleicht sehen Sie sich einfach diesen Clip an, dann verstehen Sie besser, was er kann, und wir alle verstehen besser, was er kann." Er schaute Alfred an:

"Aber bevor wir über Francois sprechen, möchte ich das Wort an Alfred übergeben, damit er uns darüber informieren kann, was er in dem Buch entdeckt hat. Ich übergebe an dich, Alfred."

Der Trompeterschwan räusperte sich, als sich alle Augen auf ihn richteten.

"Ich bin alles durchgegangen, vorwärts, rückwärts, seitwärts, und ich fürchte, es ist keine große Hilfe. Da die Furien ein bestimmtes Mandat erhalten haben - und sie halten sich daran (auch wenn sie die Regeln beugen), glaube ich nicht einmal, dass Zeus sie für das, was sie tun, bestrafen kann."

"Meinst du, es ist hoffnungslos?" fragte Brandy.

"Nein, ich sage nicht, dass es hoffnungslos ist, aber ich sehe einfach keinen Ausweg. Das heißt, es sei denn, sie wissen nicht, was wir wissen."

"Welches ist?" fragte Brandy.

"Eriels Plan. Wie er sie benutzt hat. Wo Eriel ist. Wie er in Isolationshaft ist."

"Stimmt, sie müssen sich fragen, warum er nicht mit ihnen kommuniziert", sagte Lachie.

"Und das könnte zu Misstrauen führen", fügte Brandy hinzu.

"Was, wenn", sagte Sam, "diese Information zu ihnen durchgesickert ist?" "Das habe ich auch schon gedacht", sagte Samantha. "Vielleicht würden sie ohne ihn den Schwanz einziehen und weglaufen."

"Es könnte aber auch in die andere Richtung gehen. Wenn er sie nicht an der Leine hält, könnten sie es tun. Wer weiß, was sie dann tun würden!" sagte E-Z.

"Sie haben bereits eine Menge Seelen gesammelt", sagte Lia. "Ich denke, E-Z hat recht. Zu wissen, dass er nicht mehr im Spiel ist, könnte sie mutiger machen."

Alfred merkte, dass das Gespräch auf eine Mauer stieß: "Reden wir also über die Superkräfte von Francois. Er ist ein Zeitreisender. Wie kann er uns helfen?"

"Eine Sache noch", begann E-Z, "und es ist Onkel Sam, der das bemerkt hat, also wäre er vielleicht die beste Person, um es zu erklären."

"Nein, geh du nur", sagte Sam.

"Francois hat ein Kätzchen hergeschickt."

"Ein Kätzchen?" fragte Sobo.

"Ja. Ihr Name war Poppet, und sie kam in der Küche an. Ich erhielt sofort eine Nachricht von Francois, ob sie gut angekommen sei. Sie sagte hallo - ja, sie konnte sprechen. Als ich ihr bestätigte, dass sie gut angekommen war, verschwand sie wieder. Die Frage, die Sam später stellte, lautete: Woher wusste sie, wo wir wohnten?"

"Moment mal", sagte Charles. "Hat mir nicht jemand gesagt, dass Ihre Adresse im Internet veröffentlicht wurde?"

"Das habe ich auch gehört", sagte Brandy.

Sam sagte: "Wow, das scheint eine Ewigkeit her zu sein, aber es ist wahr."

Sie versammelten sich um Sam und sahen, wie ihr Haus online mit der Website verbunden war, so dass jeder in der Welt es sehen konnte.

"Nun, daran gibt es keinen Zweifel. Wenn sie wissen, wer wir sind, dann wissen sie auch, wo wir sind", sagte Sam. "Es sei denn..."

"Es sei denn, was?" fragte E-Z.

"Es sei denn, sie sind nicht so technisch versiert, wie wir glauben."

Sobo sagte: "Unterschätze niemals einen Feind. So werden unwürdige Schurken zu Helden."

"Okay, lasst uns zuerst Francois bei seinen Zeitreisen beobachten und dann darüber nachdenken, wie er uns helfen könnte, die Furien zu besiegen", sagte E-Z.

Sie sahen sich den Clip schweigend an. Als er zu Ende war, sagte E-Z: "Ich werde die Liste abtippen. Wer möchte anfangen?"

"Nein", sagte Sam. "Ich denke, wir sollten es auf die altmodische Art aufschreiben. Du weißt schon, mit Stift und Papier." Er griff in die Küchenschublade und holte einen Notizblock heraus, den sie für Einkaufslisten benutzten, und einen Stift. "Mach du ruhig dein Brainstorming, ich bin die Sekretärin. Und ihr müsst mir nicht einmal ein Gehalt zahlen."

Es wurde gelacht und gekichert, und dann begannen die Ideen zu fließen:

#1. Francois könnte in der Zeit zurückgehen, herausfinden, was mit PJ und Arden passiert ist, und es verhindern.

#2. Francois könnte in der Zeit zurückgehen und den Tod aller Kinder verhindern.

#3. Francois könnte in der Zeit zurückgehen und den Tod von E-Zs Eltern verhindern, seinen Unfall verhindern.

#4. Dasselbe gilt für Lias Unfall.

#5. Dasselbe gilt für den Unfall von Alfreds Familie.

#6. Dasselbe gilt für Lachlan, der in einem Käfig eingesperrt ist.

Zwischenspiel.

Haruto war glücklich mit seiner neuen Familie. Ende der Geschichte.

Brandy war damit einverstanden, zu sterben und wieder ins Leben zurückzukehren, obwohl sie sich erkundigte, ob es möglich sei, zum Tag des

Vorsprechens zurückzukehren. Dieser Antrag wurde einstimmig abgelehnt.

Auch Charles bedauerte nichts.

Die Brainstorming-Sitzung wurde fortgesetzt:

#7. Francois könnte in die Zeit vor der Erschaffung der Furien zurückgehen, um sicherzustellen, dass sie eine Achillesferse erhalten.

#8. Francois könnte in die Vergangenheit reisen, an den ersten Tag, an dem Eriel sich mit den Furien traf. Er könnte ein Spion sein. Oder könnte er dafür sorgen, dass sie sich nie treffen?

#9. Wenn Poppet rein- und rausgehen kann, kann Francois das auch?

Alfred sagte: "Moment mal. Das ist völlig verrückt, aber was wäre, wenn Francois zurückginge und die Furien aus der Welt schaffen würde?"

"Wow, das ist eine ausgezeichnete Idee!" sagte E-Z. "Aber in all den Geschichten, die ich über Zeitreisen gelesen habe, ist es immer verpönt, mit Leben zu spielen und Ereignisse zu verändern."

"Ja, das kenne ich aus Zurück in die Zukunft. Aber aus eigener Erfahrung", erklärt Brandy, "wenn ich sterbe und wieder zurückkomme, ist es, als ob die Ereignisse, die zu meinem Tod führten, nie stattgefunden hätten. Es ist wie ein Traum, wenn du weißt, was ich meine."

"Sam streckte sich und gähnte. "Die Babys werden bald aufwachen. Ich will die Grenzen von E-Zs Führungsqualitäten nicht überschreiten, aber ich denke, wir sollten etwas Zeit zum Nachdenken haben, bevor wir etwas unternehmen."

"Einverstanden. Vielen Dank an alle für das ausgezeichnete Brainstorming", sagte E-Z.

Und die Sitzung wurde vertagt.

KAPITEL 22

WARME MILCH

Lia und die anderen verbrachten den Tag damit, ihr eigenes Ding zu machen. Am Abend wälzte sie sich erschöpft hin und her, konnte aber nicht schlafen. Frustriert, weil sie stundenlang nicht geschlafen und sich ständig Sorgen gemacht hatte, ging sie nach unten, um ein wenig warme Milch zu trinken.

Sie stellte einen Becher in die Mikrowelle, drückte auf 40 Sekunden und dann auf Start. Während die Uhr herunterzählte, sah sie die Zahlen 39, 38, 37, 36 usw., bis die Zahl 33 erschien. Es war die letzte Zahl, die sie sah.

"Äh, hallo Klein-Dorrit", sagte sie und wünschte, sie hätte ihren Bademantel angezogen. "Wo gehen wir hin?"

"Wir sind auf einer Mission", sagte das Einhorn. "Wo gehen wir hin?"

"Sie wissen nicht, wer?"

"Nein. Ich habe mich um meine eigenen Angelegenheiten gekümmert, als du nach mir gerufen hast, Lia, erinnerst du dich nicht?"

"Ich habe dich nicht angerufen", sagte Lia. "Ich war noch nicht im Bett. Das ist seltsam."

Das Einhorn erstarrte in der Luft.

WHOOSH

Klein-Dorrit fuhr mit voller Geschwindigkeit davon.

"Argghh!" schrie Lia und hielt sich um ihr Leben fest. "Was ist denn los? Warum fährst du so schnell?"

"Ich weiß es nicht", sagte das Einhorn. "Es ist, als ob jemand oder etwas die Kontrolle über mich übernommen hätte." Sie versuchte aufzuhören, wie sie es nur wenige Augenblicke zuvor getan hatte. Aber egal, was sie jetzt tat, sie konnte nicht aufhören. Und sie konnte auch nicht langsamer werden.

"Halt dich gut fest!" rief Klein-Dorrit, als ihr Körper kopfüber nach vorne zu rollen begann. "Oh nein!"

Lia schrie auf, hielt sich aber um jeden Preis fest. Schließlich hörten sie auf zu rollen, aber anstatt langsamer zu werden, beschleunigten sie noch schneller.

Sie flogen weiter und weiter, während die Nacht zum Tag wurde. Als die Sonne den Himmel erklomm, verringerte sich der Abstand zwischen ihr und ihnen.

"Ich habe das Gefühl, meine Haut brennt!" rief Lia aus.

"Mein Fell auch", sagte Klein Dorrit. "Lass mich versuchen, uns noch einmal umzudrehen." Sie versuchte es, und wie zuvor rollten sie kopfüber, kopfüber, und schlossen die Lücke zwischen ihnen und der heißen Sonne.

"Wir müssen umkehren!" Lia schrie. "Wenn wir das nicht tun, sind wir erledigt."

"Aber ich kann nicht aufhören. Ich kann scheinbar nichts tun. Warte, ich werde Baby um Hilfe bitten."

Vor dem Hintergrund der flammenden Sonne kamen drei geflügelte Kreaturen ins Blickfeld. Sie hielten sich an den Händen, während sich ihre geschwärzten Gewänder um ihre Körper wirbelten und drehten.

SNAP!
SNAP!
SNAP!

War das Geräusch, das die Luft erfüllte, das Geräusch einer Peitsche, die zuschnappte, als Lia und Klein-Dorrit wie auf einem Traktorstrahl auf sie zu gezogen wurden. Es donnerte, obwohl keine Stürme zu sehen waren, als die Sonne ihre Krallen nach ihnen ausstreckte und drohte, ihre Existenz zu zerstören.

"Wir sind erledigt!" sagte Lia. "Danke, dass du versucht hast, uns zu retten." Sie umarmte das Einhorn. "Ich wünschte wirklich, du hättest Zügel. Dann könnte ich dich vielleicht umdrehen."

ZAP!

Zügel erschienen.

Lia schlang ihre Hände um sie, doch bevor sie die Kontrolle über sie erlangen konnte, lösten sie sich in Nichts auf.

"Du hast recht, ich glaube, wir sind erledigt", sagte Klein-Dorrit. Glastränen flossen aus ihren Augen.

BONJOUR

Francois erschien: "Kann ich Ihnen behilflich sein?"

"Klar kannst du das", rief Lia aus. "Holen Sie uns hier raus, verdammt!"

"Schließen Sie die Augen und halten Sie sich fest", sagte Francois.

Lia und Klein-Dorrit zitterten vor Angst.

DING. DING. DING.

Die Mikrowelle. Die Küche.

Lia fiel auf den Boden.

Klein-Dorrit landete sicher in einem kühlen Bach, in dem sie herumplanschte, und machte sich dann auf den Heimweg.

"Wo bist du gewesen?" fragte das Baby.

"Schätze, du hast meine Nachricht nicht erhalten. Macht nichts. Ich bin zu müde", sagte Klein Dorrit. "Ich erzähle es dir morgen früh."

KAPITEL 23

NÄCHSTER TAG

Sobo war an der Reihe, das Frühstück zuzubereiten, und sie war es, die Lia auf dem Boden fand, zusammengerollt wie ein weggeworfenes Wollknäuel.

Sobo stieß einen Schrei aus: "Kommt schnell! Unsere Lia braucht Hilfe!"

Samantha war die erste, die eintraf. Sie drückte sofort ihre Lippen auf Lias Stirn, um die Temperatur zu messen, und rief dann ihrem Mann zu, er solle ein Thermometer bringen, um die Temperatur zu überprüfen.

"Ihre Temperatur beträgt 107,7", bestätigt Sam. "Wir müssen sie in ein Krankenhaus bringen."

Samantha wählte den Notruf, während Sam Lia hochhob und auf das Sofa legte, wo sie auf den Krankenwagen warteten.

"Ich halte die Stellung", sagte Sam, während seine Frau und Sobo den Sanitätern folgten, die die bewusstlose Lia auf einer Bahre trugen.

Als der Krankenwagen mit heulender Sirene vom Bordstein wegfuhr, öffnete Lia die Augen und versuchte, sich aufzusetzen.

"Ich fühle mich gut", sagte sie.

Der Sanitäter überprüfte erneut ihre Temperatur, und sie war normal. Er zuckte mit den Schultern.

Als sie im Krankenhaus ankamen, war Lia wieder ganz die Alte und wollte sofort wieder nach Hause zurückkehren.

"Obwohl ihre Vitalwerte jetzt in Ordnung sind, müssen wir, da Sie uns angerufen haben, die Sache weiterverfolgen. Lia wird eingewiesen, und sobald der diensthabende Arzt Entwarnung gibt, darf sie nach Hause gehen."

"Dann lassen Sie mich wenigstens rein", sagte der Teilnehmer, als der Fahrer die Türen öffnete.

"Nein, kleines Fräulein, du bleibst hier", sagte er, während sie sich darauf vorbereiteten, die Bahre und ihren Insassen ins Haus zu bringen, während Samantha und Sobo folgten.

Samantha schickte Sam eine SMS mit einem Update. Er antwortete mit einem "Daumen hoch"-Emoji, gerade als sie praktisch in die Eltern von PJ und Arden hineinlief, die gerade auf dem Weg nach draußen waren.

"Sie sind aufgewacht! Unsere Jungs sind wach!"

"Alle beide?" rief Samantha aus, als sie diese neueste Information an Sam weitergab, der seinen Neffen weckte, um ihm die gute Nachricht zu überbringen.

"Bin gleich da!" sagte E-Z, nachdem er ein Taxi gerufen hatte.

KAPITEL 24
IM KRANKENHAUS

E-Z war auf dem Weg zu seinen beiden besten Freunden. Im Taxi ging ihm die gute Nachricht immer wieder durch den Kopf. Es war so viel passiert. So vieles, was sie verpasst hatten. So viele Dinge, die er ihnen sagen musste. Wollte es ihnen sagen.

"Wissen Sie, welches Zimmer?", fragte die Krankenschwester.

Er sagte nein, und sie fand es schnell für ihn. Nachdem er sich bei ihr bedankt hatte, nahm er den Aufzug und machte sich auf den Weg zu ihrem Zimmer, wobei er sich fragte, ob er ihnen etwas kaufen sollte. Blumen? Süßigkeiten. Er beschloss, sie zu fragen, ob sie etwas brauchten.

Als er vor ihrer Tür ankam, konnte er drinnen ihre Stimmen hören und lauschte einige Augenblicke lang, bevor er sich zu erkennen gab. Dann holte er tief Luft und versuchte zu verhindern, dass seine Emotionen ihn überwältigten - er wollte nicht zu sehr ins Schwärmen geraten und sich blamieren...

"Komm rein, du großes Weichei!" sagte P.J.

"Ahhhh, er hat uns verpasst!" sagte Arden.

"Solltet ihr nach all dem Schönheitsschlaf nicht besser aussehen? Übrigens, ihr müsst euch beide rasieren!"

"Wir wollen dich nicht in den Schatten stellen, und ich lebe irgendwie mit meinem Schnurrbart", sagte Arden.

"Wir wissen, dass du die Aufmerksamkeit liebst! Ich sehe, deine Flaschenbürste könnte auch einen Trimm vertragen!"

PJs Mutter, die gerade ins Zimmer zurückgekehrt war, flüsterte E-Z zu, dass sie nicht wollten, dass die Jungs es übertrieben, da sie erst seit ein paar Stunden wach waren.

Nach einem kurzen Gespräch umarmte E-Z seine beiden Freunde und sagte, er müsse gehen. "Ich komme wieder", versprach er, "und dann hole ich mir heimlich ein oder zwei Burger - ich habe gehört, dass das Krankenhausessen wirklich sehr schlecht ist."

"Das wirst du nicht!" sagte Ardens Mutter, als sie ebenfalls in das Zimmer zurückkehrte.

Er rückte seinen Stuhl nach hinten, Ardens Mutter stand ihm gegenüber, seine beiden Freunde legten ihre Hände zusammen und baten ihn, ihnen etwas zu essen zu bringen.

Als er den Korridor entlangging, konnte er nicht glauben, wie sehr er sie vermisst hatte - und wie gut sie aussahen. Er nahm den Aufzug nach unten zur Notaufnahme, wo er Samantha und Sobo fand.

"Gibt es etwas Neues?" fragte E-Z.

"Sie war wütend, dass sie hier bleiben mussten, um sie zu untersuchen", sagte Samantha. "Aber ich werde mich besser fühlen, wenn sie die Entwarnung bekommt und wir hier raus können."

"Ich auch", sagte E-Z. "Lass mich mal nachsehen." Er schob sich den Korridor entlang. Dabei lauschte er den Stimmen in einem mit einem Vorhang abgetrennten Bereich, den er für die Vorab-Aufnahmeplätze hielt. Schließlich hörte er Lias Stimme drinnen und ging hinein.

"Warten Sie bitte draußen", sagte die Krankenschwester.

"Aber sie ist meine Schwester."

"Ich will nach Hause - jetzt!", forderte sie und verschränkte die Arme vor der Brust.

"Sie werden entlassen, sobald der Arzt sagt, dass Sie entlassen werden können. Und nicht einen Moment früher."

"Wie geht es dir? Mama macht sich Sorgen um dich."

"Ich lasse Sie beide allein, damit Sie sich unterhalten können", sagte die Krankenschwester. "Der Arzt wird bald hier sein. Oh, und sorgen Sie dafür, dass sie ruhig bleibt."

"Äh, danke", sagte E-Z.

Als sie weg war, umarmten sie sich.

"Die kleine Dorrit und ich wären fast von der Sonne verbrannt", sagte sie. Sie erzählte E-Z alles, wie es sich zugetragen hatte, von Anfang bis Ende.

"Interessant, dass es Francois war, der dich gerettet hat."

"Ich weiß nicht, woher er das wusste. Klein Dorrit und ich dachten, wir wären erledigt. Es waren definitiv die Furien. Sie wollten uns verbrennen! Wir wurden versengt. Das sind furchtbare, böse Hexen!"

"Gab es Schlangen?" fragte E-Z

"Schlangen und Peitschen".

"Klingt ganz nach The Furies." E-Z zögerte. Er wechselte das Thema. "Hast du von PJ und Arden gehört?"

Sie schüttelte den Kopf.

"Sie sind aufgewacht!"

"Ach was! Das ist ein merkwürdiger Zufall, findest du nicht? Sie versuchen, Klein-Dorrit und mich auszuschalten, während unsere beiden komatösen Freunde aufwachen."

"Du hast recht, ich glaube, es hängt alles zusammen."

Samantha schob den Vorhang zurück: "Was hat das alles zu bedeuten?" Sie umarmte ihre Tochter. "Wie geht es dir jetzt, Baby?"

"Ich bin kein Baby", sagte Lia. "Aber ich fühle mich besser und möchte nach Hause gehen. Nachdem ich bei PJ und Arden war."

Sobo kam herein. Sie umarmte Lia.

"Was ist mit dir passiert?", fragte sie.

Wieder erklärte Lia alles. Ihre Mutter hat es nicht so gut aufgenommen wie Sobo. E-Z eilte herbei und schenkte Sam ein Glas Wasser ein. Sobo hingegen hatte eine Menge Fragen. "Du hast Milch aufgewärmt, in der Mikrowelle?"

Lia nickte.

"Und da wurdest du aus der Küche gezappt?"

"Ja, und direkt auf den Rücken von Klein-Dorrit. Klein-Dorrit sagte, ich hätte sie herbeigerufen, aber das hatte ich nicht."

"Und was ist dann passiert?" fragte Sobo.

"Nun, Klein-Dorrit flog und wir unterhielten uns, und als keiner von uns wusste, wohin wir flogen und warum, dachten wir daran, umzukehren. Das nächste, was wir wussten, war, dass Klein-Dorrit und ich immer näher an die Sonne getrieben wurden, ohne dass wir die Kraft hatten, umzukehren."

"Aber du und Klein-Dorrit erfüllen nicht die Kriterien der Furien. Sie sollten keinen von euch anrühren können!" rief E-Z aus.

Samantha sagte: "Vielleicht ist es nur ein Zufall.

Sobo wiederholte ihren Rat von vorhin: "Unterschätze niemals einen Feind."

Als Lia nach Hause gehen durfte, überraschten sie und E-Z PJ und Arden mit Cheeseburgern und Pommes frites, die sie eingeschmuggelt hatten.

Auf der Heimfahrt im Taxi mit Samantha, Sobo und Lia dachte E-Z nur an das eine und nur an das eine. Die Furien hatten Lia und Klein-Dorrit angegriffen, und sie hatten versagt. Sie waren nicht nur gescheitert - dank Francois -, sondern das Universum hatte auch irgendwie PJ und Arden zurückgeschickt.

Ein Zufall? Er dachte nicht. Was er stattdessen glauben wollte, war, dass die Kräfte der Furien nachließen, wenn sie sich außerhalb ihres Mandats bewegten.

Auf jeden Fall mussten er und sein Team jederzeit bereit sein, die Situation auszunutzen.

Dies könnte ihre einzige Chance sein.

Das ist der einzige Vorteil, den sie haben.

KAPITEL 25
SOBO

"Ich muss noch eine Frage stellen", sagte Sam zu E-Z, bevor alle zur Besprechung hereinkamen.

"Okay, fragen Sie ruhig", sagte E-Z.

"Nun, ich habe mich gefragt, warum Rosalie nichts von Francois weiß."

"Ich", war alles, was E-Z sagen konnte, bevor Brandy und Lia in die Küche kamen.

"Lasst euch nicht stören", sagte Brandy, während sie den Kühlschrank öffnete, den Orangensaft herausnahm, ihn austrank und den Behälter in die Mülltonne warf.

"Äh, du solltest das erst mal ausspülen", sagte E-Z, was Brandy auch tat. Dann ließ sie sich auf einen Stuhl fallen und wischte sich den Mund mit dem Handrücken ab.

"Entschuldigung, ich wollte nicht unhöflich sein, wissen Sie, so abrupt aufzuhören. Ich wollte, dass wir alle hier sind, um Onkel Sams Anliegen zu besprechen."

"In Ordnung", sagte Lia und nahm neben Brandy Platz.

Nach und nach trafen die anderen ein und nahmen ihre Plätze am Tisch ein.

E-Z begann damit, alle über die wundersame Genesung von PJ und Arden zu informieren, woraufhin alle applaudierten, auch diejenigen, die die beiden noch gar nicht kannten.

"Der nächste Punkt auf der Tagesordnung, und ich glaube, dass diese beiden Punkte miteinander zusammenhängen, ist, dass Lia und Klein-Dorrit durch einen Trick dazu gebracht wurden, das Haus zu verlassen, und dass ihr Leben in Gefahr war. Wenn Francois nicht gewesen wäre, hätten die Furien, die wir für verantwortlich halten, vielleicht Erfolg gehabt."

"Bravo Francois!" sagte Charles.

"Wie wurdest du ausgetrickst?" erkundigte sich Brandy.

"Wo ist es passiert?" fragte Lachie.

"Lia, willst du es erzählen?" fragte E-Z. Sie schüttelte den Kopf, nein. "Spring ein, wenn ich etwas verpasse", sagte er. Er fuhr fort und erklärte, was passiert war und warum sie dachten, dass die Furien dafür verantwortlich waren.

"Seitdem habe ich über die Furien und ihren Auftrag nachgedacht. Wie wir wissen, müssen sie ihn befolgen. Als sie versuchten, Lia und Klein-Dorrit zu töten, haben sie die Regeln gebrochen. Welchen Grund konnten sie angeben, warum sie Lia oder Klein-Dorrit töten wollten? Sie haben nicht nur gegen ihren Auftrag verstoßen, sondern auch versagt. Und nun bedenken Sie, was genau zur gleichen Zeit geschah - ich meine natürlich PJ und Arden - sie erwachten aus ihrem Koma. Ein Zufall? Ich glaube nicht.

"Und je mehr ich sie in meinem Kopf verbinde, desto mehr frage ich mich, ob die Furien schwächer werden. Wenn ich Recht habe, ist jetzt vielleicht der richtige Zeitpunkt, sie auszuschalten."

"Es ist möglich", sagte Alfred, "aber ich erinnere mich, in meiner Schulzeit über Einstein gelesen zu haben - was das Gegenteil beweisen könnte. Ich meine, es könnten auch gar nicht die Furien gewesen sein. Es könnte eine Störung des Raum-Zeit-Kontinuums gewesen sein. Da Francois sie retten konnte und keiner von uns etwas davon wusste, ist das eine Möglichkeit, die es wert ist, untersucht zu werden, meinst du nicht?"

Sam ging auf und ab. "Nach allem, was wir über die Furien wissen, und nach dem, was ich aus meinen Studien über Einstein weiß, müssten Lia und Klein-Dorrit schneller als das Licht unterwegs sein - 186.282 Meilen pro Sekunde - um überhaupt eine Chance zu haben, das Raum-Zeit-Kontinuum zu verbiegen. Wenn man so schnell unterwegs wäre, würde man sich in der Zeit rückwärts bewegen, nicht vorwärts."

"Wir waren schnell unterwegs, aber nicht so schnell", sagte Lia.

"Erzähl uns noch einmal, was passiert ist, Lia. Bild für Bild. Bis zu dem Zeitpunkt, als Francois auftauchte", sagte Alfred.

Die Geschichte von Lia begann in der Küche und endete im Krankenhaus.

Per Handzeichen stimmten alle dafür, dass sie glaubten, die Furien seien dafür verantwortlich, aber niemand konnte erklären, warum Francois das wusste oder wie er herbeigerufen wurde.

"Haben Sie ihn gerufen?" fragte E-Z. "Ich meine, woher wusste er es? Das ist etwas, das ich ihn zu fragen gedenke."

"Damit bin ich wieder da, wo wir heute angefangen haben", sagte Sam. "Und meine Frage ist, warum hat Rosalie nichts von Francois gewusst."

"Und wie geht es Klein-Dorrit?" erkundigte sich Sobo.

"Ich weiß nicht, wie es Francois geht, aber das Einhorn schlief, als ich heute Morgen zum Grasen rausging."

"Ah, das ist gut", sagte Lia.

"Vielleicht haben die Ärzte eine Erklärung dafür, warum PJ und Arden aufgewacht sind?" fragte Sam.

"Das stimmt, das könnten sie, aber ich wüsste nicht, was das für uns bedeutet. Eigentlich nicht. Die Hauptsache ist, sie sind wach und wir wissen immer noch nicht, ob die Furien für sie verantwortlich sind. Aber wir haben Beweise dafür, was sie anderen Kindern angetan haben, und wir müssen sie auf die eine oder andere Weise dafür bezahlen lassen. Und wir müssen dafür sorgen, dass sie aufhören."

"Vielleicht haben die Ärzte eine Erklärung dafür, warum PJ und Arden aufgewacht sind?" fragte Sam.

"Das stimmt, das könnten sie, aber ich wüsste nicht, was das für uns bedeutet. Eigentlich nicht. Die Hauptsache ist, sie sind wach und wir wissen immer noch nicht, ob die Furien für sie verantwortlich sind. Aber wir haben Beweise dafür, was sie anderen Kindern angetan haben, und wir müssen sie auf die eine oder andere Weise dafür bezahlen lassen. Und wir müssen dafür sorgen, dass sie aufhören."

"Hier! Hier!" sagte Charles und schlug mit der Hand auf den Tisch.

"Können wir noch ein wenig über Francois sprechen?", erkundigte sich Brandy.

"Was ist, wenn er uns nichts sagen will", fragte Charles, "es sei denn, wir akzeptieren ihn als Mitglied des Teams?"

"Charles hat ein gutes Argument", sagte E-Z. "Ich bin bereit, dies als Test mit Francois zu nutzen. Wenn er uns nicht sagt, was er weiß, dann ist er vielleicht nicht dazu bestimmt, einer von uns zu sein."

"Was ist, wenn er ein wirklich guter Lügner ist?" fragte Brandy. "Und manche Menschen sind ausgezeichnete Lügner."

Lia sagte: "Warum machen wir nicht einen Zoom-Anruf? Wir können uns alle mit ihm unterhalten, sehen, worum es ihm geht, und dann können wir darüber abstimmen? Ich bin schon darauf vorbereitet, mit Ja zu stimmen."

"Nein", sagte E-Z. "Ich will nicht, dass er etwas über Charles, Haruto, Lachie oder Brandy erfährt. Alles, was er im Moment weiß, ist das, was er online finden kann."

"Und doch", warf Sam ein, "konnte Poppet in unser Haus kommen."

"Ja, das ist es", sagte E-Z.

"Außerdem hat er Klein-Dorrit und mich gerettet - er weiß also über sie Bescheid."

"Ich habe das Gefühl, dass wir uns immer nur im Kreis drehen", sagte Alfred. "Inzwischen sterben immer mehr Kinder und kommen in Seelenfänger, die zu anderen Verstorbenen gehören", sagte Alfred. "Ich hatte so gehofft, dass wir weiter sind, nachdem ich die Informationen im Buch entschlüsselt habe."

"Moment mal", sagte E-Z. "Hat jemand heute Hadz und Reiki gesehen?"

Keiner hatte.

Das Telefon von E-Z surrte. Eine lange Textnachricht von PJ und Arden kam an:

"Fragt uns nicht woher, aber wir wissen, dass die Furien in eure Richtung kommen. Und ja, wir haben einen Plan. Wir müssen sofort wissen, wenn ihr sie seht. Schickt uns eine SMS - und Haruto."

E-Z antwortete. "Was????"

"Vertrau uns", schrieb PJ.

Beide tauschten Daumen-hoch-Emojis aus, dann erklärte er Haruto und den anderen die Situation.

Das Wissen, dass die Furien bereit waren, den Kampf jetzt zu beginnen, im Gebiet ihres Feindes und ohne ihren Anführer Eriel, machte E-Z Angst. Dank PJ und Arden hatten sie jedoch den Überraschungsmoment verloren.

Trotzdem war es nicht die beste Strategie, auf sie zu warten.

Aber sie hatten jetzt den Vorteil. Alles, was sie tun mussten, war abwarten - und hoffen.

KAPITEL 26
UNERWARTETE BESUCHER

Alle gingen ihrer Arbeit nach und versuchten, sich zu beschäftigen, während sie warteten. Dann brach trotz der Backsteinmauern ein unausweichlicher Gestank durch.

"Was ist das?" rief Lia und hielt sich die Nase mit den Fingern zu. "Ich kann es immer noch riechen!"

Brandy tat das Gleiche mit der Rechten und mit der Linken sprühte sie Lufterfrischer in den Raum, was den Gestank nicht milderte, sondern eher noch verstärkte.

"Lass uns nach draußen gehen!" sagte Lachie. "Vielleicht ist es draußen besser?" Er stieß die Tür auf, obwohl ihm die Logik sagte, dass es draußen noch schlimmer sein musste, wenn es drinnen so stank. Zuerst waren seine Sinne getäuscht, und er roch nichts. Hatte er sich schon daran gewöhnt? Hatten die Furien das Haus mit einer Stinkbombe versehen?

Dann erblickte er Klein-Dorrit und Baby, die über ihm kreisten. "Hier oben ist es auch nicht besser!" sagte Baby.

"Egal, wie wir es anstellen!" fügte Klein-Dorrit hinzu.

Dann traf es ihn wieder, der Gestank war wie ein Schlag ins Gesicht, und für einen Moment verlor er das Gleichgewicht. Er entdeckte die Wäscheleine und die Wäscheklammern und rannte zu ihnen hin. Er drückte sich eine auf die Nase, und voilà, er konnte nichts mehr riechen. Er winkte Klein-Dorrit und Baby, herunterzukommen, und als sie das taten, setzte er die nötigen Wäscheklammern ein (ihre Nasen brauchten mehrere), bis auch sie den stinkenden Geruch nicht mehr riechen konnten.

"Danke", sagten Klein-Dorrit und Baby, als sie sich vom Boden erhoben. "Wir werden Ausschau halten."

Lachie zeigte ihnen die Daumen nach oben, dann bemerkte er, dass auf dem Weg zum Zaun im Garten ein ziemliches Getümmel herrschte. Eine Gruppe von Kreaturen bildete einen Kreis, als ob sie eine Versammlung abhalten würden. Er machte sich auf den Weg zu ihm, als eine Eule von einem Ast abhob und auf seiner Schulter landete.

"Äh, hallo", sagte er und sah der Eule in die Augen. "Sind wir uns schon einmal begegnet?" Die Eule nickte und dann erkannte er, wer es war. Es war Sobo. "Als du sagtest, deine Superkraft sei die Verwandlung, habe ich dich nicht so eingeschätzt!"

"Haruto weiß es nicht", sagte sie. "Zumindest glaube ich nicht, dass er sich an mich erinnert - noch nicht." Sie flog zurück zu der Gruppe von Kreaturen: "Komm zu uns", sagte sie.

Lachie ging zwischen ihnen umher und wurde nacheinander einem Reh namens Oboe, einem Waschbären namens Charlie, einem Fuchs namens Louise, einem Vogel (Blue Jay) namens Lenny und einem zweiten Vogel (Kardinal) namens Percy vorgestellt.

"Wir sind gekommen, um zu helfen", sagte Oboe, das Reh, "aber wir haben große Angst vor den Furien."

"Lasst mich zu ihnen!" rief Charlie, der Waschbär. "Ich werde ihnen die Augen auskratzen."

"Und ich werde ihnen die Kehle rausreißen!" rief Laus der Fuchs.

"Wow! Wartet doch mal!" sagte Lachie. "Das ist nicht dein Kampf. Ich weiß es zwar zu schätzen, dass du uns helfen willst, aber warum versuchst du es nicht erst mit uns? Wenn wir deine Hilfe brauchen, pfeife ich, und dann kannst du reinkommen?"

"Er hat recht", sagte Sobo. "Obwohl, er meint nicht mich." Sie sah Lachie an, um sich zu vergewissern, dass ihre Vermutungen richtig waren, und antwortete mit einem Nicken. "Ich muss meinen Enkel und die anderen beschützen."

Lenny und Percy, die beiden anderen Vögel, zwitscherten untereinander.

Sobo, der zuvor ruhig gewesen war, begann nun auf höchst unberechenbare Weise zu flattern und wiederholte: "Schlimme Dinge werden kommen! Schreckliche Dinge werden kommen! Schreckliche Dinge werden kommen!"

"Schhh, Sobo", sagte Lachie und versuchte, sie zu beruhigen. "Wir sind bereit, und sie wissen nicht, dass wir wissen, dass sie kommen."

KLOPFEN KLOPFEN KLOPFEN KLOPFEN KLOPFEN KLOPFEN KLOPFEN KLOPFEN KLOPFEN KLOPFEN KLOPFEN KLOPFEN

Das war das Geräusch, das der Boden unter ihren Füßen machte, pulsierend wie ein Herz, das versucht, aus einer Brust herauszubrechen.

Auf das Klopfen folgte ein Trommeln.
Dann Summen.
"Die Furien kommen!
Die Furien kommen!
Die Furien kommen!"
Während der Himmel über ihnen aufgewühlt war
Und drehte sich um.
Und verbrannt.
Von einem leuchtenden Blau bis zu einem blutigen Orangerot.

Die Nachbarn kletterten nach draußen, um zu sehen, was es mit dem stinkenden Geruch auf sich hatte. Einige lärmende Parker fielen in Ohnmacht, als ihre Sinne überwältigt wurden, und einige brachten Popcorn auf die Veranda, um es zu essen und zu beobachten.

Sie hatten keine Ahnung, was für eine Gefahr auf sie zukommen würde.

Und doch gab es Hinweise.

Das Flüstern flüstert.

Das dumpfe dumpfe dumpfe dumpfe.

Dennoch zogen sich viele nicht in die Sicherheit ihrer Häuser zurück.

Stattdessen aßen sie ihr Popcorn und tranken ihre Limonade, während sie warteten.

GAPING
Ohne **ESCAPING.**
Während der Boden unter ihren Füßen
KLOPFEN KLOPFEN KLOPFEN KLOPFEN
KLOPFEN KLOPFEN KLOPFEN KLOPFEN
KLOPFEN KLOPFEN KLOPFEN KLOPFEN
Dann folgte auf das Klopfen das Trommeln.
Dann Summen.

"Die Furien kommen! Die Furien kommen! Die Furien sind im Anmarsch!"

✳ ✳ ✳

"Lasst uns rausgehen!" rief E-Z aus. "Und stellen uns ihnen frontal!" Er stieß die Eingangstür weit auf, so dass sie gegen die Wand schlug.

Brandy, Lia, Haruto, Charles und Alfred standen hinter ihm und waren bereit, sofort einzugreifen, sobald sie den Befehl dazu erhielten.

Er warf einen Blick über die Schulter, um Sam und Samantha auf dem Weg nach draußen zu sehen: "Du nicht", sagte er. "Die Babies brauchen euch drinnen. Überlassen Sie das uns."

Sam und Samantha zogen sich zurück.

Jetzt standen die vier Soldaten Seite an Seite auf dem Rasen und warteten. Für einen Fremden hätten sie wie eine Gruppe von Kindern aussehen können, die an einem normalen Schultag auf den Schulbus warten. Aber dies war kein normaler Tag. Dies war Armageddon.

Lias Arme zitterten und bebten, während sie ihren Geist durchforstete, sich ihrem Geist öffnete, in der Hoffnung, dass ihre Superkräfte ihr den Zugang zu den Gedanken der Furien ermöglichen würden. Sie hoffte, dass sie in der Lage sein würde, sich in sie hineinzuversetzen und Hinweise zu finden,

Informationen, die ihrem Team helfen könnten - aber ihr Verstand blieb leer.

Alfred sagte: "Ich werde auf das Dach fliegen. Mal sehen, was ich sehen kann."

E-Z nickte. "Passt auf euch auf. Oh, und schau mal, ob du Lachie und Sobo finden kannst." Er hatte das Einhorn und den Drachen bereits hoch über ihnen fliegen sehen. Er gab ihnen den Daumen hoch.

Ein lauter Pfiff, und Baby stürzte sich in die Tiefe, Lachie sprang auf seinen Rücken, und gemeinsam gingen sie zu Alfred auf das Dach. Eine Eule landete neben ihnen.

"Das ist Sobo", sagte Lachie.

"Sehen Sie etwas?" erkundigte sich E-Z.

Alfred schlug mit den Flügeln: "Da kommt ein riesiges Schelf auf uns zu, so groß wie ein Eisberg, aber es bewegt sich schnell."

E-Z versuchte, es sich vorzustellen, aber er konnte es nicht, denn wie zum Teufel sollten er und sein Team so etwas aufhalten? Wie?

"Es kommt auf uns zu wie ein Tsunami", sagte Alfred.

"Aber es ist nicht aus Wasser", sagte Lachie. "Es sah aus, als ob sie aus Sand wäre. Eine Sandwelle. Sie trug drei schwarz gekleidete Frauen."

Eine Sandwelle, ja, jetzt konnte er sie sich vorstellen. "ETA? Ich meine die geschätzte Ankunftszeit?" fragte E-Z.

"Schwer zu sagen", sagte Alfred. "Ein paar Minuten ..."

Die ganze Zeit über **trommelte** der Boden unter ihren Füßen weiter.

Und **brummen.**

"Die Furien kommen! Die Furien kommen! Die Furien sind im Anmarsch!"

$$* * *$$

"Geht rein!" rief E-Z den neugierigen Nachbarn zu. "Schließt die Türen, verriegelt sie. Und jemand sollte eine Nachricht in den sozialen Medien veröffentlichen. Sagen Sie allen, sie sollen im Haus bleiben. Sagen Sie ihnen, dass sie erst wieder nach draußen kommen sollen, wenn sie von mir grünes Licht bekommen haben! Und jetzt geh!"

SLAM.

SLAM.

Über seine Schulter blickten Alfred, eine Eule, Lachie und Baby hinaus und beobachteten, wie die Welle den Abstand zwischen den Furien und seinem Team verringerte, während Klein-Dorrit von hoch oben ein wachsames Auge hatte.

Es war zu spät, um einen Plan zu machen. Zu spät, um irgendetwas anderes zu tun, als zu hoffen, dass sie bereit waren, während der Wind peitschte und sie umherschob und die Erde im Gleichschritt mit ihrem Herzschlag pochte.

CRASH.

Hinter ihm brach die Haustür weg und flog aus den Angeln. Sie hüpfte und klapperte die Straße entlang, bevor sie schließlich flach liegen blieb.

Sam trat heraus. E-Z drehte seinen Stuhl zu ihm und traute seinen eigenen Augen nicht.

Sam hatte sich ein Kostüm bzw. mehrere Kostüme zugelegt, um eine eigene Superheldenfigur zu schaffen. Auf dem Kopf trug er einen Ritterhelm mit hochgeklappter Maske. Wenn er sich vorwärts bewegte, senkte sich die Maske und er musste sie wieder hochklappen. Er hatte sich die Augen schwarz geschminkt - wie Baseballspieler, um die Blendung unter den Augen zu beseitigen. Seine Brust war aufgeplustert, als trüge er eine kugelsichere Weste unter seinem Hemd, und hinter ihm hing ein langer schwarzer Umhang herab. Untenrum trug er eine schwarze Jeans und sein Lieblingspaar Laufschuhe.

Die Superhelden versuchten, nicht zu lachen, als er neben ihnen herlief, und sie bemerkten, dass sein Name - SAM THE MAN - in den Stoff auf seinen Schultern eingenäht war.

Little Dorrit tauchte ab und warf Brandy auf ihren Rücken. Dann hüpfte Lachie auf Babys Rücken und hob ab. Er warf einen Blick auf das Dach. Klein-Dorrit war nicht mehr da. Alfred und die Eule hoben vom Dach ab. Alle landeten neben E-Z und den anderen.

"Alle für einen!", sagten sie. "Und einer für alle!"

"Aber wo ist mein Sobo?" fragte Haruto.

Sobo flog auf seine Schulter, und er wusste sofort, dass sie es war. Dann verwandelte sie sich in ihre menschliche Gestalt.

Das Kinderteam hatte gesehen, wie sich Sam, der Onkel, in Sam, den Mann, und Sobo von einer Eule in eine Großmutter verwandelt hatten, aber keiner von ihnen war davon beeindruckt.

Denn unter ihren Füßen trommelte der Boden weiter.

Und **THRUMMING.**
Aber die Worte hatten sich geändert.
"Die Furien sind fast hier.
Die Furien sind fast da.
Die Furien sind fast da."

$$* * *$$

E-Z und sein Team sahen zu, wie die gigantische Sandwelle wie ein Ozeandampfer in einen Hafen einlief. Aber dieses Ding raste durch die Straßen, machte Häuser, Bäume und alles Lebendige auf seinem Weg platt. Und es wurde nicht langsamer.

Sie hatten nicht genug Zeit, um abzuhauen, und außerdem waren sie von der schieren Größe des Dings überwältigt. Es hielt an, und die Furien herrschten über sie, ihre Stimmen kreischten vor Lachen, als sie ihre Feinde zum ersten Mal erblickten.

"Sind die überhaupt echt?" erkundigte sich Tisi. "Sie sehen aus wie Miniaturpuppen, die darauf warten, dass man auf sie tritt."

"Ich sehe, sie haben einen Drachen und ein Einhorn. Und einen Schwan. Oh je!" Ali kreischte.

"Vergiss nicht, warum wir hier sind", sagte Meg. "Und jetzt benehmt euch, während ich runtergehe und mich mit dem Anführer unterhalte. Wie hieß er noch mal?"

"E-Zed", kreischte Tisi.

"E-Zed", rief Ali.

Gemeinsam sagten sie den Namen E-ZED, E-ZED, E-ZED".

"Sie nennen dich E-Z", sagte Brandy, als sie loslegte.

"Nein!" rief E-Z. "Wartet auf meinen Befehl!" Aber es war zu spät, Little Dorrit und Brandy waren schon auf der Flucht, aber sie kamen nicht weit und fanden einen Platz auf dem Dach.

E-Z und der Rest des Teams hielten sich wacker.

"Worauf warten sie?" fragte Sam.

Charles sagte: "Sie hoffen, dass ihr Gestank die Arbeit für sie erledigen wird. Er lächelte und alle lachten. Alle außer Sobo, die sich wieder in ihren Eulenstatus verwandelte und neben Brandy und Klein-Dorrit auf das Dach flog.

Die Furien, die über ein ausgezeichnetes Gehör verfügten und einen Plan hatten, den sie auch umzusetzen gedachten, waren nicht erfreut darüber, dass sie die Zielscheibe der Witze der Superheldenkinder waren, und eine nach der anderen erhob sich in die Luft. Je näher sie kamen, desto stärker wurde der Gestank und desto mehr flatterten ihre schwarzen Gewänder im Luftzug.

"Fangen!" rief Lachie und warf jedem Teammitglied Wäscheklammern zu.

Die nicht mehr ganz so stinkenden Hexen flogen näher heran, so dass die Kinder unten sie genauer sehen konnten. In natura waren sie überlebensgroß, und zwar im wahrsten Sinne des Wortes, denn die Schlangen schlängelten und glitten über ihre Körper. Die mit gespaltener Zunge spuckenden Schlangen wurden vom Geräusch knallender Peitschen begleitet, ein hervorragendes Beispiel für psychologische Kriegsführung.

Wie ursprünglich geplant, war es Meg, die das Eis brach, indem sie schrie: "Wo ist Eriel? Wir wissen, dass ihr ihn habt! Gebt ihn uns, JETZT."

Der hohe Ton ihrer schrillen Stimme ließ die Kinder sich die Ohren zuhalten, während Glasgegenstände wie Straßenlaternen, Verandalampen, Fenster und sogar Glas in Schränken kilometerweit zersprangen.

Als er sicher war, dass Meg nicht mehr sprach (da ihr Mund geschlossen war), antwortete E-Z: "Er ist der Ort, an dem Verräter festgehalten werden. Jetzt könnt ihr wieder in das Loch zurückkriechen, aus dem ihr drei herausgekrochen seid!" Und als er zu Ende gesprochen hatte, hob er vom Boden ab, gefolgt von Alfred, Sobo, Little Dorrit mit Brandy Baby und Lachie an Bord.

"Dies ist unser Gebiet. Das sind unsere Leute - und ihr habt hier nichts zu suchen. Eigentlich habt ihr hier auf der Erde gar nichts zu suchen. Das hattet ihr nie. Ihr gehört nicht hierher", sagte E-Z. "Und wir haben genug von euren Manipulationen. Du hast dich zu weit vorgewagt. Du hast deine Macht missbraucht. Sie sind verachtenswert. Und wir werden Sie dafür zur Rechenschaft ziehen."

"Was wird ein kleiner Junge wie du mit uns machen?" Tisi, die neben Meg eingezogen war, rief: "Uns überfahren?"

Ihr schrilles Lachen erfüllte die Luft und ließ den Boden unter den Füßen des restlichen Teams klaffen. Lia, Haruto, Charles und Sam kauerten sich zwischen den Lücken zusammen, um sich in Sicherheit zu bringen.

Meg schloss sich den lustigen Beschimpfungen an: "Vielleicht wird uns der Schwan zu Tode kitzeln? Natürlich können wir ihn rupfen - und ihn zum Mittagessen essen!"

Die nicht fliegenden Mitglieder des Teams drängten sich noch enger zusammen. Haruto, der sich hätte wegschleudern können, war zu verängstigt, um sich zu bewegen. Er hielt sich von den offenen Löchern in der Erde fern, die sie zu verschlingen drohten.

"Und du kleines Mädchen", sagte Alli zu Lia. "Wir haben versucht, dich in der Sonne zu schmelzen. Damals bist du entkommen. Aber was wollt ihr jetzt mit uns machen? Werdet ihr uns anstarren, mit euren Händen und uns in eine Statue verwandeln?"

Die Furien kreischten wieder vor Lachen, während sich die Erde unter ihnen zusammenzog, als wolle sie etwas gebären.

"Jetzt ist mir langweilig", sagte Meg.

Die beiden anderen Schwestern waren ungewöhnlich still, als wären sie unsicher, was sie als Nächstes tun sollten.

"Meg flog etwas näher an E-Z heran und stemmte die Hände in die Hüften: "Wir vergeuden hier unsere Zeit! Wir sind nicht gekommen, um heute gegen dich zu kämpfen. Nicht ohne unseren Anführer. Wir wollen nur wissen, wo er ist. Lasst ihn gehen. Lasst ihn gehen - sofort. Und wir heben uns die Schlacht für einen anderen Tag auf."

"Das würde dir gefallen, nicht wahr!" rief Alfred.

Was Alli in helle Aufregung versetzte.

"Komm zu mir, kleiner Schwan, Schwan. Der Kessel wartet auf dich - du gefiederte Missgeburt!"

"Er ist ein Schwan, keine Gans, du Idiot!" sagte Brandy, als sie Klein-Dorrit auf sie zusteuerte.

E-Z freute sich über die Ablenkung, als er eine SMS von PJ und Arden erhielt, und gab Haruto das Daumen-hoch-Signal.

Haruto machte sich unsichtbar und rannte schneller als schnell zum Krankenhaus, wo er auf PJ und Arden traf, die bereits im Spiel warteten. Jetzt machte jeder von ihnen einen Kill. Als Haruto ankam, machten sie zwei weitere Tötungen.

Die Gier der Furien nach weiteren Kinderseelen schickte ihre Essenzen ins Spiel.

"Wir haben dich!", riefen die drei Göttinnen.

"Jetzt!" schrie PJ, als Arden auf SAVE to USB drückte, und als es gespeichert war, drückte er auf EJECT. Er verschloss den USB-Stick mit Klebeband und steckte ihn dann in einen luftdichten Beutel.

"Bring das zu E-Z!" sagte Arden.

Haruto kam auf dem Boden an, gab seiner Großmutter ein Zeichen, die den USB-Stick in ihren Schnabel nahm und ihn zu E-Z brachte.

PJ schrieb eine SMS. "Die Essenzen der Furien sind im USB."

E-Z steckte den USB-Stick sicher in seine Jeanstasche, und als er das nächste Mal einen Blick auf die Furien warf, hatte sich das Bild in Raphaels Brille verändert. Die Körper der drei Schwestern wurden ein- und ausgeblendet, aber die Schlangen nicht. In diesem Moment erkannte er, was ihre Achillesferse war. "Die Schlangen halten sie am Leben!", rief er. "Wir müssen die Schlangen ausschalten."

Brandy war schon nah genug dran, um Alli zu schlagen. Leider war sie auch nahe genug, dass Allis Schlange sie beißen konnte - und das tat sie auch. Sie sackte in sich zusammen, und Klein-Dorrit rannte los, aber es war zu spät, Brandy war bereits tot.

"Schafft sie hier weg!" rief E-Z und Klein-Dorrit flog schluchzend in den Himmel.

"Sie wird schon wieder", sagte E-Z.

"Das glaube ich nicht", lachte Alli. "Unsere Schlangen sind nicht von dieser Welt. Wenn du von einer gebissen wirst, wirken deine Kräfte nicht, egal welche du hast. Aber wir bleiben in der Nähe und warten, wenn du das willst? Und wenn sie nicht zurückkommt, werden wir den Rest eures Teams in die Luft jagen!"

"Ihr Schlampen!" rief E-Z aus.

Sobo griff an, zog ein Schlangenauge nach dem anderen heraus und ließ sie auf den Boden fallen. Als sie mit Alli fertig war, ging sie zu Meg über, dann zu Tisi. Als sie ihre Aufgabe beendet hatte, war die Großmutter zu erschöpft, um etwas anderes zu tun, als neben ihrem Enkel zu landen und in ihre menschliche Gestalt zurückzukehren.

"Aber Sobo", sagte Haruto, "ich will auch kämpfen."

"Lass sie den Rest machen", sagte sie. "Ich bin zu müde, um dich zu tragen."

Sobo und Haruto sahen zu, wie der Rest des Teams den Schlangen den Garaus machte.

Die Furien öffneten ihre Münder und schlossen sie wieder, aber es kam kein Laut aus ihnen heraus. Abgesehen davon, dass sie stimmlos waren und schwächer wurden, versuchten ihre Körper, sich über Wasser zu halten, während das Blut in ihren Adern heruntertropfte.

Der Rollstuhl von E-Z bewegte sich unter ihnen, fing die Tröpfchen auf und vermischte das Blut von The Furies mit den anderen Proben, die er gesammelt hatte.

"Sie sind tot", bestätigte E-Z, während die leeren Gewänder der Furien wie schwarze Geister zu Boden schwebten.

Aber es war noch nicht vorbei.

$$*\ *\ *$$

Hinter E-Z hob die Sandwelle ihren Kopf, und als sie die durchbohrten Augen um sich herum sah - die Augen all ihrer Kinder -, erwachte diese Mutter aller Schlangen langsam zum Leben.

Sam, der die Bewegung zuerst bemerkt hatte, rief: "Achtung, E-Z!", und als er seine Rufe nicht hörte, schlossen sich Lia, Charles, Haruto und Sobo an.

Lachie hörte ihre Schreie und sah die Schlange, als sie sich auf E-Z zubewegte. Er sah der Schlange in die Augen und sagte: "NEIN!"

Ein oder zwei Sekunden lang bewegte sich die Mutterschlange nicht, und es sah so aus, als hätte sie Lachies Kommando gehört und verstanden, dann bemerkte er ein Flackern in ihren Augen. "Duck E-Z!", rief er, während Baby sein Maul öffnete und Feuer in Richtung E-Z und der Mutterschlange schoss.

E-Zs Haare brannten, und er löschte sie, dann fiel sein Stuhl zu Boden.

Das Baby spuckte weiter Feuer auf die riesige Mutterschlange, bis sie knusprig verbrannt war. Anstelle des Gestanks, den die Furien verbreiteten, war die Luft nun von einem üblen Hühnergeruch erfüllt, wie man ihn bei jeder Grillparty im Hinterhof finden würde.

"Äh, danke Baby und alle anderen", sagte E-Z, während er mit den Fingern durch die Mitte seines Haares fuhr. Es hatte den borstenartigen Teil herausgenommen.

"Es wird nachwachsen", sagte Sam, als sich der Boden unter ihren Füßen wieder zu bewegen begann.

THRUM
UND TROMMEL

Der Rollstuhl von E-Z hob aus eigener Kraft vom Boden ab und begann, Blutstropfen in die Krater zu regnen, die sich im Boden aufgetan hatten.

"Was ist los?" fragte Alfred.

Unter ihm blutete sein Rollstuhl weiter und schleuderte ihn von Ort zu Ort. "Ein kleines Tröpfchen hier und ein kleines Tröpfchen dort", sagte er in Gedanken. Auf dem Boden sagte sein Team dieselben Worte, die ihm im Kopf herumschwirrten: "Ein kleines Tröpfchen hier und ein kleines Tröpfchen dort", dann beendeten sie gemeinsam das Gedicht: "Ein kleines Tröpfchen, überall", und begannen wieder von vorne. Er schüttelte den Kopf... lasen sie alle seine Gedanken?

Unter ihren Füßen ging die Erde weiter.

DRUMMING
THRUMMING.
CONVULSING.
CONTRACTING.

Lia hob vom Boden ab und öffnete ihre Arme so weit wie möglich, den Kopf nach hinten geworfen und den Blick gen Himmel gerichtet. Und über ihr riss der Himmel auf. Es fing an zu regnen, aber als sie auf dem Bürgersteig aufschlugen, waren die Flecken rot. Der Himmel weinte blutige Tränen, während Lia wie eine

Marionette ohne Fäden in der Luft schwankte und sich drehte.

Die anderen, Baby und Lachie nicht mitgerechnet, rannten auf die Veranda, um dem blutigen Regen zu entkommen, und konnten nichts gegen Lia unternehmen, die immer noch in Trance war.

"Wir passen auf, dass sie nicht fällt", sagte E-Z, "ihr anderen geht in Deckung."

PULSING.

PUSHING.

Dann gab es einen **Blitzschlag.**

Gefolgt von **Gewitter.**

Als der Erzengel Michael die Barriere durchbrach und hinunterflog, bis er in der Nähe von E-Z war.

Ich habe gehört, Sie haben die Situation unter Kontrolle", sagte Michael.

"Ja, die Essenzen der Furien sind in diesem USB".

"Wirf es zu mir", sagte Michael.

Als würde er einen Baseball zur zweiten Base werfen, feuerte E-Z den USB in Richtung Michael, der ihn auffing und in Eis einschloss. "I Eriel wird Gesellschaft haben", sagte Michael. "Sie werden alle für den Rest der Ewigkeit auf Eis bleiben. Oh, und übrigens, gut gemacht, ihr alle!" Dann flog er so schnell, wie er gekommen war, davon.

"Was ist mit Lia?" rief E-Z, aber Michael antwortete nicht.

Die Erde begann zu pulsieren und sich zu drehen, obwohl die Furien nicht mehr auf ihr waren, und das Blut floss nicht mehr vom Himmel oder aus seinem Rollstuhl.

Lia schwebte immer noch, den Blick auf den Himmel gerichtet, der sich von blutigen Tränen in

Blau verwandelte, und unter ihren Füßen wurden die Erdkrater mit Gras und Bäumen und Blumen geheilt.

Dann wurde alles still, und Lia schwebte, immer noch in Trance, zurück auf den Boden. Auf dem Boden liegend, die Arme immer noch weit ausgebreitet, spürte sie das Gras auf ihrem Rücken und lächelte erschöpft, als sie schrumpfte und in ihr wahres Alter zurückkehrte, das neuneinhalb Jahre betrug.

"Geht es dir gut?" fragte E-Z, als der Fuchs, der Eichelhäher, der Waschbär, der Kardinal und das Reh sich versammelten.

Lia öffnete ihre Augen und konnte aus ihnen sehen. Sie schaute auf ihre Hände und sie waren wieder wie früher.

"Mir geht es gut", sagte sie, als Lachie ihr aufhalf.

Sam bemerkte sofort, dass die Kleidung seiner Tochter nicht mehr passte. Er nahm seinen Superheldenumhang ab und legte ihn ihr um die Schultern.

"Danke, Papa", sagte Lia.

Es war das erste Mal, dass sie ihn so nannte, und er war so stolz wie noch nie, als ihm eine Träne über die Wange lief.

✳✳✳

Das Blau des Himmels schien heller, als würden die Sterne mit den Augen blinzeln, obwohl es Tag war, und das Gras auf dem Boden schien in den Sonnenstrahlen zu tanzen, als enthielte es Diamantentau.

Weder E-Z noch ein Mitglied seines Teams konnte sprechen. Niemand wollte die Stille brechen oder die Schönheit stören, deren Zeuge sie waren.

WHISPER.

WHISPER WHISPER.

FLÜSTERNDE FLÜSTERER.

Die Blätter, die im Wind wehen. Sie machten ein menschenähnliches Geräusch. Aber es war nicht der Wind, es war die Stimme von Kindern auf der ganzen Welt, die wiedergeboren werden.

Diejenigen, die von den Furien entführt worden waren, stießen ihre Körper aus dem Boden und fanden ihre Stimmen wieder.

Die Kinder lernten wieder zu gehen, zu laufen oder zu krabbeln, und ihre Schreie gingen um die Welt:

"Ich will meine Mama!", schrien die wiedergeborenen, aber seelenlosen Körper der Kinder.

"Ich   will   meinen   Papa!",   riefen   die wiederauferstandenen Kinder mit einer Stimme:
"WAH, WAH, WAH!"
"WAH, WAH, WAH!"
"WAH, WAH, WAH!"
Die seelenlosen Kleinen bewegten sich zu den Rändern und reisten an Orte, ihre Bewegungen waren schneller als die Lichtgeschwindigkeit, während sie weiter heulten:
"Ich will zu meiner Mami!"
"Ich will meinen Daddy!"
"WAH, WAH, WAH!"
"WAH, WAH, WAH!"
"WAH, WAH, WAH!"
Im Tal des Todes, wo die Seelenfänger aufbewahrt und gelagert wurden,
POP
POP
Die Türen flogen auf, wie Arme, und die Seelen stiegen aus, auf der Suche nach den Körpern, in denen sie noch sein sollten, und sie folgten den Schreien der Kinder.
"Ich will zu meiner Mami!"
"Ich will meinen Daddy!"
"WAH, WAH, WAH!"
"WAH, WAH, WAH!"
"WAH, WAH, WAH!"
Die Seelen flogen von Kind zu Kind. Auf der Suche nach dem Zuhause, zu dem sie gehörten. Es war, als würde man Kindern beim Fangenspielen zusehen, wenn jede Seele den Körper fand und in ihn eintrat, in dem sie geboren worden war. Als die Seelen und die Körper wieder eins wurden.
SHHHHHHH.

Für einen kurzen Moment waren die Kleinen wieder glückliche Kinder, und fröhliche Klänge erfüllten die Luft.

Zurück im Tal des Todes leiteten Hadz und Reiki die heimatlosen Seelen auf der ganzen Welt um, die sich versteckt hielten, da sie keine eigenen Seelenfänger hatten. Eine Seele nach der anderen trat ein, und die Erde begann, sich selbst zu heilen.

Samantha kam aus dem Haus und trug ihre Babys Jack und Jill auf dem Arm, während sie ihnen leise vorsang: "Still, kleines Baby, weine nicht."

POP.

POP.

Hadz und Reiki erschienen, "Wir haben es geschafft!"

E-Z und sein Team fielen sich in die Arme. Sie weinten, sie lachten. Dann weinten sie wieder, weil sie einen aus ihrem Team verloren hatten. Für den Verlust eines ihrer eigenen Mitglieder: Brandy.

Lias Telefon hat geklingelt. Es war eine Nachricht von Brandy: "Ich bin im Einkaufszentrum angekommen - schon wieder! Ich hoffe, es geht allen gut und wir haben die Hexen besiegt!"

"Brandy ist am Leben!" erklärte Lia, dann schrieb sie zurück: "Ja, das haben wir! Ich erzähle dir später mehr darüber."

"AHRHHRGHHH!" Charles Dickens schrie. Sein Körper zitterte und bebte. Als es aufhörte, war er wie in Trance, mit ausdruckslosem Gesichtsausdruck und nach oben gestreckten Handflächen.

"Bekommt er meine Handaugen?" erkundigte sich Lia.

Als ein Buch - das größte gebundene Buch, das sie je gesehen hatten - vom Himmel fiel und in Charles'

Armen landete, warf ihn die Wucht des Buches fast von den Füßen. Charles stabilisierte sich, als das riesige Buch sich selbst öffnete und seine eigenen Seiten umblätterte, bis eine Stimme aus dem Inneren des Buches ertönte:

"Ich bin der Reisebericht über alternative Welten".

Obwohl die Stimme aus dem Inneren des Buches kam, bewegten sich die Lippen von Charles Dickens synchron zu jedem Wort, während im Hintergrund immer noch Kindergeschrei zu hören war:

"WAH, WAH, WAH!"

"WAH, WAH, WAH!"

"WAH, WAH, WAH!"

"Ich will zu meiner Mami!"

"Ich will meinen Daddy!"

"WAH, WAH, WAH!"

"WAH, WAH, WAH!"

"WAH, WAH, WAH!"

"Ich habe Hunger!"

"Ich bin durstig!"

Die Kinder, die einst am nächsten an E-Zs Haus wohnten, marschierten Seite an Seite dorthin.

"Hört mich an!" Der Reisebericht über die alternativen Welten hielt einen Monolog.

"Dies ist ein einmaliges Angebot.

Wenn Sie ausgewählt werden, müssen Sie sich entscheiden.

Nur einmal, gewinnen oder verlieren.

Lassen Sie sich diese Gelegenheit nicht entgehen.

Denn es wird nicht wieder passieren, an keinem anderen Tag."

Die Seiten blätterten vorwärts, dann zurück. Vorwärts, dann zurück. Das Blättern hielt bei einem Kapitel an. Ein Kapitel mit dem Titel Alfred. Und da waren Fotos von ihm, mit seiner Familie. Alle älter. Alle gesund und munter. Auf den Fotos war er nicht mehr Alfred, der Trompeterschwan. Er war Alfred, der Vater, der Ehemann, der Mann.

Mit Tränen in den Augen schaute Alfred E-Z an. Der Blick, den sie sich gegenseitig zuwarfen, sagte alles. Er musste gehen. E-Z nickte.

Dann wandte sich Alfred an Lia. Sie nickte ebenfalls und wusste, dass er gehen musste.

Alfred, der Trompeterschwan, betrat das Kapitel, das seinen Namen trägt, und verwandelte sich wieder in einen Menschen. Und von den Seiten des Reiseberichts über alternative Welten winkte er seinen Freunden zu.

Jetzt setzten die Seiten des Reiseberichts über alternative Welten an den Anfang des Buches zurück. Die Seiten blätterten wieder und wieder vor und zurück, zurück und vor, bis sie schließlich bei einem neuen Kapitel anhielten. Ein Kapitel, das nach Lachie benannt war.

Auf dem Foto war Lachie noch ein Säugling. Seine Eltern brachten ihn aus dem Krankenhaus nach Hause. Der Säugling auf dem Foto trug ein Krankenhausarmband, das verriet, dass Lachies richtiger Name Andrew war.

"Nein, danke", sagte Lachie. "Baby und ich werden bald nach Hause gehen."

Der Reisebericht über alternative Welten schlug mit solcher Wucht zu, dass Charles beinahe umgefallen wäre. Er erholte sich, und Augenblicke später blätterte das Buch wieder weiter. Rückwärts, vorwärts. Er mischte die Seiten wie ein Kartenspiel, bis er bei dem Kapitel mit dem Titel Haruto landete. Auf dem Foto war er mit seiner Mutter und seinem Vater zu sehen.

"Nein, danke", sagte Haruto sofort. Er nahm Sobos Hand in seine und sagte zu Lachie: "Macht es dir etwas aus, uns auf deinem Heimweg in Japan abzusetzen?"

Lachie nickte: "Ich bin froh über die Gesellschaft."

Diesmal schossen Flammen aus dem Buch, bevor es sich schloss, und Charles ließ es fast fallen.

Die unbeantworteten Schreie der Kinder wurden immer lauter, je mehr sie sich dem Haus von E-Z näherten:

"Ich will zu meiner Mami!"

"Ich will meinen Daddy!"

"Ich habe Hunger!"

"Ich bin durstig!"

"WAH, WAH, WAH!"

"WAH, WAH, WAH!"

"WAH, WAH, WAH!"

Charles schloss seine Augen.

"Ist das alles? erkundigte sich E-Z.

"Was ist mit uns?" fragte Lia.

Charles' Arme begannen zu zittern. Als ob das Gewicht des Buches auf seine Arme drückte. Dann schlug das Buch zu, und zwar mit einer solchen Wucht, dass er nach vorne stolperte und sich setzte. Er schlug ein Bein über das andere und drückte das Buch an seine Brust.

Es flog wieder auf, ebenso wie Charles Augen, und wieder bewegten sich die Seiten wie Seegras auf dem Meeresboden. Es knallte wieder zu. Dann drehte es sich auf den Rücken. In der Mitte des Buches erschien ein Rahmen. Zuerst war er leer, als ob er auf etwas warten würde. Dann flackerte er auf und ein Film begann.

Im Dodger Stadium hatte bereits ein Baseballspiel begonnen. Die Dodgers spielten gegen die Brewers. Und E-Z Dickens war der Fänger. Er stand hinter dem Schlagmal und spielte wie ein Profi. Auf der Tribüne saßen seine Eltern, gleich hinter dem Unterstand, und feuerten ihn an.

ERDE PAUSE.

Einige Sekunden lang wurde das Sonnenlicht blockiert, als Ophaniel in den Himmel aufstieg und sich auf sie zubewegte.

"E-Z, ich wollte dir nur sagen, bevor du deine Entscheidung triffst, dass alles, was du tust oder nicht tust, Konsequenzen für andere haben wird.

"Was zum Beispiel?", fragte er und ließ den Blick nicht von dem gerahmten Bild von sich und seinen Eltern, obwohl sie sich nicht mehr darin bewegten.

"Denken Sie an den Unfall... was wäre in der Welt nicht passiert, wenn Ihre Eltern nicht gestorben wären? Wenn du nie den Gebrauch deiner Beine verloren hättest?"

Er blickte in die Richtung seines Onkels Sam, dann zu Samantha, Lia und den Zwillingen. Ohne den Unfall hätte sich keiner von ihnen getroffen. Die Zwillinge wären nie geboren worden.

"Wenn ich mich entscheide zu gehen und meinen Traum zu leben, was wird dann hier passieren?"

"Das ist ein Risiko, das Sie eingehen müssten, und eine Antwort kann ich Ihnen nicht geben. Aber eines weiß ich: Sie sind der Katalysator und der Klebstoff."

"Okay, danke, dass Sie mir Bescheid gesagt haben."

ERDE RESUME

Ophaniel ist abgereist.

"Äh, nein danke", sagte E-Z.

Er beobachtete, wie er und seine Eltern verschwanden. Der Bildschirm wurde leer. Der Rahmen verschwand und das Buch begann sich zu heben. Hoch, hoch, raus aus Charles' Armen.

Charles stand da, als ob er es immer noch in der Hand hätte. Er starrte ins Leere.

Als es weit über ihnen war, ging das Buch in Flammen auf. Es zischte und verursachte einen Gestank, bevor seine Überreste klein genug waren, um vom Wind weggetragen zu werden. Und der Reisebericht über die alternativen Welten war nicht mehr da.

Charles kehrte zu sich selbst zurück, als die Kinder massenhaft in der Straße von E-Z ankamen.

"Ich will zu meiner Mami!"

"Ich will meinen Daddy!"

"Ich habe Hunger!"

"Ich bin durstig!"

"**WAH, WAH, WAH**!"

"**WAH, WAH, WAH**!"

"**WAH, WAH, WAH**!"

"Darf ich ihnen eine Geschichte erzählen?" fragte Charles.

"Das kann nicht schaden", sagte Lia.

Charles begann, das Märchen von den drei Felsen zu erzählen. Die Kinder bewegten sich nicht mehr, hörten auf zu schreien und hingen an jedem einzelnen seiner Worte - bis er abrupt stehen blieb.

"Oh, Mist!", rief er und bemerkte, dass jeder Teil von ihm immer mehr verblasste, als hätte die Erde Probleme, sein Signal zu übertragen.

"Warte!" sagte E-Z. "Haben Sie einen Rat für einen Schriftstellerkollegen?"

"Es gibt Bücher, bei denen die Rückseite und der Einband die besten Teile sind - lass deines nicht zu diesen gehören. Ich werde euch alle vermissen!"

Manche sagen, dass genau in diesem Moment ein Lichtstrahl herunterkam, ihn vom Boden abhob und Charles Dickens in den Himmel trug. Andere sagen, er sei auf Little Dorrit davongeritten und keiner der beiden sei je wieder gesehen worden. Alles, was sie mit Sicherheit wussten, war, dass Charles Dickens sie an diesem Tag verließ und nie wieder gesehen wurde.

"WAH, WAH, WAH!"

"WAH, WAH, WAH!"

"WAH, WAH, WAH!"

FIZZLE POP

Ein Soul Catcher kam an. Er warf seine Tür auf und schoss Feuerwerkskörper in die Luft.

Einige der Babys hatten Angst vor dem Lärm, andere liebten ihn, in jedem Fall hörten sie auf zu weinen.

Als er Farben in die Luft schoss, verschmolzen sie zu folgendem Spruch:

KOMM RAUS KOMM RAUS

WO IMMER SIE SIND!

"Was will es?" fragte E-Z. "Oder sollte ich sagen, WER will es?"

"Liegt es an mir?" fragte Sobo.

"Nein, es ist für mich", sagte eine Stimme hinter ihnen. Es war die Stimme von Rosalie.

Alle drehten sich nach etwas um, in der Erwartung, einen Geist oder ein Gespenst zu sehen, aber was sie sahen, war weder das eine noch das andere. Es war Rosalies Wesen... das war alles, was sie wussten.

"Auf Wiedersehen, liebe Rosalie!" rief Sobo.

Es war ein großartiger Abschied für Rosalies Wesen, mit E-Z und seinem Team, die ihr zujubelten, winkten,

Küsse warfen und ihr zujubelten. Es war ein wahres Fest für alles, was sie ihnen bedeutet hatte, als ihre lieben Freunde in ihren Seelenfänger stiegen und dieser davonflog.

Jetzt, da Charles weg war, nahmen die Kinder ihr Geschrei wieder auf,

"WAH, WAH, WAH!"

"WAH, WAH, WAH!"

"WAH, WAH, WAH!"

Im Hintergrund war ein neues Geräusch zu hören. Das Geräusch von Füßen, vielen Füßen, die schnell liefen.

Als sie in die Straße von E-Z strömten, wurden die Mamas und Papas und die Kinder wieder mit ihren Lieben vereint, und diese Wiedervereinigung fand überall auf der Erde statt.

"Bravo!" sagte E-Z zu seinem Team.

Sie winkten zum Abschied, als Lachie, Baby, Haruto und Sobo wegflogen.

Jetzt waren nur noch E-Z und Lia übrig.

ZAP!

Zuerst kam Poppet an.

BONJOUR!

Gefolgt von Francois.

"Ah, wir sind zu spät", sagte er. "Wir haben alles verpasst!"

Aus dem Inneren des Hauses hörte man Samanthas Schreie. "Oh nein, irgendetwas ist mit den Babys passiert!"

Alle rannten nach drinnen ins Kinderzimmer. Jack und Jill schliefen tief und fest.

Sam legte den Arm um seine Frau. "Ich finde, sie sehen gut aus", flüsterte er.

"Aber es geht ihnen nicht gut!" sagte Samantha.

"Das wird schon wieder", sagte Sam.

"Für mich sehen sie auch gut aus", sagte E-Z.

"Warte nur ab", sagte Samantha. "Warte nur, dann wirst du es sehen. Ich hätte nicht geschrien, wenn nicht..." Sie wippte und schwankte, als würde sie umfallen.

Alle beobachteten und warteten. Zehn, fünfzehn, zwanzig oder sogar dreißig Minuten lang geschah nichts.

Dann geschah plötzlich etwas.

Ein gelbes und ein grünes Licht ging von Jacks und Jills kleinen Körpern aus.

"Hadz? Reiki?" rief E-Z aus.

POP.

POP.

Jack und Jill setzten sich auf, wie es ältere Babys tun würden. Was Jack und Jill noch nicht konnten.

Samantha fiel in Ohnmacht, und Sam fing sie auf.

"Was zum Teufel macht ihr zwei da?" forderte E-Z. "Raus da - sofort!"

Hadz sagte: "Als Belohnung haben wir darum gebeten, ein Mensch zu sein".

"Und wir brauchten Körper", sagte Reiki.

"Oh Mann", sagte E-Z, als es an der Haustür klopfte.

"Jemand zu Hause?" erkundigten sich PJ und Arden.

EPILOG

E-Z tippte die Worte ein: **DAS ENDE**. Zufrieden mit seiner Leistung, eine Serie von vier Büchern abgeschlossen zu haben, klappte er seinen Laptop zu.

"Beeil dich E-Z!", rief ein Mann hinter ihm.

E-Z zog seine Fängermaske ab und schaute sich um. Er stand hinter dem Schlagmal und fing für die Los Angeles Dodgers. Der Schiedsrichter wischte gerade die Platte ab. Er stand auf und machte sich auf den Weg zum Dugout, da er der letzte Spieler auf dem Feld war.

Er erkannte einige der Spieler wieder, als er sich dicht hinter ihnen auf der Tribüne bewegte.

Er fuhr sich mit den Fingern durch sein blondes Haar. Es war kürzer und enger geschnitten, als er es je zuvor gehabt hatte. Und er war größer, eindeutig über 1,80 m.

Was zum Teufel war los? Hatte er geschlafen? Er zwickte sich. Das tat weh.

"Du bist an Deck, E-Z!", rief der Batting Coach.

Er fand einen Monitor und betrachtete sein Spiegelbild. Er sah sich selbst an, als wäre er ein Fremder.

"Erde an E-Z", sagte sein Trainer.

"Tut mir leid, Coach", sagte E-Z, als er sich auf den Weg zur Ausrüstungshalle im Unterstand machte. Sein Schläger war beschriftet, wie auch der Rest seiner Ausrüstung. Er zog ihn an und betrat den On-Deck-Kreis.

Er rückte seine Ellbogenschützer zurecht und bereitete sich dann auf den ersten Wurf vor. Zusammen mit seinem Mannschaftskameraden am Schlagmal machte er ein paar Übungsschwünge. Während er wartete, fiel ihm eine Bewegung auf der Tribüne hinter dem Unterstand auf. Seine Mutter und sein Vater.

"Los, schnapp sie dir, mein Sohn!", rief sein Vater.

Er drückte seinen Eltern die Daumen und sah dann zu, wie sein Teamkollege einen Einzelschlag machte und sicher zur ersten Base gelangte.

E-Z betrat die Batter's Box, rief die Zeit an, trat wieder heraus und holte ein paar Mal tief Luft.

Reiß dich zusammen, sagte er sich. *Ich will das Team nicht im Stich lassen. Fokussieren. Konzentriere dich.*

Er hob den Arm, um dem Schiedsrichter zu signalisieren, dass er bereit war, und kehrte dann zum Schlagmal zurück.

"Komm schon, E-Z!", rief seine Mutter.

Er konzentrierte sich und sah zu, wie der erste Wurf vorbeiflog. Wahrscheinlich mit über hundert Meilen pro Stunde. Er bereitete sich auf den zweiten Wurf vor. Er schlug und verfehlte. Sein Teamkollege stahl eine Base und landete sicher an der zweiten.

Das ist zu viel. Ich bin noch nicht so weit. Ich muss aufwachen. Ich muss aufwachen - JETZT.

Der zweite Wurf flog vorbei. Er schwang, traf aber nicht. Der dritte Wurf kam, und er traf ihn. Er sah zu, wie sein Teamkollege versuchte, zur dritten Base zu kommen, aber er wurde rausgeworfen. Fast hätte er es noch rechtzeitig zur ersten Base geschafft, aber die andere Mannschaft schaffte ein Double Play. Als zwei Spieler raus waren, ging er zurück zum Unterstand, um seine Fangausrüstung anzuziehen.

"Nächstes Mal kriegst du sie!", sagte sein Vater.

Auch wenn er es nicht auf die Base geschafft hat, war er in seinem Traum. Er lebte seinen Traum aus. Aber wie? Er hatte das Angebot des Reiseberichts über alternative Welten abgelehnt.

Holt mich hier raus! So will ich das nicht! Wo ist Onkel Sam? Wo ist Lia? Wo sind die Zwillinge?

Sein Kopf war voll von Lachen, als er zu Boden fiel und weiter fiel. Bis er mit einem dumpfen Aufprall auf einem Holzboden, einer Hütte oder einem Verschlag landete. Innerhalb von Sekunden nach seiner Landung ging diese in Flammen auf.

Auf der anderen Seite des Zimmers saß ein kleines Mädchen. Zuerst dachte er, es sei Lia, aber das Mädchen hatte rote Haare. Er versuchte, sie zu wecken, aber sie rührte sich nicht.

Hinter ihm wurde die Eingangstür aus den Angeln gehoben. Eine dunkle, verhüllte Gestalt trat ein, zusammen mit einer kleineren Kapuzengestalt. Zu zweit trugen sie das Mädchen nach draußen.

"Helft mir!", rief er.

"Bedienen Sie sich!", sagte eine Frauenstimme, die größere der beiden Gestalten, als die Wände um ihn herum zu krachen begannen.

Er war wieder im Stadion, lag auf dem Rücken auf dem Boden und schaute seinen Eltern in die Augen.

"Das wird schon wieder", riefen sie.

Danke!

Liebe Leserinnen und Leser,

Nun, wir sind am Ende der E-Z Dickens-Serie angelangt. Ich hoffe, es hat Ihnen so viel Spaß gemacht, sie zu lesen, wie mir das Schreiben.

Da ihr mich während dieser Serie begleitet habt, geht mein letztes DANKESCHÖN an euch, meine Leser. Ihr seid großartig!

Wie immer: Viel Spaß beim Lesen!

Cathy

Über den Autor

Cathy McGough lebt und schreibt in Ontario, Kanada, mit ihrem Mann, ihrem Sohn, ihren Kat und Hund.

Auch von:

YA
Ein mathematischer Zustand der Gnade Vollständige
Serie
KINDERKINDER
Sprung-Serie
Die drei Felsblöcke
Billie Shakespeare/Billy Shakespeare
Die Katze, die Hallo gesagt hat
Klatsch-Serie
NON-FICTION
103 Fundraising-Ideen für ehrenamtlich tätige Eltern
mit Schulen und Teams (3. PLATZ BEST REFERENCE
2016 METAMORPH PUBLISHING)